新 潮 文 庫

死海のほとり

遠藤周作著

新 潮 社 版

3032

目次

死海のほとり

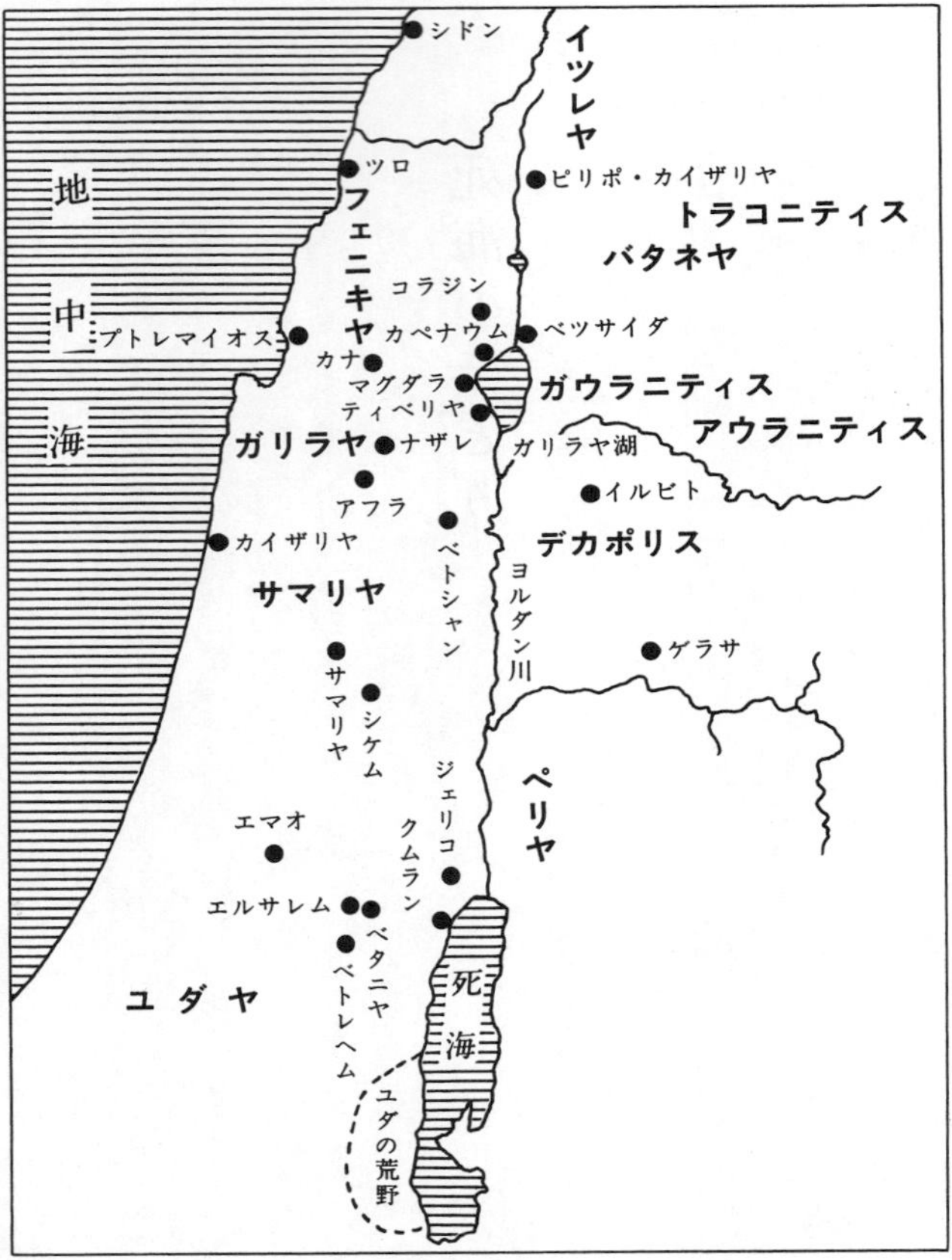

イエス時代のパレスチナ

I　エルサレム

〈巡　礼　一〉

エルサレム市の裏通りにある倉庫のようなホテルで戸田を待った。ながい間、会わなかったこの学生時代の友人は、ローマから出した葉書を受けとってくれているなら、今日、私がこの国に着いたことを知っている筈《はず》である。

部屋の敷物のところどころは皮膚病のようにすり切れている。浴室の湯の栓をひねるとギヤーを入れまちがえた車のような音をたて、ぬるい錆色《さびいろ》の湯が出た。洗面台に前の客の栗色《くりいろ》の毛が二、三本ついている。洋服箪笥《だんす》をあけた時、内側にハンガーが二本だけわびしくぶらさがっていて、それをじっと見ていると、はじめてこの空虚な午後、遠い国に自分はいるのだなと思った。

さっき私のトランクを運んできたアラブ人の若者に、ウイスキーを持ってくるように頼むと、

「サバート」

と困ったように首をふった。イスラエルでは金曜日の午後からユダヤ教の戒律できびしい休日が要求されるのだ。商店も休業するし酒も飲めないと私は教えられてきた。酒が飲めぬので窓のそばに椅子《いす》をおいてそこに腰かけ、皺《しわ》くちゃのハイライトをふかした。日本を出る時、一ケース持ってきたこのハイライトも、もう二、三本しか残っていない。

窓の下は石ころだらけの空地になっていて向うに路《みち》がある。ギリシャやイタリアの小さな町とそう違いもなさそうな通りで、少し変っているのは前の建物が花崗岩《かこうがん》に似てはいるが、桃色がかった石をつみかさねて建ててあることだ。

時々、通行人が通る。四月とはいえ日本の初夏ぐらいの気候のせいもあろうが、男たちは長袖《ながそで》のシャツだけで上衣《うわぎ》を着ていない。女たちの服装も訪れてきたローマやパリにくらべると、はるかにみすぼらしい。その上、通りすぎたバスの古ぼけていること。戦時下のせいだろうが、戦争をやっているとすれば、どの方向だろう。二時間前、テル・アビブの飛行場からこのエルサレムに来るまで車の窓から見たのは、陽をまぶしくあびたオリーブ畠《ばたけ》や白い部落や道に椅子を出して休んでいる農夫たちで、それは戦争中の日本を知っている私には想像できぬほど悠長な風景だった。

所在ないままに、帳場でもらってきた市の地図を膝《ひざ》にひろげてぼんやり眺めた。地図のなかでエルサレムは、オールド・エルサレムと新しく移住イスラエル人の建設したニュー・エルサレムに分れていて、このホテルの位置には黒い大きな矢印がついていた。隣室で湯を出しているのか、痙攣《けいれん》したような金属の響きが壁ごしに伝わってくる。よごれた壁には午後の強い陽があたり、眠けを感じた私はいつの間にか夢を見ていた。

（よごれた壁に蚊を叩《たた》き殺した染《し》みが幾つもついていて、壁と壁とにわたした綱の洗濯物からすえた臭《にお》いが漂ってくる。部屋は校庭に面していて、そこから銃剣術をやる学生の潰《つぶ》れたかけ声が聞え、その声で、ああ、ここは自分の卒業した大学の寮だと、私は夢うつつのなかでぼんやり考えた。基督《キリスト》教系のこの学校で教えていた神父や修道士たちの暗い禁欲的な顔が腋《わき》臭《が》の臭いと一緒にうかび、最後に、戸田に似てしかし戸田ではない丸い眼鏡をかけた学生もあらわれた。丸い眼鏡の学生は、私の蔵書を一冊一冊、調べるようにとり出しながら、窺《うかが》うような眼つきで、

「この大学の神父たち、同盟国の外人と言っているが、蔭《かげ》で何をしているか、わからないよ。スパイ行為もやっているかもしれん」

そして気の弱さから私は、その言葉にうなずいてみせる）

すり切れたような音が遠くでする。それは隣室の湯を出す音ではなく電話が鳴って

いるのだった。椅子から立ちあがって受話器を耳に当てると、

「今、このホテルの下にいるんですが、戸田です」

学生の頃、四谷のあの寮にいた時、戸田はこんな丁寧な口調ではなく、もっと押しつけがましい言い方をしたと思った。あの頃、東京は同じ戦時下でも、今のエルサレムと比較にならぬほど暗かった。そして私たちは勤労動員の工場からくたびれ果てて寮に戻ると、配給の芋と僅《わず》かの米とでつくった水っぽい雑炊を食べあった間柄だった。受話器をおいた頭に、突然、自分たちに流れた二十数年の歳月が、旅した国の絵葉書をずっとあとになって眺めるような感じで思いだされてきた。

ロビーとはとても言えぬフロントの奥のよごれた椅子に、うしろ向きに彼は背を少し曲げて腰かけている。すぐには近寄ろうとはせず、しばらくの間、背を少し曲げその頭の真中がかなりうすくなっているのを、私は遠くからそっと眺めた。

だが髪がうすくなり、眼のあたりに皺ができていても、ふりむいた時の表情はたしかに変らない彼のもので、首にあるひきつれたような火傷《やけど》の痕《あと》までこちらの記憶を呼びおこした。それは子供の頃、彼のお祖母《ばあ》さんがあやまって湯をこぼし、そこに火傷をさせたものだった。

「疲れましたか」

「機内で充分、眠りましたよ」

しばらくの間、他人行儀な言葉で当り障《さわ》りのない会話を続け、長い年月の間にたがいに変った部分を探りあった。しかし彼がくれた名刺を見るために上衣から眼鏡をとりだすと、戸田の頰に初めて心を許したような皮肉っぽい笑いが浮んだ。その皮肉っぽい笑いかたは昔から彼の癖で、

「おたがい、年をとったもんですな」

それで堅苦しさが急にほぐれ、二人は昔の調子で同級生だった連中や教師の消息を話しあった。

「Ａを憶《おぼ》えていますか、フィリピンで戦死した……」

「あいつはふしぎな才能があって、ぼくたちが腹ぺこの時、どこからか食い物を集めてきたでしょう」

記憶のなかから二階建の寮の埃《ほこり》のたまった廊下や、使用禁止という紙をはった便所と洗濯物のぶらさがった部屋が、それぞれの形と臭いを伴って甦《よみがえ》ってくる。若い男たちだけの住む建物はどの場所にも体臭がこもっていて、その臭いのなかに時折、別の体臭を持った外人の神父たちが姿を見せた。あの頃、警察にたえず監視されていた彼等は、足音をしのばせるように暗い顔で校庭や校舎を静かに歩いていたものだ……。

暗い顔をした神父たちのなかには、戦後、アメリカの援助をうけて基督教系の放送局を作った人もいた。また戦争の末期に広島に出かけて原爆にあい、その後、死んだ人もいた。私たちにドイツ語や哲学概論を教えてくれたそれらの神父たちの一人一人の顔が、戸田と同級生の思い出を話している時、同時に心に浮びあがってくる。

「大学の頃の連中で、ここに来た奴《やつ》はいますか」

「内田が一度、寄ったけれどね。それぐらいですな。集団農場《キブツ》を視察する事業団体にまじってね。一時間ぐらいしゃべっただけでした」

「今、大阪にいるらしいですよ。こちらも御無沙汰《ごぶさた》しているけれど」

我々の言葉遣いは、少しずつ昔の親密な頃と同じようになっていった。

「イスラエルは、用がなければそんなに面白い国じゃないからね。わざわざみなが来る筈はなし……。だからローマから君が手紙をくれた時は一寸《ちよつと》驚いたけど、なぜ、イスラエルなどに来る気になったの」

戸田の質問に少し戸惑った。はじめの旅行計画ではこの国に来るつもりなど毛頭なかった。ロンドンやパリやマドリッドを、同行したテレビ局の人と廻ったのち、一緒に北まわりの飛行機で東京に戻るつもりだった。それがローマで急に連中と別れ、エルサレムに来ようと言う気持を語るのは……私のすべての過去を一言で説明するほどむつかしかった。

「長い間、あんたの書いたものは読んでなくてねえ。日本の雑誌でさえ、時々しか手に入らんのだから、ここは」

戸田が皮肉ではなくそう言ったので、かえって私の自尊心を傷つけ、

「読んでもらわない方がいいさ。昔の友だちに読まれるのは照れ臭いし……それに、生活費をかせぐため、近頃はくだらぬものしか書いてないから」

私は自分の精神的な堕落を自分で一番良く知っていた。郊外に家を建て、車を買い、たえず版を重ねる娯楽小説を何冊か書いたが、それらは自分の堕落の証明でもあるように思われて、時々、自分に腹をたてることがあった。

「もう、ここに来て何年になる」

「九年」

「勉強はどうなの」

「ぼくのやっていたヘブライ語や聖書学なんて、どうせ日本に戻ってもつぶしがきかないからね」

ふて腐れたようなその言い方には、そのくせ自信もかくれていて、くだらぬ小説を書いている私を見くだしたような響きもあった。二十数年前、学生寮にいた時から戸

田はなにかを教えるような声を出したものである。特にあの頃、進んで洗礼を受けた彼は、信者でない学生と議論する時は、いつも人を見くだしたような調子で相手を言いまかしていた。

「君には試験前、よく語学を助けてもらったな」

「そうだったかね」

「奨学金もらっているんだろう。この国の研究所から」

「とっくに切れたよ」戸田は一寸、にがい顔を見せ、「だから、今、ここの国連の仕事をして食いつないでいる」

「日本に戻る気はないのかい」

私は彼が十年ほど前、結婚に失敗して妻子と別居していると誰かから聞いたのを急に思いだした。ロビーの窓からさしこむ陽のなかで、彼は眼をしばたたいて首をふった。

私は私で小説家になる前から、あの大学の神父たちに会うのを避けるようになってしまった。自分がもう教会に行っていないことを、彼等に知られるのが嫌だったからである。

時折、風の吹きぬける駅のホームや歳末の盛り場で昔の級友に出会い、戸田の話も聞くことがあった。彼は名古屋の基督教系の女子大学で教えていて、私などには縁のない聖書学をやっていると教えられても、一種の後ろめたさを感じるだけで、会いたいとは特に思わなかった。だからパリでやはり商社員になっている同級生の一人から、戸田がイスラエルに住んでいることを聞かされ、古い同窓会名簿を見せてもらわなかったら、私はこのエルサレムで彼に頼ろうとは思わなかったかもしれぬ。

「何処《どこ》に行くかな。悪いことに、今日はユダヤ教の安息日《サバート》で、こちらの地区は店もしまっているし……」

ホテルを出た時、彼はひとりごち、陽のあたっている歩道においたルノーに近寄った。

「イスラエルというのは糞真面目《くそまじめ》な国でね、ベイルートのように遊ぶところなど、ありゃせん」

「そんなところはもう興味がないさ。年だよ」

私が年だよと言った時、戸田は唇を一寸まげてうす笑いを浮べたが、この笑いかたにも憶えがあった。学生時代、試験前など彼にドイツ語の訳をきく時、こちらが馬鹿《ばか》な返事をすると、彼はよくこんな苦笑いを浮べたものだ。

「するとイスラエル全体がそうだが、このエルサレムにも二つしか見物する面がないな。古いエルサレムと新しいエルサレム。現代のイスラエルと聖書に出てくるエルサレム」

「新しいイスラエルとは？」

「戦争をしているイスラエル。集団農場《キブツ》や砂漠の開発、ロックフェラー財団、これが第一。第二に……」

「変っていないね、君は」私は思わず苦笑して、「昔のままだ」

「どうして」

「昔も、君はよく、そんなものの言い方をしたからな。甲でなければ乙。乙でなければ甲。君が寮でよく誰かと神の存在の議論をしていた時のことを思いだすよ。動くものには、必ず動かすものがある。それがなければ動く筈《はず》はない。だから最初に動かすものを追いつめていくと神というものを否定できないと言って……」

「そんな馬鹿なこと言っていたかな、俺」

戸田はわざと首をかしげて、

「でも、あんたも変っていないんじゃないか。今更、なぜこの国に来たんだね」

さっきと同じ当惑を感じて私は黙った。たしかに私だって変ったわけではなかった。私は大学の時に入信した戸田とちがって、小さな時に洗礼をうけた男である。自分の意志でなく親から一つの宗教を選ばされたということは後に私の心に重荷となり、幾度も棄《す》てようとしたものだ。そのくせ棄てたあと、自分がどうなるのか、何をするのか自信もなく、心の奥でこの矛盾に決着をつけねばならぬと何時《いつ》も言いきかせてきたのである。ローマで急にエルサレムに行こうという気になったのは、あるいはこの決着を今度はつけてみようという心が働いていたのかもしれぬ。

「年だからね。年だからイエスの足跡を巡礼しようという気持になったんだろう」

自分の心をどう説明してよいのかわからぬまま、私はそんな曖昧《あいまい》な返事をした。

「砂漠の開発を見せてもらうより、イエスの生きた遺跡でも見せてもらうほうが、まだわかりやすいし……」

「まだ、あんた、あの男のことが気になるの」

両側に鎧戸《よろいど》をおろした婦人服店や時計屋が見える。ユダヤ教の安息日《サバート》のせいで人通りは少ない。一軒だけあいている映画館には騎兵隊のジョン・ウェインの似顔が大きな看板に描かれていて、五、六人のユダヤ人の若者たちが切符売場に列をつくっていた。

まだあの男のことが気になるの、と言った戸田の声にはからかうような調子があったが、それはおそらく彼ももう教会に行かなくなって久しい私の噂《うわさ》をどこかで聞いたからかもしれぬ。私の信仰は長い歳月の間、雨樋《あまどい》のように腐蝕《ふしょく》していて、イエスの姿は、このジョン・ウェインの看板画のように俗悪な模写にすぎなくなっていた。

「どうかね、自分でもよくわからん」

戸田はまた皮肉なうす笑いを浮べた。私はふと数年前、書きはじめて、結局は引出しの奥にしまいこんだ自分の原稿のことを思いだした。その小説はイエスとその弟子の一人の、小狡《こずる》い嘘《うそ》つきの、ぐうたらな男とのことを書くつもりだったが——そしてその男は私自身の投影だった——それが失敗に終った時、私はもうイエスを棄てた気になったのである。

「ヤッファ街だよ。まあ、エルサレムの新宿だね」

彼は急に話題を変えてくれて、

「二十日戦争の時、ここだって危なくて通れなかったよ」

「戦争の時はどこにいた？」

「国連の事務所。すぐそばでヨルダンの部隊が機関銃をうってきて、こちらは床に伏せて身動きもできなかったな。この先に当時の砲弾の跡が随分残っている」

「建物がみな変な色をしているが、花崗岩《かこうがん》かい」

「いや、このイスラエル独特の石だ。みなあの石を使って住宅も官庁も作っている。あれが国立銀行だ。こちらがキング・ジョージ・ホテル。エルサレムで一番いいホテル。俺の通っていたヘブライ大学なんかは反対の方角にある」

そんなものは全く関心がなかったが、そのたび毎《ごと》に戸田は古ぼけたルノーのスピードをゆるめてくれた。

「聖書に出てくる最後の晩餐《ばんさん》の家とか、油搾り場《ゲッセマネ》の園なんかは何処にあるの」

これらの場所は私の幼年時代や少年時代の思い出にむすびついている。クリスマスの日に教会では大学生たちが私たち子供に降誕祭の芝居をやらせて、不器用な私はマリアの乗った驢馬《ろば》にさせられた。

「見たいかね」

「ああ。少しはね」

「案内はするよ。だがそういう場所はみな……出鱈目《でたらめ》だ」

この時の彼の声にも昔の断定的な調子があって、私のひそかな願望を見ぬき、それを断ち切ろうとするようだった。

「出鱈目かね」

「ああ、巡礼者用には存在しているが、考古学的には出鱈目だ。まあ義経《よしつね》の腰掛石のようなものだよ」

三時半を少し過ぎたというのに、まだ真昼のように強い陽差しがヤッファ街の商店の鎧戸に反射していた。信号が変ると、歩道にかたまっていた人々が横断歩道をわたる。そのなかには草色の軍服を着たイスラエル兵も二人まじっていたが、この街の雰《ふん》囲気《いき》は戦時中の新宿のように、死の匂《にお》いのするものは何処にもなく、そして聖書に出てくる古いエルサレムの匂いも、ひとつも感じられなかった。

だがヤッファ街が終ってしばらく車が走ると、少しずつ異様な臭いがするのに気づいた。通りの雰囲気が徐々に変ってくるのが私の肌にも感じられる。左右にはまだ西欧風の商店が続いているが、頭に丸く布をかぶったアラブ人たちが眼につくようになった。男たちは映画で見るように寝巻のような長衣を着てサンダルをはいている。通行人のなかにそのアラブ人の男たちが増えはじめた頃、黒衣で顔の半分をかくした女たちも見えた。

「ここからオールド・エルサレムになる」

と戸田は車の速度をゆるめた。この時、東側に要塞《ようさい》のような褐色の城壁が見えた。城壁には洞穴のような門があって、その暗い洞穴のような城門から灰色の液体のように羊の群れが出てくる。驢馬にのったアラブ人がその羊を追いたてている。羊が通過するまでアラブ人たちは辛抱づよく待っている。さきほど通ったヤッファ街とは違って、すべてここは日本人の私には親しみやすい乱雑さと無秩序と臭気とが漂っていた。汚水でぬれた通りに、終戦後の新宿の闇市《やみいち》を連想させる小箱のような店が並び、蟻《あり》の這《は》ったようなアラブ文字の看板の下で何をしているのかアラブ人たちが数人ずつ集まっている。

「城壁のなかには入れるのか」

「もちろん入れるさ。車は通れないよ。しかし今日は駄目。明日は、このオールド・エルサレムの安息日《サバート》は終るから」

私は戸田がくたびれているように思った。

「城壁はイエス時代のものかな」

少年時代、四旬節《しじゅんせつ》の前に神父さんが読む聖書の言葉を私はまだかすかに憶《おぼ》えている。都の近くに来《きた》り、エルサレムのためにイエスは泣きたまいぬ。

「馬鹿だな」戸田は首をふって、「これはトルコ領だった頃の城壁だ。イエスの時代のエルサレムの瓦礫《がれき》があるとすれば、このエルサレムの地下のずっと底に埋没しているさ」

エルサレムはイエスの死後、幾度も破壊され、再建された。ローマ軍がこわし、十字軍やイスラム軍が砕き、廃墟《はいきょ》になった街の上にあたらしい街をつくった。次々と崩した街の上に街をつくると丘のようになる。それを考古学ではテルと言うのだと、彼は説明してくれて、

「だから、イエスの跡はこの城壁のなかにだって、ほとんど存在していないね」

私の心のように、このエルサレムにも昔、存在していたイエスの姿はほとんど消えている……。


ホテルまで送ってくれた時、戸田は自分の下宿に来てもらいたいが、家主が部屋のペンキを塗りかえたからと言った。瞬間、私は彼が自分の下宿を見せたくないのだなと感じた。女と一緒に住んでいるかもしれぬし、そうでないかもしれぬ。だがそんなことは、どうでもよいことだ。我々の間に流れた歳月の間、私のイエスは腐蝕していったが、彼のイエスはどう変ったのだろう。もし彼の下宿に行けばその変化の匂いが、ひょっとすると小説家の私に嗅《か》げたかもしれないのだ。

「一緒にホテルで晩飯をたべようか」

「飯はいいが、あんた、飲みたいだろ」

戸田は首をふって、

「下宿に戻って何か持ってきてやるよ。安息日《サバート》で酒はホテルで売らんからな」

部屋に戻って、錆のまじった湯で入浴した。栓をひねると、相変らず蛇口は痙攣《けいれん》したような響きをたてた。流れでる少し赤っぽい湯で手や足を洗っていると、二十数年前、寮の風呂《ふろ》で彼ととり交した会話が甦《よみがえ》ってくる。

あの頃は戦況が急に悪くなってきて、我々学生も一週間のうち五日はあちこちの軍需工場へ勤労奉仕に駆り出されていたし、一年前まではまだ盛切りでも飯を食べさせていた寮の食堂が雑炊に変り、毎日あった風呂も薪《まき》や石炭の倹約から一週に二回に減ってしまった。勤労奉仕から少しでも遅れて戻ると、風呂の湯は先に入浴した連中の汗と垢《あか》とで白っぽく濁り、湯気のなかに嫌な臭いがまじっていた。

「代用品の石鹸《せっけん》じゃ、泡《あわ》もたたん……」

と戸田がそんなある夜、湯船の縁に腰かけながら、体を洗っている私に話しかけた。風呂のなかは私たち二人きりだった。

「今日、電車の中で嫌な目に会った」

「どんな」

「電車のなかでロザリオをポケットから出していじっていたら、前にいた国民服の男が急に近寄って、そんな外国の宗教を信じる時代かと大声でなじるんだ。言いかえしてやったさ。しかし他の乗客は皆、黙っているんだ。いじけているんだよ」

戸田なら本当に言いかえしただろうと思って、私は黙っていた。信者であるために彼の言うような嫌な目に会うのは、私にも珍しいことではなかった。だがそんな時、私は逃げようとしたし、自分が洗礼を受けていることを外でも勤労奉仕の工場でもひたかくしにかくしていた。私は彼に背をむけ、

「君、神父になるって本当か」

と突然たずねた。

手ぬぐいを下腹に当てたまま、戸田はふしぎそうに私の顔を見た。

「だれにきいた」

「本田にきいた」

「嘘だよ」

私たちのいる大学は基督教《キリスト》のJ会が経営している大学だったが、神父たちはほとんど同盟国のドイツ人だったから、他の外人のように本国に帰還命令も出されず、日本人の教師と一緒にまだ教壇にたつことを許されていた。我々の寮の舎監をしているノサック神父もその一人で、彼は半ば燃えつきた蠟燭《ろうそく》のように、いつも憔悴《しょうすい》しきった顔

とおちくぼんだ眼をした人だった。戸田は予科の時からこの神父の部屋で毎日のように話をきき、そして進んで洗礼を受けたのである。

冬の朝、まだ暗い時、ノサック神父が一人、寮からミサをあげに出かけていたのを私はまだ憶えている。彼が寮を出る時、いつもこわれかかった玄関の扉がギイと鳴って、その音を私は夢うつつのなかで聞いたものだ。やがて戸田もその扉の音をたててミサに出かけるようになったのだ。

「君なら」石の浴槽《よくそう》からたちのぼる垢臭い湯気のなかで、私は溜息《ためいき》をつきながら、「君ならノサック神父にそう奨《すす》められても当然だな」

「どうして」

「君は自分で信者になったんだし……そのことに自信もっているんだろ」

「自信がないのか、君には」

「俺は君とちがって、自分でこの宗教を選んだんじゃないもの。子供の時、そう親からさせられたんだ」

「そうかな。俺にはそんなこと、問題にはならんと思うけどな」彼は首をかしげ、教師風の物の言いかたをした。

「俺が君なら、はっきり態度をきめるよ。この宗教が嫌なら棄《す》てる。棄てないのなら自信をもって自分のものにする。少し……自堕落だよ、君は……」

　そう、戸田の指摘したように、私はたしかに湿り気のある布団《ふとん》のように自堕落な性格だった。自堕落な性格だから戸田のように物事をはっきり選び、選んだことに確信をもてる男をどこかで羨《うらや》んでいた。

　戸田は結局、神父にはならなかった。ならなかったが、彼らしく学生の誰もやらぬ聖書学のような勉強を将来の仕事に選んだ。

　だが今、この褐色の湯につかり、長い間、一度も思いださなかった昔の夜の会話が記憶の集積の底から甦ったのは、一度は神父にまでなろうかと考えた昔の戸田と久しぶりに会った彼の印象とが違っていたからだろう。彼の首にある痣《あざ》のような火傷《やけど》の痕《あと》は昔のままだったが、その頭の毛は薄くなっている。私の信仰もこの二十数年に、この湯のように赤く錆びたが、彼の内面だって変ったかもしれぬ。そして私たち二人はもう四十をすぎ、自分の人生に自分だけの意味を探らねばならぬ年齢に達していた。

　一人でたべる異国での食事はまずく、わびしく、ホテルの食堂には二、三組のユダヤ人の家族が静かに腰をおろしていて、アラブ人のボーイは隅の席に私を連れていった。羊の肉は甘ったるい臭気がして、サラダはオリーブ油が強すぎた。食事が終ると、ユダヤ人の家族たちは食堂の隅においたテレビを嬉《うれ》しそうにつけたが、この国のテレビ局は一つしかないらしく、詩の朗読らしい番組を飽きもせずボーイたちもこの家族たちも何時《いつ》までも眺めていた。

一時間ほどたって新聞紙にウイスキー瓶《びん》を包んで戸田はやって来た。漬物だと言って瓶に入れた胡瓜《きゅうり》の酢漬けをベッドの上においた。外はもう真暗で、暗い部屋の灯のなかで胡瓜の色は妙になまなましく、

「君が漬けたの」

洗面所でコップを洗いながら訊《たず》ねると、

「いや……」

彼は言葉を濁した。日本人の彼に教えられてこの漬物を作っているユダヤ女の姿が、ふと心に浮んだ。

「こんなうす暗い部屋で、こうして君と酒を飲むと……あの寮にいるみたいだな」

と私はつぶやいたが、旅の疲れに酔いのまじった瞼《まぶた》に、黄色い汗の染《し》みのついた柔道着の干してある窓やカレーの臭《にお》いのこもった廊下が浮んできた。

「あの寮には刑事がよくたずねてきたな。ノサック神父のことを調べに」

戸田がぼんやりそう呟《つぶや》いた時、私の胸に痛みが走った。その痛みは長い歳月の間、時折、痙攣のように起るもので、自分としては思いだしたくない思い出の一つである。

「寮に手伝いの修道士がいたじゃないか」私は急いで話題を変えた。「気の弱かった奴《やつ》、コバルスキとか言った男」

「ねずみだろ」

「そう、ねずみだ。あいつが配属将校に撲《なぐ》られているのを、憶えているよ」

もつれた糸をほぐすように記憶をたどりながら、そう、ねずみという渾名《あだな》の修道士が寮にいたっけと私は思った。文字通りねずみのような顔をした貧弱なポーランド人で、いつも何か泣きはらしたような眼をしていたが……。

「どうなった、あいつ。修道士をやめて国へ戻ったとは聞いていたけど……」

「知らなかったの」

酔ったのか、戸田の首の火傷の痕が昼よりはっきり見える。三時間前とはちがい、彼は昔のように、洗いざらしの靴下をはいた足を私のベッドに馴々《なれなれ》しくのせて、

「死んだよ。本国に戻って……ゲルゼンの収容所で……」

「収容所で……」

「俺もずっとあとで、ヒューラー神父に聞いたんだ」

「あんなおどおどした体の弱い奴が、収容所でよく生活できたもんだね」

「だから死んだんだろうよ」戸田は遠くでも見るように暗い眼をした。「俺たち寮生

のなかにも戦病死や、戦後、結核で死んだ奴が四、五人いるもんな」

「ヒューラー神父って、我々を御殿場《ごてんば》の癩《らい》病院に連れていったケルン生れの赤ら顔の人だろ」

酔いで痺《しび》れた頭に、忘れていた思い出が、もう一つ戻ってくる。嫌だったあの日。あの寮では六月になると、信者の学生だけに御殿場にあるカトリック癩病院に慰問に行かせる行事があったが、私はその日がくるのがひどく不安だったのだ。

「君はあの時、張りきっていたね」

多少の恨みと皮肉をこめて戸田をからかう。そう……私とちがって洗礼を自分から受けた戸田はこの慰問に、随分、張りきっていた。

慰問とか慈善にたいし私は本能的に愉快な気持をもっていなかったし、御殿場の癩病院に行くことも義務ではないとは思った。中学時代、大人の読む娯楽雑誌に癩の徴候という幾つかの症状を読んだため、一時、癩にたいしノイローゼ気味になった憶えのある私は、そのくせ戸田のような連中から自堕落で信者らしくないと言われるのも嫌で、結局、参加してしまったのである。

霧雨の降っている日曜日に、十四、五人の信者学生とヒューラー神父は御殿場に行く汽車に乗った。自分の気の弱さと張りきった連中のどこか偽善的な会話に嫌悪《けんお》を感じ、癩病へのおそれを抑えながら、車窓の向うに見える黒く濡《ぬ》れた畠《はたけ》や農家を眺めていた自分の憐《あわ》れな姿を思いだす。雨の御殿場駅は暗くがらんとして、改札口にはチョビ髭《ひげ》をはやした中年男が愛想笑いを浮べながら出迎えに来ていた。病院の事務長だというその中年男は、患者が今日をどんなに楽しみにしているかを繰りかえして言い、私たちを古ぼけた木炭バスにのせた。

「病院で藷《いも》が出たろ。患者が自分たちの藷をふかしてくれて、それを昼食の代りに出したろう」

「そうだったっけ」

戸田はあの時の模様をすっかり忘れているようだった。あるいは忘れているふりをしていたのかも知れぬ。病院は御殿場の町から二里ほど離れた雑木林のなかにあり、雨にぬれた病室はわびしい兵舎のように見えた。クレゾールの臭いのする事務室で、看護婦として働いている日本人修道女が盆にふかし藷を盛ってあらわれた。

「このお藷さんも、患者が自分の食い分を一つずつ皆さんのために取っておいたもんでしてな」

愛想笑いをたやさぬ事務長は、緊張している私たちに、

「患者はもう半時間も前から講堂で待っております。講堂に行かれる前に、皆さん消

毒風呂に入られますか」

私はもちろん二、三人の者が立ちあがりかけた時、戸田が首をふって、

「消毒なんかしなくたっていいよ。すべきでないと思うな」

そんなことをするのは患者たちにたいする侮辱だと彼が言い、私たちは黙りこんだ。

患者たちが半時間も前から集まっている講堂に入った時の印象も——私はこのエルサレムの安ホテルで二十数年ぶりで思いだす。うす暗い講堂のなかで最初に受けた印象は、たしか、誰もかれもが年とった人ばかりだと言うことだった。どの患者も頭の毛が短く、年寄りのような顔をして眼だけ光らせながら私たちの動きをじっと眺めていた。だがまもなく、その雰囲気に馴れると、毛を短く切った患者たちのなかに、銘《めい》仙《せん》やモンペを着た坊主頭《ぼうずあたま》の若い女たちがまじっていることに気がついた。女たちは両手を膝《ひざ》にじっと坐《すわ》っていた。担架にのせられ、白い布で顔を覆《おお》った重症患者たちも運ばれてきた。

「君は、患者たちに詩の朗読を聞かせただろ」

あの時の戸田の自信に充《み》ちた顔や、その戸田の顔から私が受けた感情を思いだして言うと、

「そう言えば、そうだったけな」

と戸田は恥ずかしそうに笑った。

我々は一週間練習してきた学生歌や民謡を患者の前で歌ったが、みなが合唱している間も、私は口だけ動かしながら、どうしてもこみあげてくる怯《おび》えや、そんな怯えを感じる自分への自己嫌悪と闘っていたものだ。私はあの時、足に小さな怪我《けが》をしていたし、その怪我に病菌がうつるのを心配していたのだ。そのくせ、自分がどうにもならぬ嫌な奴だと感じていた。合唱が終って私がほっとした時、戸田は突然、列から前に出て、

「皆さん、ぼくに詩を朗読させて下さい」

と叫んだ。

その詩は、当時評判だった詩で、患者たちに理解できたかどうかわからない。でも時々、隅で咳《せき》をする人のほかは、彼等は黙って温和《おとな》しく聞いていた。坊主頭の娘たちもうつむいて身じろがなかった。戸田のその時の震えるような声が嫌だったので、私は視線をそらせて雨のあがった白い窓を眺めていたのだ。太郎を眠らせ、太郎の屋根に雪ふりつむ。次郎を眠らせ、次郎の屋根に雪ふりつむ。

「あれは三好達治の詩だったな」

「ああ」

酒は瓶にもう三分の一しか残っておらず、部屋にこもった煙草《たばこ》の煙を出すために窓をあけると、昼間の暑さが嘘《うそ》のように闇《やみ》の冷気が額をなでた。むこうの街燈《がいとう》の下に銃を肩にかけたイスラエルの兵士が二人、船首の立像のように直立している。

「やはり戦争をしている国だな」

「そうだよ」

「あのあと、俺たちが何をしたか、思いだせるか」

私は恨めしそうな声を出したが、戸田は例の皮肉な微笑を浮べ、

「よく憶《おぼ》えているね。俺は昔のことなど、次々に忘れることにしている」

「野球したのさ。患者のチームと……」

戸田が忘れていることをまだ鮮やかにこちらが記憶しているのは、あの一日が私には自分の原型をむきだしにしたような日だという感じがするからだろうか。それはみじかい日曜日だったが、その日曜日が私がやがて教会に行くことなどやめる小さな種になったのかもしれぬ。

「患者に野球チームがあると聞いて」と私はまだ恨めしげに、「野球をしようと言ったのは君じゃなかったかね」

「知らないね」

知らないねと彼は首をふったが、そういう申し出を口にしてヒューラー神父や修道女を感激させたのは、たしかに戸田だったと思う。私は皆の一番最後から病院の運動場に出た。雨があがった運動場は土の臭いがして、渡されたグローブは職員用で患者チームのものではないことは承知していたものの、指を入れると内側のべっとりした湿り気が感じられた。

「おい、君」と誰かが私の肩を押した。「外野やれよな」

病舎のほうから歓声が起った。窓から男女の患者が顔を出して手や手ぬぐいを振っていた。軽症の選手たちが、泥でよごれたユニホームを着て病舎から出てきたからである。

遠くから見ると、これらの軽症患者の選手たちはどこにも変ったところがないように見えた。だが、

「お願いします」

帽子をぬいで彼等が丁寧に頭をさげた時、私はそのある者の頭に銭型大の毛のぬけた部分があり、他の者の唇は火傷のようにひきつり歪《ゆが》んでいるのに気がついた。

外野に立って眼をつぶり先ほど見た講堂の風景を思いだしていた。白い布を頭にまいて仰向《あおむ》けになりながら戸田の詩をじっと聞いていた重症患者、両手を膝においてう

つむいていた娘たち。そうした人々に怯えと怖《おそ》れを感じていた自分。（イヤな俺、イヤな俺）と湿った外野の草の上を歩きながら、私は口の中でその言葉を繰りかえした。試合はいつの間にか進み、私が打者になる番がまわってきた。思いきってバットを振ると重い手ごたえを感じ、泥によごれた灰色の球が遠くに飛んだ。走れと誰かが叫び、一塁を夢中で通りぬけて二塁に駆けだした時、サードからボールを受けとった患者が追いかけてきた。二つのベースにはさまれた私は、ボールを持った癩患者の手が自分の体にふれると思うと足がすくんだ。二塁手のぬけ上った額と厚い歪んだ唇を間近に見た時、思わず足をとめて怯えた眼でその患者を見あげた。

「おいきなさい……触れませんから……」

しずかにその患者は小声で言った。

「おいきなさい、触れませんから」

あの静かな声は二十数年ぶりで頭の奥で聞えてくる。ホテルのなかは静かで、戸田は足をベッドに投げだしたまま、コップを手に持って眼をつぶっている。おいきなさい。触れませんから。

「イエスは癩者に手を触れて、何人、治したんだっけ」

彼はほかのことを考えていたらしく、眼を閉じたままだった。

「イエスは手を触れて、何人の癩者を治したのか」

「それがどうした」

「どうでもいい。酔ったのかも知れん。まだ教会に行っているの」

私の質問にゆっくりと薄眼をあけて、戸田はさぐるようにこちらを眺めて答えた。

「もう行っとらん」

「信仰、棄《す》てたのか」

彼はベッドから足をおろして、遠くに蹴《け》とばした靴を探しながら言った。

「あんただって、なぜこの国に来た」

「おたがい、もう二十代や三十代じゃないもの。人生をやりなおすには年もとったし、それに人間はたくさんの情熱で生きられぬこともわかったし。だから、もう一度……見失ったあの男の足跡を歩きなおして、けりをつけたいんだ」

私はイエスという名を呼ぶのに恥ずかしさを憶えて、あの男という言い方をしたが、

「どんなイエスだね」彼の頬に例の皮肉な笑いが浮び、「教会のイエスか、君のイエスか」

「俺のイエスだろうよ」

そのくせ、結局は何もかも変りはしないだろうとふと思った。数日後、この国のテ

ル・アビブ空港から飛行機に乗って日本に戻る時、私はおそらく前の私と同じだろう。二十数年前、御殿場の癩病院で怯えながら一塁と二塁との間に足をとめた二十歳の私は、今の私と変りないのだ。

「下まで送っていくよ」

廊下も階段も暗い灯がともっているだけで客の影も見えない。食堂でテレビを見ていたユダヤ人の家族たちは、おそらくもう眠ったにちがいない。フロントには黒服の若い事務員が部屋《へや》鍵《かぎ》のぶらさがった棚を背にしてタイプを打っていた。そのタイプの音だけが森閑としたロビーのなかで、ひとり生きているように鳴り続けている。ホテルの外に出ると、さっき窓から見えた兵士がまだ辻《つじ》に立っていて、その喫《す》っている煙草の火が明滅していた。

II 奇蹟《きせき》を待つ男

〈群像の一人 一〉

その夏、何年ぶりかでガリラヤ湖畔の村や部落に疫病《えきびょう》が蔓延《まんえん》した。疫病にかかった者は高熱を出し、わけのわからぬ譫言《うわごと》を叫びつづけ、体を震わせた。ヘロデ王の別荘地ティベリヤの町にいる医者たちもこの病気には手のつけようもなく、病人は護符をつけた担架にのせられ、湖北の岸辺につれられていった。葦《あし》の茂るにまかせた岸辺に並んだ急造の小屋に隔離されるのである。一日に一度だけ、家族が食べものと水と、そして役にたたぬ薬草とを舟で運んでくるが、その家族たちもそれを小屋の前におくと逃げるように戻るのだった。この疫病は悪鬼がとりついたからだと、信ずる者が多かったためである。

疫病は国境をこえた異民族のようにティベリヤの町から始まって、マグダラ、カペナウム、ベツサイダと湖畔の村々を襲った。夜になるとこれらの村々の背後の丘の斜面では、赤黒い火があちこちで動くのが見えたが、それは屍体《したい》を薪《まき》で焼く炎で、煙と共に肉親を失った女たちの泣き声が風に送られ、闇《やみ》のなかで身を堅くしている村民の耳に聞えた。

だが湖畔に住む貧しい村々の住民たちは、不幸というものに馴《な》れていた。不幸は年ごとに、時には季節ごとに、形を変えてやってくることも知っていた。不幸はそれに抗《あらが》うよりは、過ぎ去ってしまうまでじっと待つより仕方がないのだということも知っていた。小さな湖からとれる魚と、背後の山に飼っている羊のほかに生活の糧《かて》のない彼等は、みじめさや貧しさの伴わぬ人生など思ったこともなかったのである。

疫病は湖の彼方《かなた》に見えるヘブロン山に白い雪が積りはじめた十月の半ばに力を失ったが、彼等が考えた通り、次の不幸がまたやってきた。秋の終りから長雨がふりつづき、湖には靄《もや》が一日中かかり、やがて岸に溢《あふ》れた水は湖畔につくった小さな畠《はたけ》を浸した。靄が消えても、湖は陰気な老人のように押し黙って、部落や部落民をひややかに眺めていた。

マグダラの部落に住む網元のアンドレアは、この湖畔ではまだ惨《みじ》めではないほうだった。彼は四人の漁師を使い、若い妻と一人の幼い子供を持っていたからである。疫病がはやった頃、彼の漁師の一人がそれにかかった。アンドレアは、汗だらけになりながらそのくせ体を震わせている病人を、小舟に乗せて湖北の葦にかこまれた小屋の一つに移し、食べものも毎日、運んでやった。だが、夏が終る前のある夕暮、彼が他の漁師とその小屋に行ってみると、病人は西陽の照りつける戸口から這《は》いだして死んでいた。

アンドレアは他の連中と同じように、仕方のないことだと考えた。不幸は抗うよりは過ぎ去ってしまうまで待つほうがいいと知っていたからである。そのくせ、そんな時、他の漁師と同じように、彼もいつか自分とこの湖畔の人間たちとに大きな希望を与えてくれる誰かがやってくるという言い伝えを、ふと思いだすのだった。

もうずっと前からガリラヤ湖畔に住む住民たちは、自分たちの惨めさを救う人が南からあらわれると聞かされていた。その人は南からナザレやカナを通りすぎ、そしてこの湖の東にあるマアガン山をくだって来る筈《はず》で、彼が来れば、足なえは歩き、寡婦《かふ》は慰められ、そして長血《ながち》を患《わずら》う女は癒《い》え、息を引きとった赤ん坊は蘇生《そせい》すると言われていた。

どうしてそんな言い伝えが起きたのかアンドレアは知らぬ。だが彼は幼い頃、夜、添寝をしてくれる母親からその話をいつも聞かされていたし、妻が子供にも同じ話をしてやるのを幾度も見たことがある。人間はみじめな時、そんな実現しえぬ夢をつくりだすものだとアンドレアは思ったが、疫病が彼の漁師をうばった時はさすがに湖の東にある禿山《はげやま》を見て、この話のことを考えた。

夕陽が禿山を狐色《きつねいろ》にそめている。狐色にそまった荒涼たるその禿山を見つめながら、彼はナザレやカナからそこを越えて湖畔を訪れた何人かの預言者たちのことも思いだす。獣の皮を腰にまとい杖《つえ》をもった預言者たちは皆、ユダの荒野からくるしい旅をつづけてこの地にたどりついたのだと言い、この国を占領しているローマ人を呪《のろ》い、それと手を握っているヘロデ王を非難し、やがて神が彼等を駆逐する救い主《メシヤ》を送るだろうと語った。

預言者たちの言う救い主《メシヤ》とその人とが同じなのか、アンドレアにはわからない。むしろ救い主《メシヤ》もその人も、決してあの禿山からは姿を見せないだろうという気がする。村々は永久にみじめで疫病は数年ごとに繰りかえされ、長雨に鉛色の湖があふれることは変らず、そして夕陽はあの禿山を狐色にそめるが、自分たちはただそれをうつろに見るだけだと思うのである。

疫病がはやった翌年、冬のはじめ、アンドレアはその禿山を越えてベトシャンの町まで家畜を手に入れるために旅をした。ベトシャンに赴くにはヨルダン川にそって南下する一本の道しかない。川は、はじめは冬枯れた耕地をつき切る道と平行に流れていたがやがて姿を消し、消えたかと思うと、丘のかげからまたひょっくりくねった流れを見せる。灰色の押しつぶされたような幾つかの部落を通ったが、ある部落では老人がぼんやり枯れたオリーブの樹《き》の下に腰をおろし、別の村では埋められたばかりの子供の墓を犬がほじくっているのを見た。そうした光景を目撃するたびにアンドレアは、人間の住むところには何処《どこ》にもガリラヤと同じような不幸があるものだと思った。

家畜市でにぎわっているベトシャンの町に着く前、一人の男と道づれになった。男は驢馬《ろば》に幼い女の子を乗せていたが、白痴のように物も言わず驢馬の背にゆられているその子の眼は、灰色の貝殻のように潰《つぶ》れていた。

「わしたちはベトシャンより、もっと西に行く」と男はアンドレアに教えた。「ひょっとすると、マハロかアフラまで旅をするかもしれん。この子の眼を治してもらうためだ」

「いい医者がいるのか」

アンドレアは故郷のマグダラを思いだしながらたずねた。マグダラにも、この子と同じように盲目の老婆《ろうば》や少女たちがいたからである。

「医者などもう役にはたたぬ、わしたちはあの人に会いにいくのだ」

男は寂しそうに首をふって、生れつき盲目だったこの女の子を治してもらうため、持っていた羊を売り畠も手放したが、どんな医者も最後には首をふるだけだった。今はあの人に頼るほかはないのだ、と愚痴をこぼした。

「あの人とは誰だ」

このアンドレアの質問に、男は驚いたように彼の顔を見つめ、

「お前は噂《うわさ》を聞いたことがないのか」

首をふったアンドレアに、驢馬を引いた男は説明した。ユダの荒野のヨハネ教団からイエスとよぶ教師《ラビ》があらわれ、サマリヤの町々をめぐりながら人の心にしみいる話を語り、病める者を治し、みじめな者を救っている。そしてその人に魅せられた群衆のなかには彼を救い主《メシヤ》とよび、故郷を棄《す》ててあとに従おうとする者もいると言うのである。

その話を男から聞かされた時、アンドレアのまぶたに夕陽の照らしたあの狐色の禿山が思い浮んだ。長い間ガリラヤで語りつたえられた「その人」とは、ひょっとするとこのイエスのことではないのか。もしそうならば、いつの日かこのイエスという人が、夕暮、狐色の禿山をおりて湖畔の村々を歩く時、足なえは歩き、長血を患った女は癒え、疫病にかかった病人たちも起きることができるのかもしれぬ。

驢馬を引いた男とベトシャンの町はずれで別れると、市で家畜を買うため、二日、町に滞在したが、その間、彼はイエスのことを考えつづけた。冬の陽ざしを浴びた市には羊や山羊《やぎ》やさまざまな家畜の鳴き声が売り手、買い手の叫び声とまじりあい、人ごみの間を乞食《こじき》や不具者たちが物乞いをしていた。彼は人々にイエスの噂を耳にしたことはないかと訊《たず》ねたが、この時はなぜか誰もが首をふった。ベトシャンの町ではイエスの話はまだひろまっていないのか、それともあの盲目の女の子をつれた男が嘘《うそ》をついたのかとアンドレアはふしぎに思った。

この冬はガリラヤでは特に寒かった。北方の山脈から吹く風が時折、霰《あられ》をまじえて湖に波をたて、漁に出た小舟を苦しめた。女や子供たちもその寒風のなかで湖をかこむ丘に一日中、羊を追い薪をひろった。冬枯れたあの禿山の上を暗い雲が一日中覆《おお》っていたが、その山を救い主《メシヤ》はおりてはこない。アンドレアはイエスの話を、時折、思いだすことはあったが、もうあの旅の時のように彼の心を惹《ひ》きつけはしなかった。あれはあの驢馬を引いた男のはかない夢で、その夢を信じるために彼が自分にそんな話をしたような気がしたのである。

春が来た。湖畔にはユーカリの葉があたたかい風にゆれ、アネモネの赤い花が咲きはじめる。ティベリヤの町では長い間、冬眠していた獣がようやく姿を見せるように、何処からともなく遠い地方の商人たちが羊の群れを追い、驢馬に天幕や荷を乗せて次々とあらわれる。アンドレアたち漁師もその商人たちから網を買い、種を手に入れ、その代り彼等の宿や食べものを与えてやるのだ。

「イエスとよぶ預言者に会ったことはないか」

アンドレアはある日、活気をおびた町で、たった今、到着したばかりらしい商人たちに何気なくたずねてみた。彼等はレバノン杉から作った珍しい箱のなかに、さまざまの布をいれて売りに来たのだった。

「あれが預言者と言えるならば、そうかもしれん」

と商人たちは笑った。イルビトの町からガリラヤに向う途中、彼等はヨルダン川にそった野で一群の旅人たちを追いぬいたが、この旅人たちはイエスとよぶ者とその一行だったと言うのである。イエスたちはいずれも長い旅のため疲れた足どりで、身なりもみじめで貧しく、獣の皮をまとい荒縄を腰にまくような預言者たちにはとても見えなかったと、彼等は口々に語った。

幾分、嘲笑《ちょうしょう》をまじえた彼等の話にアンドレアはさして幻滅も感じなかったし、裏切られたような気もしなかった。むしろ彼はイエスという男が預言者たちのように物々しくないゆえに、かえってなにか信じられる気さえしたのである。忘れかけていたそ の人にたいする好奇心と、あの驢馬を引いた男の夢が本当なのかもしれぬという期待が、胸を強くゆさぶった。

羊の毛のように柔らかな巻雲があの丘の上に浮んでいるそんな春のある午後、アンドレアは遂《つい》にあの人に会うことができた。長旅のせいかイエスはくたびれて見え、頬もこけ、眼もおちくぼんでいたが、周りに集まってきた老人や子供たちを眺める時、そのくぼんだ眼に言いようのない優しい光が宿った。

彼はガリラヤに来た幾人かの預言者たちのように物々しい声や身ぶりもせず、話をする時は、アネモネの花に埋まった湖の岸辺に坐《すわ》り、あるいは羊が草をはむ丘の白い岩に腰かけたが、そんな時、子供が彼のうしろからだきついても、そのよごれた小さな両手を握ったまま話をつづけていた。

イエスの話はサドカイ派やパリサイ派の教師《ラビ》や獣の皮をまとった預言者のそれのようではなかった。教師《ラビ》や預言者たちはいつも人間の弱さを責め、神の怒り、神の罰の怖《おそ》ろしいことを烈《はげ》しく威嚇《いかく》するように説いたが、イエスはそんなことは一度も口にしなかった。彼は神もさびしいのだと言った。神は女が男の愛を求めるように人間をほしがっていると語った。神は預言者たちの言うようにきびしい山や荒野にかくれているのではなく、辛《つら》い者のながす泪《なみだ》や、棄てられた女の夜のくるしみのなかにかくれているのだと教えた。子供たちはイエスの周りを駆けずりまわり騒いでいたが、病人や女たちはその話を信じられぬように、うつむいたまま黙って聞いていた。

話がすむとイエスは漁師から借りた古い小舟に数人の弟子たちと乗り、夕陽にかすむ対岸に向って去っていく。うるんだ夕陽が湖に反射していて、その光のなかに小舟は次第に見えなくなる。

「あの人はどこに行くのか」

アンドレアは、いつまでも見送っている老人にたずねた。

「あの人は谷で寝る」と老人は強張《こわば》った顔で答えた。「谷で癩者《らいしゃ》たちを慰めながら寝るのだ」

谷というのは、対岸の向うのダルダラと呼ばれている峡谷のことである。湖畔に住む者で不幸にも癩にかかった患者は、疫病《えきびょう》の時と同じように家と家族を捨ててその峡谷に去らねばならぬ。ダルダラの谷は褐色の髑髏《されこうべ》のような岩山が不吉な影を落していて、一木一草もないその岩山の穴に癩者たちは住んでいる。日に一度、彼等は鈴を鳴らしながら列をつくり、湖畔の近くまでおりて、村人がおいた食べ物を持っていく。

アンドレアも幾度か、秋の午後など、癩者の鳴らすわびしい鈴の音を野原の遠くに聞いたことがあった。

「それで……あの人は癩者を治すのか」

アンドレアは老人にまたたずねた。老人は黙っていたが、アンドレアはこの時またベトシャンに行く旅で出会ったあの男の話を思いだした。ひょっとすると、あの人は癩者にも恢復《かいふく》の悦《よろこ》びを与えているかもしれないと思ったのである。


雨が湖に煙る日のほかは、イエスは小舟に乗って毎日こちらの岸に姿を見せた。押しつぶされたような漁師の村カペナウムやベツサイダから、山を越えて遠く羊飼の住むコラジンの部落にも足をのばしていく。だが彼は決して富裕な商人や祭司たちのいるティベリヤの町には、近寄ろうとはしなかった。満ち足りた者、恵まれた者に関心がないようだった。イエスたち自身、それらの連中から軽蔑《けいべつ》されるようなみじめな姿をしていたし、その話を聞く者もアンドレアのような漁師や労働につかれた女たちだった。

木洩《こも》れ陽が草むらに落ちているオリーブ林のなかで、皆は膝《ひざ》をかかえてイエスの言葉に耳かたむける。「幸いなるかな、心貧しき人」とイエスは皆がよく知っている詩《し》篇《へん》の句を呟《つぶや》いた。「天国は彼等のもの。幸いなるかな、柔和の人。彼等は地を得べければなり」湖面をわたる風は、草むらに咲き乱れるアネモネの花びらをゆれ動かした。「幸いなるかな、心きよき人。彼等は神を見るべければなり」そして最後に木洩れ陽を顔にうけて、イエスは詩篇にはない言葉をつけ加えた。「幸いなるかな、泣く人。彼等は慰めらるべければなり」

アンドレアはまた、夕暮の丘の翳《かげ》った斜面に坐っているイエスたちを見たこともあった。イエスだけが弟子たちから少し離れて、一人、翳った岩かげに腰かけていたが、その姿はなぜかアンドレアの眼にひどく孤独にみえた。

だがある日、いつものようにイエスたちが小舟からマグダラの岸におりた時、網をほしていたアンドレアと漁師たちは思いがけぬ場面に出会った。一人の跛《びっこ》の男がじっと待ちかまえていて、イエスのそばに近寄り、杖で体を支えながら泣くように叫んだ。

「わしはこんな体だ。長い間、足が萎《な》えている。働くこともできぬ」

たちどまって自分を見つめるイエスに、跛はたのんだ。

「治してくれ。憐《あわ》れんでくれ」

いつの間にか、その跛の声を聞いて波うちぎわで遊んでいた子供たちがそばに寄ってきた。畠《はたけ》を耕していた女たちも不安げにふりかえった。

「あんたなら……この足を治せるだろう」

イエスは黙っていた。頬がこけ眼のおちくぼんだその顔に、絶望の色がはっきり浮んだのがアンドレアにもよくわかる。アンドレアもこの時、イエスが手をさしのべるのを待っていた。ひょっとすると……その手が足にふれただけで、その萎えた足は伸びるかもしれぬ。

「治してくれ」男はもう一度くりかえした。

「あんたは、神が愛だと言った」

湖は陽光にひかり、その光のなかでイエスの影だけが、黒く、苦しく、身じろがない。そしてやがてイエスは弱々しく首をふった。

絶望した跛の男は顔をあげイエスを見つめ、それから泣きはじめた。手から杖《つえ》が滑り落ち、力尽きたようにその体は地面に崩れた。

「長い長い間……」男は嗚咽《おえつ》しながら、「この足を治してくれる人があの丘からおりてくると、聞かされていたのに。そして……それが、あんただと思っていたのに……」

跡切《とぎ》れ跡切れのこの声はアンドレアの胸を刺した。跛の訴えはアンドレア自身の訴えでもあり、畠に立った哀れな女たちの訴えでもあったのだ。

「あんたには……その力がないのか」

イエスは杖をひろい、地面に萎えた足を投げだして倒れている男の体を支えようとした。それから彼は、自分をじっと見つめているアンドレアや女たちに溜息《ためいき》と共に答えた。

「わたしができることは……あなたたちと苦しむことだから……。あなたたちの苦しみをわたしは……」

そして彼の言葉は跛の泣き声にかき消された。

イエスたちが去ったあと、しばらくの間、アンドレアと仲間は網を手にしたまま黙って立っていた。畠の女たちも同じようにうつむいていたが、やがてすべてを諦《あきら》めたように鍬《くわ》を動かしはじめた。

言いようのない幻滅感をアンドレアはこの時味わったが、それでも彼はまだイエスの力に一縷《いちる》の望みを抱いていた。ひょっとするとイエスは跛の男を、ある考えがあって治さなかったのではないか。預言者のように、自分の力を誇らしげに見せることを嫌っているのではないのか。そしてある日、あの人はあの狐色《きつねいろ》の丘をくだって、このガリラヤの不幸を救いにくる人に変るのではないか——そんな気持を、まだ心から消すことができなかったのである。

だから翌日から人々がもう失望の眼で村々をめぐるイエスたちを見るようになって

も、彼だけはそのあとをついていくこともあった。だがイエスはどんな村でも奇蹟《きせき》を行ったことはなかった。死にかけた老人の枕元《まくらもと》で一夜をあかし、子を失った母親のそばにじっと腰かけ、夕暮、眼の見えぬ老婆《ろうば》の手を握ってはいたが、彼等を治したことはなかった。

一度、アンドレアは自分の心に決着をつけるため、誰にも言わず舟を漕《こ》いで対岸に渡ったこともある。イエスたちが毎夜、一緒に夜をあかす谷の癩病人たちがどうなっているのか、知りたかったのだけれども、一木一草もない髑髏《されこうべ》のような禿山《はげやま》に囲まれたダルダラの谷に風が吹き、その風が相変らず運ぶ癩者の鳴らす鈴の音を聞いた時、彼は黙ってマグダラに戻った。

その後、彼は妻にもあの人の話をしなくなった。そう言えば、春の終りごろからイエスのことを湖畔の村々には「何もできぬ人」と呼ぶ者さえ出てきた。何もできぬ人という言葉には、奇蹟を行えぬ人という失望がこめられていたのである。

夏が来た。疫病こそ流行しなかったが、湿気のこもった暑さが毎日毎日つづいた。その暑気にあてられたのか、アンドレアの幼い子供が熱を出し、吐いた。

アンドレアと妻とは交代で看病したが、何日たっても病気は治らず、子供の腕と足とに小さな薄紅色の吹出ものが出はじめた。ティベリヤの町から重々しい顔をした医者がきて、子供を長い間見たのち、首をふった。

「ナザレに行くがいい。あそこにはギリシャ人の薬剤師がいる。彼ならばこの病気を治す薬を持っているかもしれぬ」

アンドレアは驢馬《ろば》に籠《かご》をつけ、その日すぐナザレに発《た》った。狐色の丘を越え、いつかの旅とちがってヨルダン川から離れ、いつかの旅と同じように幾つかの部落を通りすぎた。いつもなら、さして遠いと思わないこの道のりが、アンドレアには遠いエルサレムに行くより長く感じられた。

ナザレの町にはさまざまな旅人が集まっていた。夕陽が神殿の屋根にかがやき、狭い路《みち》には駱駝《らくだ》をひいたアラブ人や汗にぬれて鋼《はがね》のように黒びかりのする黒人が歩きまわり、その間を甲虫に似た武装のローマ兵の列が通っていった。

ようやく尋ねた薬剤師から高い値の薬を手に入れて彼がガリラヤに戻ってきた時、親類の者たちや近くの女たちが彼の家に集まり、子供は泣く力さえ失って妻の手のなかでぐったりとしていた。

「気の毒だが」

子供が、折角、手に入れた薬さえ受けつけぬのを見ると医師は強張った顔で呟《つぶや》いた。

「もう二日ともつまい」

医師が帰ったあと、妻と女たちは声をあげて泣いた。夕陽の入りこんだ家のなかは人いきれにみちて、子供は息づかい荒く、時折、白い眼をあける。外では湖が物憂《ものう》い音をたてて岸辺を舐《な》めている。アンドレアは黙ってその岸から湖に小舟を出した。今の彼としては、あのイエスに奇蹟を求めるほかは、どうしようもなかったのである。

（もし、子供を治してくれたら……）と彼は櫂《かい》を動かしながら、心のなかで叫んだ。

（すべてを棄《す》てて、弟子になるだろう）

対岸につくと、夕陽はダルダラの禿山と谷とを血のような色で染めていた。大声でイエスの名を連呼すると声は谷に響きわたり、深い静寂がひろがったが、間もなくその静けさのなかで、山蔭《やまかげ》のあちこちから、かぼそい幾つかの鈴の音が鳴りはじめた。それは、この谷に近寄るなという癩者たちのせつない警告だった。

だがやがてその西陽の反射する禿山から、ためらいがちな三人の影が現われてきた。それはイエスと二人の弟子で、彼等はアンドレアを認めると、いぶかしげにその場に立ちどまった。

「教師《ラビ》」と思わずアンドレアは叫んだ。「来て下さい。子供が死にかけているのです」

三人はしばらく躊躇《ちゆうちよ》していたが、アンドレアの悲痛な二度目の声に、イエスだけがよろめくように斜面をおりはじめた。

「行くのですか」と弟子の一人が背後から叫んだ。「およしなさい。この男はあなたの語られた話がわかっていないのです。今日まで通ったほかの村や町の者と同じように、奇蹟しかほしがっていないのです。まもなく彼も、あなたを憎むでしょう」

「でも、この人は」ふりかえってイエスは、その声に答えた。「今、くるしんでいる……」

イエスはアンドレアのうしろから舟に乗った。夕なぎの湖は静かで、西陽のさしたこちらとは違って対岸は靄《もや》につつまれていた。靄のなかには幾つかの村とそこに住む人間のさまざまな歎《なげ》きがかくれていて、イエスは黙ったまま、それを見つめていた。

「わたしに……」

湖の途中まで舟が来た時、黙っていたイエスは顔をあげた。

「わたしに……奇蹟を求めるのか」

「子供を治してほしいのです」

「わたしは奇蹟などできぬ。わたしのすることは……」

「子供を治してほしいのです」

くぼんだイエスの眼にあの悲しみの色が浮ぶのを見て、アンドレアはその視線をはねかえすように頑《かたく》なに櫂を動かした。櫂の軋《きし》む音と舟をうつ波の音だけが単調にいつまでもつづいた。

岸には既に何人かの漁師たちの姿が彼を待っていた。家に入ると、むし暑い部屋のなかで子供を囲んだ女たちがイエスを見て壁ぎわに急いで退いた。

「治してください」

息づかいが相変らず荒く、うす眼を時々あけるわが子を見おろし、アンドレアは初めて泪《なみだ》をながしながらイエスに迫った。

「この子は何も悪いことをしていない。……それなのに……なぜ、神はなぜ、この子を奪うのですか」

「神は……知っている」イエスも、眼をうるませながら呟いた。「この子が無垢《むく》なことも……あなたの悲しみも知っている」

イエスは子供のそばにすわり、片手で汗に濡《ぬ》れた子供の頭をなで、もう一方の手でアンドレアの手を握った。アンドレアにもこの時、イエスが自分と一緒に泣いていることだけはわかった。女たちは咳《せき》一つせずこの光景を凝視していて、うす暗くなった部屋のなかで子供の息づかいだけがいつまでも聞えていた。やがて陽が退くころ、その息づかいが次第に静かになり、熱から解放されたように消えた。静寂があたりを支配し、女たちは息をのんで子供を見つめたが、すぐに何が起ったかを知った。

「どうしたのだ」アンドレアは、拳《こぶし》で自分の膝を叩《たた》きながら叫んだ。「死んだ。死んでしまった」

すすり泣きが、あちこちから起った。

イエスも両手で顔を覆《おお》っていた。その指の間から泪があふれ、イエスは泣いていた。

「神がそう願われたのだから……神がそう願われたのだから」

「お前は何もできなかった。何の役にも立たなかった」

アンドレアはイエスを指さしてそう叫ぶと、崩れるように椅子《いす》に腰をおろした。

夜になり、通夜の女たちが引きあげたあと、アンドレアと妻は子供の死体のそばにぼんやり腰かけていた。女たちが湖畔から集めた草花が枕元に飾られ、子供は、毎夜、眠っている時と同じように小さな手を握りしめて眼をつぶっていた。アンドレアは何の役にも立たなかったイエスに愚かしくも望みをかけたことを口惜《くや》しく思い、あの弟子の言ったように、彼を憎み蔑《さげす》んだ。

真夜中、妻を部屋に残し外に出ると、湖は犬のように小さな音をたてて岸を舐めていた。そして疲れ果てたような黒い影が彼の家の壁に靠《もた》れて立っていて、それは何もできなかったイエスだった。

何もできぬイエスは秋のはじめ、ガリラヤの湖畔から人々に追われて去っていった。つめたい霧雨のふる日で、しとどにぬれた彼と弟子を五カ月前、あれほど迎え入れた者たちが、罵声《ばせい》をあびせ、石を投げる光景が湖畔の至るところで見られた。

アンドレアも彼等にまじって、石をひろい、イエスたちに投げつけた。彼の投げた石がイエスの肉のおちた頬にあたり、ひとすじの血が彼の顔にながれた。

「役たたず」と人々と共に、アンドレアも叫んだ。「何もできぬ男」

イエスはただ、くぼんだ眼で悲しそうにみなを見つめているだけだったが、たまりかねた弟子の一人が両手をひろげて答えた。

「この人が……あなたたちに何をしたというのだ」

「何もしなかった」と誰かが言った。「何もできなかった」

「だがこの人は、あなたたちを愛そうとした。あなたたちと一緒に苦しもうとしただけだ」

雨に濡れながらその弟子はそう抗弁し、そして彼等は石を避けながら、北方の高地の方に去っていった。

翌年の五月、アンドレアは、あの役に立たなかった男が最後の弟子たちにまで見棄てられ、エルサレムで一人、十字架を背負わされて死んでいったという噂《うわさ》を聞いた。

アンドレアは夕暮の狐色にひかる丘を見て、その辛《つら》そうなくぼんだ眼や、疲れきったような顔や、その顔に自分の投げた石があたり、ひとすじの血のながれたことを思いだした。その時、彼の胸のずっと奥で、なぜか言いようのないつらい痛みが走った。

Ⅲ　ユダヤ人虐殺《ぎゃくさつ》記念館　〈巡　礼　二〉

こうして戸田に連れられて、翌日、旧エルサレム市の城壁をぐると額を刺すような陽差しのなかで、雑踏する人間の声とさまざまな騒音が塵埃《じんあい》のようにたちのぼっていた。クイフェ布を頭に巻いたアラブ人が煙草《たばこ》やガムを地面にならべ、スライド売りの子供がつきまとってくる。驢馬《ろば》の尿のながれた石畳の路《みち》に、男たちが壺《つぼ》にさしこんだ管で水煙草を喫《す》っている。皮膚病のように壁の剝《は》げた家からつくり笑いを浮べた若者が走り出て、布を売りつけようとする。

そういう光景は、日本にいた時、私が空想していたエルサレムと同じだったし、もう何年も引出しに放りこんだ「十三番目の弟子」という私の未完の小説にも、そんな雰囲気《ふんいき》を織りこんでいた。この小説の主人公は歯の欠けた嘘《うそ》つきの弱虫男だったが、彼はイエスと一緒にこんなエルサレムのなかを歩きまわるのだった。

城内の至る所で得体の知れぬ臭気が鼻をついた。顔を突きあわせたような両側の小さな店には、皮を剝いだ豚をぶらさげた肉屋もあった。見たこともない木の実や果物を並べた種屋もあった。油を入れたり大きな鍋《なべ》に揚げ物を放りこんでいる男もいれば、地面にしゃがみこんで鳩《はと》を売っている老婆《ろうば》もいた。店々の間を終戦後の闇市《やみいち》のように、さまざまの服装をした人間が流れていく。「左」と戸田は雑踏のなかで手をあげ、しばらくすると更に右の方を指さす。迷路のような路を幾度も曲ると、自分が何処《どこ》にいるのかわからぬ気さえしてくる。路も家もすべてが乱雑で、人間や家畜の臭《にお》いがしみこみ、かつてイエスがここを歩いた時代とそう変りないような気がした。

水に落した一滴のインキが水中で拡《ひろ》がるように、長い間、忘れていたイエスの姿がこの路のなかで甦《よみがえ》ってきた。少年時代、私は母親の言いつけで土曜日ごとに他の子供たちにまじって公教要理を習いにいっていたが、その時、神父さんはイエスの一代記を描いた紙芝居を見せてくれたものだ。俗悪な着色をした馬糞紙《ばふんし》には、エルサレムの街で人々に話をしているイエス、子供の頭をなでているイエス、十字架を背負わされたイエスが描かれていたが、我々子供たちはそんなイエスの生涯に欠伸《あくび》ばかりしていた。仲間のうしろで爪《つめ》をかみながら、私も私であとで遊ぶ軍艦ごっこのことばかり考えていたものだ。

「どんな顔をしていたんだろう、イエスは」

ユダヤ教の燭台《しよくだい》や壺を埃《ほこり》だらけの棚にならべた骨董屋《こっとうや》の入口で、観光客のアメリカ人がこの雑踏と汚れた路を八ミリで写している。長身を不器用に折りまげた彼は、私たちのほうに大きく眼くばせをしながらカメラをむけた。

「イエスはこのエルサレムに何度、来たの」

「正確な回数はわからん。少なくとも二度以上は足を踏み入れたろうな」

「彼はこの路を歩いたろうか」

「馬鹿《ばか》な」戸田は私の幼稚な質問と無智《むち》を嘲《あざけ》るように、頬に例のうす笑いを浮べ、「昨日、言ったろ。エルサレムはイエスの時代から何度、侵略者の手で破壊されたか、わからないのに。今のエルサレムは破壊されてはその上に新しい街ができ、その街がまたこわされて、更に路や家が作られた町だよ」

何かを教える時、教師風の声を出し、あれか、これか、とはっきり断定する戸田のあの癖は長い歳月のたった今日もまだ直ってはおらず、彼はまず聖書にはイエスの外貌《がいぼう》について何も書かれてないことや、私たちが勝手にそうと信じこんでいるあのシェパードのようなイエスの顔はビザンチン時代から創《つく》られたものだと説明した。そして今、我々の歩いているエルサレムは、イエス時代の街より五十米《メートル》も高い地点にあるのだと笑った。

「と……ぼくはイエス時代のものではない、別のエルサレムを歩いているわけか」

灰色の建物と建物との間に空虚な空が見え、私は気落ちした感情を味わった。

「そう」

戸田の意地悪な声で、まぶたから、折角、この雰囲気のなかで甦ったイエスの姿がかすんだ。イエスの姿と共に、あの引出しに放りこんだ「十三番目の弟子」を日本に戻ってから、もう一度、書き続けられるかもしれぬというかすかな希望も消えたような気がした。

はだしのアラブの少年が犬のようにそばにすり寄ってきて、少しうるんだ眼で我々を見あげながら煙草をねだった。

「ノー」戸田は首をふった。

「金をくれ《ギブ・ミ・マネー》」

と少年はしつこく垢《あか》のたまった手を出し、首をふった私たちが歩きはじめても、周りをつきまといながら丸暗記した片言の英語を歌うように口にした。

「ここは悲しみの道《ビア・ドロローザ》です。イエスが死ぬ前に歩いた道です。金をくれ《ギブ・ミ・マネー》」

彼のきたない指がさした象皮病のような壁に、十字架を背負ったイエスのペンキ画がはめこんであった。

「十字架の道ゆきのためなのさ」

戸田は吐きだすように、

「巡礼客むけに、あとで作ったものだよ」

少年時代、復活祭の前に私は他の子供たちと、神父から十字架の道ゆきを唱えさせられたものである。それは処刑場にたどりつくまで、エルサレムの路を十字架を背負って歩かねばならなかったイエスの苦しみをひとつひとつ偲《しの》ぶ祈禱《きとう》だったが、神父さんが跪《ひざまず》いてその祈りをいかにもくるしそうな悲しそうな声で唱える時、私はいつもうしろで恥ずかしい気持を味わわせられたのを憶《おぼ》えている。

「金《ギブ・ミ・マネー》をくれ」

少年は私の腕をつかみ、女のように媚《こ》びた眼つきをした。ちょうどこの少年と同じぐらいの年の復活祭の日、私はほかの子供たちとまじって洗礼を受けたのだ。信ずるということが何かわからず、この洗礼が後にどういう痕跡《こんせき》を自分に残すかも考えず、ただ教会での遊び仲間の子供たちが皆そうしたから、私も彼等と肩をならべて神父さんに蠟燭《ろうそく》をもたされ、水をかけられながら、信じますと答えたのだった。

「名前は何という」

戸田がからかうように訊《たず》ねると、はじめて少年の顔に子供っぽい恥ずかしげな表情

が浮んで、

「マホメッド」

回教の開祖と同じ名前を口に出した。

「マホメッド」戸田は、あの皮肉な笑いを浮べて、「マホメッド、イエスとは誰だね」

長い、よごれた塀《へい》が地面に真黒な影をおとしている。その塀の一箇所に下手糞《へたくそ》な性器の落書が白墨で描かれているのに私は気づいたが、それに知らぬ顔をしてカメラをぶらさげた十人ほどの男女の巡礼客が、案内の修道女の説明を真剣な表情できいていた。マホメッドも私たちに大声で教えた。

「ピラトの家。彼はイエスをここで裁判した」

ドイツ語の説明を終えると、ミルクのように白い顔をした修道女は、しばらく観光客たちがそのよごれた塀を写真に撮るのを微笑しながら待っていた。そして、塀の向い側の陽の照りつける扉をあけて我々をなかに入れた。強い陽差しから暗い建物に足をふみ入れると、かすかに蜂《はち》の羽音が聞え、中庭にさまざまな花が咲いていてそこに陽があたっていた。修道女のうしろから、私たちは廊下を通り、やがて地下におりる階段の前でとまった。すぐ前の肥った女性から腋臭《わきが》が漂ってきて、その臭いが二十数年前の外人神父たちのことを一瞬、思いださせた。

どこかで水の流れる音が聞える。一人一人、湿っぽい壁を手で支えながら階段をおりると、小さな舟着場のような乱雑な赤みがかった石の並んだ地下室に出た。天井はビザンチン風の基督《キリスト》受難画を描いた柱で支えられていたが、そのイエスは侵入してきた我々を白痴のような眼で眺めていた。

足もとの敷石を指さして、修道女はきついドイツ語で何かしゃべっている。敷石には釘《くぎ》で引っかいたような痕《あと》があって、戸田にきくと、彼女は捕えられたイエスをローマ兵がからかいながら遊んだ骰子《さいころ》ゲームの痕だと言っているのだった。

「本当か」

「嘘にきまっているさ」戸田は苦笑しながら、「この敷石はイエス時代のものじゃないんだよ。ポーロの頃のものだろう」

だが修道女が跪くと、その言葉を素直に信じたドイツ人の巡礼客たちも彼女の背後で次々と足を折りはじめた。仕方なく腋臭の女のうしろで皆と同じ姿勢をとり、膝《ひざ》につめたい固い石の痛さを感じながら、私は自分がこんな駱駝《らくだ》のような恰好《かっこう》をしなくなって何年になるだろうとふと思った。私はたしかに信仰を失っていたが、なぜそれを失ったかと聞かれても答えられる筈《はず》はなく、答えられるのは、それが長い歳月の間、屋根の樋《とい》のように少しずつ腐蝕《ふしょく》していったということだけだった。

「じゃ、ここはピラトの官邸跡じゃないの」

私は祈りをすませた男女のあとを歩きながら、そっと戸田にたずねた。

「そう言われているだけだよ。もう四十年前にね、ヴァンサンという考古学者の神父がこの敷石を発見して、ヨハネ伝にピラトがイエスを裁いた場所が敷石と書いてあったことから、ここをピラト官邸と考えたんだが、それを強引な推理だと反対する学者もいてね、ブノアとかアンドレ・パロなどは全然ここを認めておらん」

戸田の説明は例によって、明快でわかりやすかった。

「じゃ、イエスはどこでピラトに裁かれたんだ」

「わからんね。ある学者は街の西にあるダビデ門のそばだというが、こいつも確証はない。要するにそんな跡は何処《どこ》かになくなってしまった」

それから彼は、わざとつけ加えるように、

「そこだけじゃない。あんたはイエスの足跡をたどりたいと昨夜、言ったが……そんなものはこのエルサレムで髑髏《ゴルゴタ》の丘のほかは皆、消えたよ」

「昔と同じように意地悪だな、君は」

戸田の頬に浮んだ笑いを見ながら、私はかすかな憎しみを感じた。忘れていたイエスの姿が少しでも甦ろうとすると、彼はそれを黒板の字を消すようになくしてしまう。「意地悪で悪かったね。だがこっちは事実を言っているのさ。確かなことをあんたに伝えているんだよ」

「じゃあ、エルサレムでイエスの足跡の確かな場所に連れていけ」

私は少し不機嫌になったが、建物の外に出ると、内部の静かさから、また強い陽差しと、驢馬の臭いと、皮膚病のような塀の影に我々は連れ戻された。黒い塀の影のなかに、さっきの物乞《ものご》いの少年がまだ像のように立っている。

「髑髏《ゴルゴタ》の丘に行くか」と少年は手を出した。「金をくれ《ギブ・ミ・マネー》」

「こいつの言う通り髑髏《ゴルゴタ》の丘の跡に行こう。そこがイエスが処刑された跡であることは、どんな学者も認めているんだから」

私が次々とがっかりしていくのをむしろ楽しんでいるように戸田は、先にたって傾斜した道をおりはじめた。壺を頭にのせたアラブ女がゆっくりと坂道をのぼってくる。紺色のボロ布のような衣服をまとい、サンダルもはいていない。鶏のそれのような足は埃によごれ、驢馬の糞《ふん》も平気で踏んでいく。すれちがいざま彼女は私を壁にぶつかる陽光のように鋭い強い眼で見たが、その眼《まな》ざしには憎しみがまじっているように思われた。ふりかえると、城壁がすぐ近くに続いていて、その城壁の銃眼と銃眼の間に昼の陽をあびたオリーブ山が真白に迫っていた。

途中でローマン・カラーをつけた血色のいい神父たちの一団が歩いてくる。観光を兼ねて巡礼に来たらしい彼等は、先ほどのドイツ人たちと同じように全員、写真機を肩にぶらさげている。

大きな木製の椀《わん》を伏せたようなドームが家々の向うに見えた。ドームはうすぎたなく、その左右に港の倉庫に似た殺風景な聖堂が並んでいた。その聖堂の前の広場にはガムやスライドを売る男たちが一列に並んでいて、我々を見ると餌《えさ》を求める雛《ひな》のように口をあけて叫びはじめた。

「ここが……髑髏《ゴルゴタ》の丘だよ」

戸田は汗をハンカチでふいている私の顔を覗《のぞ》きこんだ。彼の首も汗にぬれ、火傷《やけど》の痕が赤黒かった。

「これが……」

「これさ」

物売りたちが叫び、壁に靠《もた》れたアメリカ人の青年が肩にかけた携帯ラジオを聞いている。これがイエスが十字架にかけられた髑髏《ゴルゴタ》の丘か。六時に至り、地上あまねく暗闇となりて九時に及びしが、イエス声高く呼ばわりて、神よ、神、なんぞ、我を棄《す》てたまいしやと言えり。アメリカ青年はジャズのヴォリュームをあげ、その音が陽光のなかで跳ねあがっている。むかし、長い間、私の空想していた髑髏《ゴルゴタ》の丘は、暗い夕空を背景に、その空を裂くように三本の十字架が直立した荒涼たる丘で、その丘の向うにエルサレムの町が震えている筈だった。

「四世紀以来、ここが髑髏《ゴルゴタ》の丘と言われ、聖書考古学でもそれは証明されているんだから」戸田はからかうように、「何と言ったって、あんたの見たがっている確かなイエスの足跡なんだから」

オリーブの種でつくったロザリオ売りが私の袖《そで》を引張り、うるさいなと思わず日本語で怒鳴った。建物の壁は、今、修繕中で、木組みの下で労働者たちが歩きまわっている。観光団が建物の入口から出てくると、物売りが彼等のほうに走っていく。

「見ないの」

「見たって仕方ないじゃないか」

「幻滅したかね。もっとも悲劇的な髑髏《ゴルゴタ》の丘がほしければ、十九世紀にゴードンという英国軍人が見つけた第二の髑髏《ゴルゴタ》の丘もあるよ。言っておくが、それは出鱈目《でたらめ》で……」

「もういいよ」私はくたびれた声で首をふった。「もういいさ」

「イエスがそこから昇天したと言われる場所だってある。二米ほどの大きさの足痕が残っている」

私はこの時、本当に戸田のからかうような声に傷つけられた。私がなぜこの国に来たかを知っていて、それを嘲《あざけ》るためにわざと、このオールド・エルサレムを朝から歩かせているような気さえしてくる。むかし、彼と議論した時、こういうやり方でからかわれたこともあったが、歳月がたち年をとっても、まだ戸田にはその悪い癖が治っていないように思える。

「アメ公の神父たちだな」

聖堂から出てきた、さっきの四、五人の神父たちを眺めながら、戸田はわざと私の心には気づかぬふりをして呟《つぶや》いた。いずれもブラッシをよくかけた黒服に清潔なローマン・カラーをつけ、陽気な血色のいいアメリカ人の神父たちは、物売りの売りつけるスライドや絵葉書を笑いながら手にとっていた。

「こいつら、今晩、ホテルで、教区の金持たちに絵葉書を何枚も書くだろうよ。米国だけじゃない、どこの国だって基督教はもう駄目だな。イタリアでもフランスでも神父になる者は減っているし、やめていく者の数はふえている……」

気を悪くしていたから返事をしなかったが、戸田の言葉は本当だと思う。もう教会には行かなくなって久しい私だが、脱落していく神父が日本でも多くなったこと、教会の無気力が前よりも、もっとひどくなっていることを耳にしていた。このエルサレムではイエスの本当の足跡は瓦礫《がれき》に埋まっているが、それと同じように世界中、どんな国でもイエスの姿は消えつつあるのだ。(無駄な寄道だったよ……)

(無駄な寄道だった)私は自嘲《じちよう》した。

「さてさて、また歩きましょうか」

「何処《どこ》に」

「色々ありますよ。最後の晩餐《ばんさん》の家。これも出鱈目。イエスが逮捕された油搾り場《ゲッセマネ》の園の跡。それだって本当のかどうかわからぬのに、そこにはイエスがその時、祈った場所までがちゃんと指定されていて……」

「休もうよ。咽喉《のど》が渇いた」

城門の方から、相変らず車のひびきにまじって物売りや家畜の声が聞えてくる。私たちの休んでいるキャフェの路《みち》ばたでアラブ人の男たちが三人、しゃがんでトランプをしている。歩道に出した粗末なテーブルにジュースの滴《しずく》がきたなくこぼれていて、その縁を蠅《はえ》が一匹、ゆっくり這《は》ってそれを舐《な》めている。

「まあ、気を落しなさんな」膝《ひざ》をもみながら戸田は、例のうす笑いを頰に浮べた。

「今のエルサレムなんてこういうもんです」

「気など落していないさ」

「なら、あんたもけりがついたろう。もともと日本人が、この国のイエスという男などに執着しているのが妙な話なんだから」

二十数年前、寒く暗い寮の扉を押してミサに出ていった戸田の姿と、あの時、遠くから耳にした扉のギイと軋《きし》んだ音が、心につらく甦《よみがえ》ってくる。

「君もイエスを見棄てたのか」

私たちのそばに、サングラスをつけたイスラエルの婦人が腰かけて買物籠《かいものかご》を横においた。ボーイが注文を聞きにくると彼女は眼鏡をとり、私たちの日本語に好奇心をもったのか、ちらっと眺めた。

「見棄てなどしないさ。見失ったんだよ」戸田は首をふった。

それから戸田は黙ったまま、コカコーラの瓶《びん》を口にあてた。蠅がテーブルから飛んで物憂《ものう》げな音をたてた。こちらをむいた煙草《たばこ》を持ったイスラエルの婦人のむきだしの腕に、金色の産毛《うぶげ》が光っている。安息日《サバート》のため向うの店がしまっているので、こちらに買い物に来た主婦なのだろう。

「なぜ」私はしつこく訊《たず》ねた。「君は長い間、聖書を勉強してきたのに」

「そうさ。だからイエスも見失うさ」戸田は遠いものでも見るような眼つきをした。

「ここに聖書学を勉強している一人の男がいてね、長い間、イエスの生涯も姿も聖書に書かれてあるそのままだと信じてきた。だが勉強が進むにつれ、聖書に描かれたイエスの生涯も言葉も事実というよりは原始基督教団が神格化し、創《つく》られたものだとわかってくる。それから長い間、彼は後世の信仰が創りだした聖書のイエス像を丹念に横にのけて、本当のイエスの生涯だけを見つけようと考え、この国にやってきた」

「君のことかい」

「俺のことでもいい」

戸田の唇にこの時うかんだ微笑は、私をからかうためではないようだった。

「その勉強がどうなった」

「聖書だってエルサレムと同じさ」彼は声を落した。「この町で本当のイエスの足跡が瓦礫のなかに埋もれて何処にも見あたらぬように、聖書のなかでも原始基督教団の信仰が創りだした物語や装飾が、本当のイエスの生涯をすっかり覆《おお》いかくしているのさ。俺のやった勉強は、聖書考古学者の発掘みたいなものでね」

「どうして」

「考古学者が瓦礫を掘りさげ、この破片がイエス時代のものか、もっと新しいものか、ひとつひとつ調べるように……こっちも長い間、聖書のなかから後世につくられたものと、本当のイエスが語ったり行ったりしたものを分けてみたんだ。マルコやルカやマタイがどういう材料をどう使って、どういう風に書いたか。その材料はどこまで史実に即しているのか。創作か伝承か……そうした伝承や創作の部分を、忍耐強く取り除き濾過《ろか》した純粋なものを探す仕事だ。それで得た結果は……」

　顔をあげて戸田は無理矢理に弱々しい笑いを浮べたが、そんな弱々しい笑い方をする彼を私は、昔あの学生寮では一度も見たことがなかった。

「それで得た結果は……ほんの一握りのイエスの足跡だけでね」

「一握りのイエスの足跡でも」私は彼を慰めるために言った。「確実なことなんだろ」

「ああ、一応は確実だと思うよ」

　私には彼の勉強の結果を反駁《はんばく》したり批判する力はない。彼が聖書のなかからどういう方法で事実と創作とを区別したのかもわからず、その方法が正しいのか間違っているのかを識別することもできない。ただ私の記憶には、あの冬の暗いさむい朝ミサに出ていった戸田の姿や、その時ギイと軋んだ寮の扉の音がまだ残っていて、あの彼が今こんな弱気なことを呟くようになったのかと思うと、感慨無量だった。そしてその歳月の長さが、自分のそれにも重なって感じられてきた。我々は二人とも人生のけりをつけねばならぬ年齢になっているのに、戸田も私も手のなかにえたものは結局は何だったのだろう。

「だから、本当を言えば」戸田は眼をそらせて、「あんたから手紙をもらって案内するのが億劫《おっくう》でね」

「いいさ」私は弱々しく笑った。「この国に来たからと言って、こっちも自分が変るなんて思っちゃいないんだから。ただ折角、来た以上……せめて事実のイエスの足跡ぐらい連れていけよ」

「それぐらいはするさ。しかしそんなもの、どこにも残っていやしない。俺があんたに見せられるのは、せいぜい彼のたどった漠然とした生涯の道すじぐらいなものだから」

「どこから始めるの。ベトレヘムから？」

「ベトレヘム？　ベトレヘムでイエスが生れたなんて……原始基督《キリスト》教団やマタイ福音書やルカ福音書が、彼を神格化するために作った話だよ。イエスがナザレで育ったというほか、我々にはその幼年時代は確実なことは何もわからないんだから……」

「じゃ、何処に連れていってくれる」

「そうだな」自信をとり戻したように戸田は、またあの教師風の口調になった。「ユダの荒野にでも行くか。エルサレムから車で一時間ほどの荒涼とした砂漠で、イエスがヨハネ教団に身を投じて修行した場所であることは確かだ。そこから出発すれば、イエスの本当の姿は少しずつわかるかもしれんし……」

「イエスの本当の姿って、どんなものだ」

私をじっと見て、戸田は頬にゆっくりと皮肉っぽいうす笑いを洩《も》らした。自分が長い間、聖書学から摑《つか》んだものを一言で言えという私の質問に、彼は憐《あわ》れみを感じたのかもしれない。

「まあ、そう急ぎなさんな」戸田は椅子《いす》からたちあがった。「旅行しながら小出しにさせてもらうさ」

もうエルサレムには、私の興味をひく場所はほとんどなかった。昼食のあと戸田は私を死海文書館に連れていきたがったが、生憎《あいにく》、そこはもう二カ月も閉館していたし、ロックフェラー博物館もヘブライ大学も米国の富裕なユダヤ人たちが寄贈したという近代絵画館も、ほかのヨーロッパの街を見た者には貧弱で物足りなかった。あちこちを引きまわされた後、直射日光のなかを城壁にそってしばらく歩かされた。

「今度は何を見るの」

「ユダヤ人虐殺記念館《ぎやくさつきねんかん》。戦争中、各地の収容所で死んだユダヤ人を弔って作られた小さな建物だよ。それしか、もうあんたに見物させるものがないからな」

　マーガレットに似た白い花が一面に植わった記念館の庭には、ユダヤ教の縁のついた丸い帽子をかぶった二人の男が、止り木に並んだ二羽の鷹《たか》のように傲慢《ごうまん》な顔をして立っていた。戸田がヘブライ語で何かたずねると、彼等は一度、建物のなかにかくれて、出てきた時は二枚の布を手に持っていた。

「この布を頭にのせないと入館させせんと言っているのさ。頑固だからね、ユダヤ教の連中は」

　白い陽光のさしこんだ入口に、庭の花から迷ったのか、一匹の蜂《はち》が羽音をたてて飛びまわっていて、布を頭にのせた私たちが粗末な机をおいた受付を通りすぎようとした時、机の角をすれすれにかすめて暗い隣室に消えた。

　入口の隣の展示室は、地下室のように暗く漆喰《しつくい》の臭《にお》いがこもっている。電気はなく蠟燭《ろうそく》の炎が囚人のように壁に並んでゆれていて、私は古い墳墓のなかに入ったような気がする。どこかで、さっきの蜂の羽音がかすかに聞え、蠟燭の芯《しん》のやける臭いが鼻についた。サングラスをとって壁の碑を読むと、そこにはダハウ、フォセンベルグ、マウトハウゼン、アウシュヴィッツというナチの収容所の名が列記され、六百万人にちかいユダヤ人がそこで死んだという英文が刻まれていた。

反対側の壁に、さまざまの収容所の写真が額に入れられて並べられている。肋骨《ろっこつ》の浮きでた囚人たちの死体を木の枝を集めたようにあまた積み重ねたそばに、親衛隊将校が笑いながら立っている。鳥打帽をかぶったユダヤ少年が両手をあげて兵士の銃口の前を歩いている。疲れきったユダヤ人の老人が跪《ひざまず》いてじっとこちらを向いている。おそらく冬に撮ったものなのだろうが、葉のすっかり落ちた一本の裸の樹《き》の下で、幼児をだきしめた女も項垂《うなだ》れながら立っている。女の向うに荒涼たる畠《はたけ》と鉄条網がひろがって、この鉄条網の横に一人のナチの兵士が引金を引こうとしていた。

収容所の写真は何度も見たから、私はこの時も暗い憂鬱《ゆううつ》な気分にさせられたものの、日本で初めてこの種の写真に接した時のあの吐き気のするような衝撃も感ぜずに、その一つ一つに眼をゆっくり移していた。ただ、この収容所のなかでもユダヤ人たちが生きる支えとして匿《かく》していたというユダヤ教の教典《タルムード》が、硝子《ガラス》ケースに入れられて隅におかれてあるのに気づいた時、私は戸田の説明を聞きながら、背皮も糸も切れた本をしばらく凝視していた。凝視しながら、急に昨夜、ホテルの部屋で我々の思い出話にのぼったねずみという渾名《あだな》の修道士のことが心に甦ってきた。戸田はねずみが、たしかどこかの収容所で死んだと言っていた筈《はず》である。

「ねずみの奴《やつ》、どこの収容所に入れられたんだっけ」

「ゲルゼン」

さっきの碑をふりかえり、ゲルゼンの収容所の名を探しだして私は読んでみた。

「ゲルゼン収容所は……ケルンとハンブルグの中間にあり、一九四四年、アウシュヴィッツよりヨゼフ・クラマーが収容所長となって以来……二万九千人に近いユダヤ人が極端なる飢餓と労働とを強《し》いられ……」

「行こうか」

うしろに立った戸田が、消耗したような声で促した。

「ああ、行こう」

蜂の羽音がまた何処かで聞える。ロイドのような眼鏡をかけて、いつも泣きはらしたような眼をしたねずみの顔。その顔に冬枯れの野で幼児と一緒に枯木の下で立っている女の姿や、両手をあげた鳥打帽のユダヤ少年の表情が重なった。

ねずみ。あの泣きはらしたような眼をしたコバルスキという名の修道士。私たちの大学にいた外人司祭や修道士のなかでねずみは珍しいほど貧弱だった。戦時下の食糧事情のためすっかりやせた学生たちと並んでも、首も手足も子供のように小さい。小さいだけでなく、ロイドという昔の喜劇俳優に似たその顔は、学生たちの嘲笑《ちょうしょう》やからかいの的になる。彼がどんなに臆病かというさまざまな話が、学生の間に伝説的に伝わっていたものだ。

たとえばこんな話があった。一人の学生が友人と戯《たわむ》れながら硝子窓に寄りかかっていた時に、窓枠《まどわく》がはずれて落ちたことがある。地面に叩《たた》きつけられた学生の周りに人々が飛んできたが、当人は既に気絶して、顔も手も硝子の破片で血だらけになっていた。担架が運ばれ彼が連れ去られたあと、現場にいた学生たちはねずみが真蒼《まっさお》になってしゃがみこんで吐いているのを見たと言うのである。落ちた学生の傷だらけの顔と血の色に、この修道士は脳貧血を起したのだ。

こんな話も聞いた。大学の校医の息子が学生たちに聞かせたそうだが、ねずみは二年ほど前、激しい腹膜炎で入院した時、一晩中、

「死にますか。わたし、死にますか」

と、恥も外聞もなく看護婦や上司の神父たちにも叫び続けたという。そして病院の枕元《まくらもと》にねずみは母親と妹との写真を飾っていたが、部屋中外人特有のチーズのようなむっとする体臭がこもっていた。更に学生たちを笑わせたのは、その校医の息子が見たというねずみのセックスのことである。それは豆のように小さかったそうだ。

本当か嘘《うそ》かわからないが、チーズのような臭いを体から発散させているくせに、死ぬのをこわがって子供のように叫び、その上、豆のように小さなセックスしか持たぬという修道士の話は、私たち学生になるほどと思わせ笑いを催させた。

私はまた弓弦《ゆづる》のようにぴんと空気の張った冬の朝、四谷のお濠《ほり》ばたを馬上に反りかえった中佐の姿を思いだす。あれは中国での戦争が烈《はげ》しくなって、同盟国のドイツ人までが次第に白い眼で見られるようになった日々である。基督教修道会が経営する私たちの大学でも、時折、刑事が構内にある修道院を調べにくることもあった。私があの大学に入学した前の年に、文部省から大詔奉戴日《ほうたいび》ごとに強制された靖国神社参拝を我々の大学の信者の学生が拒否するという事件が起り、その事件の翌年から、大学には北支戦線から帰還したばかりの中佐が特に配属将校としておくられてきたのだ。

中佐は、都会に初めて来た田舎者がいらだつように、外人司祭の多いこの学校のなかで殊更《ことさら》に自分の力を見せようとしていた。手入れのよく行き届いた長靴《ちょうか》を鳴らし、大学の前で馬をすて、口髭《くちひげ》をはやした赤ら顔をひきしめて、学生たちの敬礼をうけて校舎を歩きまわった。廊下や教室の前で煙草《たばこ》を喫《す》ったりふざけていた学生たちは、その乗馬靴の靴音が聞えてくると、煙草をもみ消して逃げるように教室に入ったものである。

　中佐に怯《おび》えたのは学生たちだけではなかった。授業の途中でも、廊下にあの長靴の革の響きが近づいて扉をあけた彼がなかを覗《のぞ》きこむことがある。そんな時、外人の司祭たちは教科書から当惑した顔をあげる。

「百姓！」

　ある日、一人の神父が中佐のうしろ姿を見て、吐きだすように呟《つぶや》いたのも記憶にある。

　あれは毎月、行われる大詔奉戴日の曇った朝だった。この日、学生たちは小さな校庭に集まって勅諭の朗読を聞き、国旗の掲揚に注目させられる習わしだった。あまり色鮮やかでもない日の丸が、曇った空のなかにだらしなく垂れさがって、

「敬礼。別れ」

　そういう号令がかかった時、突然、中佐が動きだした教員たちを制し壇上に上った。ながい間、彼は学生たちを鋭い眼つきで見おろしていた。いかにも自分の圧力をためそうという小児的な姿は私には滑稽《こっけい》に思えたが、笑い声をたてることはできなかった。

「お、お前たちは……」中佐は興奮すると、どもる癖があった。「腐っておる。お前たちだけでなく……この大学の、がい……外人も、職員も、腐っておる」

私はその時、壇上の両側に並んだ日本人教員たちの強張《こわば》った顔をぼんやり眺めていた。古綿色に曇った空の遠くで豆をはじくような飛行機の爆音らしい鈍い音が聞え、つむじ風が校庭の隅の紙屑《かみくず》を黄色い埃《ほこり》と一緒に巻きあげ、誰もが黙ったままこの怒声を聞いていた。

そんなある夕暮、私は放課後遅くなるまで学校に残っていたが、それは用事があるためではなかった。ただ、みんなの引きあげた埃っぽい教室の真中で頬杖《ほおづえ》をつきながら、茜色《あかねいろ》の空と暮れていく濠の水と黒い民家とをぼんやり眺めていたのである。放心していて、廊下の遠くでキュッ、キュッというあの長靴の鳴る音がするのに気づかなかった。やがてそれがはっきり意識にのぼった時、反射的に教室から逃げようとした。

「待て」と私はうしろから呼びとめられた。「貴様、なぜ逃げる」

中佐は長い間、私を睨《にら》みつけていたが、学部と姓名を訊《たず》ねて、急に、軍人に賜わりたる勅諭を言ってみよと命じた。

私は口ごもった。この勅諭を暗誦《あんしよう》するように、平生、教練の時間に命じられているのを怠けていたのである。照れくささを誤魔化すために、こういう時よくやる卑屈な笑いを浮べて私は頭をかいた。

「不謹慎！」

突然、頰を拳《こぶし》で烈しく撲《ぶ》たれた。腕で顔を覆《おお》うと、腕にも衝撃をうけた。そしてもしその時、偶然、あのねずみがそこに現われなかったら、私はまだ叩かれていたかもしれない。

ねずみがそこに来たのは私を助けるためではなく、たまたま彼は廊下の突きあたりの事務室の戸をあけて、ロイドのようなあの顔を出したのである。びっくりした彼は、私の口から流れる血と中佐の顔とを見つめた。

他の場合なら中佐はそのまま立ち去ったかもしれないが、しかし彼は今、自分の見ている修道士の泣きはらしたような眼にぶつかった。自分を見ている相手が相手だけに、彼は自分の立場をどう処理していいのかわからなくなったのであろう。二言、三言、なにかを叫びながら、中佐はねずみの修道服をつかんで廊下に引きずり出した。

「お前たちと、この学校の教育は腐っておる」

中佐が靴音をたてて立ち去ったあと、口についた血を掌《てのひら》でぬぐい、窓から唾《つば》を吐いた。吐き終ってふりかえると、既に暗くなった廊下にねずみの影がまだ立っていた。私は眼をそらし、廊下を出ていった。

蜂の羽音がまだ聞えてくる。そのもの憂《う》い羽音と湿ったセメントの匂《にお》いのなかで、長い間、すっかり忘れていた二十数年前の夕暮が思いだされた。私があの時、眼をそらせたのは意気地ないねずみに自分の姿を見たからかもしれぬ。それは電車や街頭で自分とそっくりの男と出会った時の、嫌あな感じによく似ていたのだ。

「ねずみが、よく収容所で生きられたもんだな」

私は壁の写真に眼をやりながら首をふった。

「想像もつかんよ。彼がどんな風にそこで生活したのか」

「勇気ある奴だけが、収容所に入れられたわけじゃなし……」

戸田は気のりしないように、出口と書いた矢印の方向に歩きだしていた。

「ねずみのことを、まだよく憶《おぼ》えているかね」

「たしかドイツ語の試験の時、あいつが監督の代理に来て、カンニングをやった連中をあとで教務課に言いつけたろ。それぐらいだね」

「ああ、そんなこともあったな。ああいう男は君の心を惹《ひ》かないんだな」

「惹かないさ。なぜ」

戸田がねずみなど興味や関心の対象にしないことは私にもわかっていた。そこが私と戸田との今日までの生き方の違いだったかもしれぬ。引出しの奥に放りこんだ私の未完成の小説。その小説の主人公にねずみと重なる部分のあるのをこの時初めて気がついたが、私の好んで書く人間は、考えてみると、皆ねずみのような連中ばかりだった。

「あいつ、なぜ修道院に入ったんだろう。信仰がそれほどあったんだろうか」

「知らんよ」面倒くさそうに戸田は、「おそらく家が貧乏だったからじゃないか。ポーランドでは、貧しい子がよく修道士になると言うから……」

出口のすぐ近くにも一列に蠟燭の火がゆれていて、その火が硝子ケースのなかの物体を照らしていた。楕円形《だえんけい》の紙づつみが幾つかケースのなかに重なっている。

「見ろよ、石鹼《せっけん》だよ」

と戸田が顎《あご》をしゃくった。

「石鹼がどうした」

「聞いたことはないのか。ナチは収容所の囚人の死体から色々なものを作ったって。髪からは繊維を、皮膚からは紙を……骨は砕いて肥料にしたけどね。この石鹼は死体の脂《あぶら》をしぼりだして……それでできた石鹼だよ」

うす汚れてはいたが、十個ほどの石鹼は桃色の紙に包まれていて、その紙に蠟燭の炎の影がうつり私の読めぬドイツ語の黒い文字がおどっていた。戸田はケースに顔をあてて、その字は高級化粧用と書いてあるのだと言った。こみあげてくる恐怖感と嫌《けん》

悪感《おかん》をごまかすため、私はわざと陽気に、

「まさか、ねずみも……こんな石鹸に……変ったんじゃなかろうな」

桃色の紙の色に私はなぜかみだらなものを——たとえば東京の温泉マークでだいた、ある女の下着の色を連想した。二十数年前、あの学生寮に住んだ戸田と私は、結局、信仰は失ってしまったが、ねずみのほうが下着の色のような紙に包まれてしまったとしたのなら……。

「ゲルゼンの収容所にいたユダヤ人を知らないかね」

「さあ……どうして？」

「ねずみのことを聞きたくて」

戸田はたちどまり、例のうす笑いを浮べて私をからかった。

「あんた、イエスの足跡のかわりに、ねずみの足跡を調べたいの」

Ⅳ　アルパヨ

〈群像の一人　二〉

旅に出てから五日たった。そして今、彼等は泥色のヨルダン川にそい、老人の髭《ひげ》のように長い枝を垂らしたユーカリの林のなかを南にくだっていた。林は彼等を荒野を歩く暑さから救ってはくれたが、その代り、水溜《みずたま》りや湿地帯でたびたび歩行を悩ませた。にもかかわらず、それは陽を遮《さえぎ》るもののない荒野を進むよりはまだましだった。

太陽はにぶい光を放つ白い円盤のように、荒野の上に一日中あった。荒野にはラタブと土地の者の呼ぶ茨《いばら》が生えているほかは、動物の歯のような岩の散らばった丘陵と一木一草もない砂漠が拡《ひろ》がっていた。時折丘陵の上を、翼を広げた大きな黒い鳥がながい間旋回していた。

地平線には皺《しわ》だらけの風化した山が重なっている。この山が明日、視界から遠ざかれば、彼等は三日ぶりで駱駝《らくだ》や驢《ろ》馬《ば》や人間の群れに出会う筈《はず》である。それはジェリコという古い町で、そこからエルサレムまではそう遠くはなかった。

北方を出発した時、それでも二十人ちかかった仲間は、今、十人に減っていた。朝がた、空が薔薇色《ばらいろ》にそまり、つめたい空気に誰かが咳《せき》をして皆の眼をさまさせると、昨夜、隣に寝ていた何人かが行方を晦《くら》ましているのがわかった。最初の日は二人が、次の日は三人、そして昨日は五人がイエスと仲間とを見棄《みす》てて、道を引きかえしたのである。その都度イエスのあとにこれ以上従うことの心細さと不安とが、残った弟子たちの顔を暗くしたが、それを見てもイエスは何も言わず、ただ悲しそうに起きあがると身支度をはじめるのだった。

その日の長い旅がふたたび強い陽差しのなかで始まり、前を歩いていくイエスの小さなうすい背中を眺めては、残った弟子たちもこれ以上ついていくことを躊躇《ちゅうちょ》したい気持におそわれる。一年前、この人のこの小さなうすい体があれほど素晴らしくあれほど赫《かが》やかしいもののように見えたのも夢のようである。あの時は、カペナウムやマグダラのまずしい町で乞食《こじき》のような人々がこの小さな体を囲み、その衣に手を触れようとしていた。泥でつくった家々の戸を開いて、細い手をさし出す老人もいた。この人が町はずれの丘にのぼると、そのあとを女や病人たちが羊の群れのように長い列をつくった。丘の中腹の草のなかに腰をおろしたこの人が陽にきらめく穏やかなガリラヤ湖から吹く微風のなかで、やさしい言葉で愛することと許すこととを語りつづけると

（彼はそのことしか話さなかった）、群衆は喰い入るような眼で、その声を聞いていた。

だが、荒野のつよい陽が夕暮、急に冷却するようにそれら熱狂的な気分は一年で終った。エルサレムの大祭司アナスの密偵と煽動者《せんどうしゃ》たちが、それらの町でうつろいやすい群衆の心にこの人にたいする失望感を植えつけることに成功したからだ。聞くがいい、あの男は祖父伝来の律法《トーラ》を犯して安息日《サバート》さえ守っていない。見るがいい、乞食のようなあの男は教師《ラビ》の資格もない大工ではないか。カペナウムでは教師《ラビ》たちは会堂《シナゴーグ》の戸を閉じて一行を入れなかった。イエスの話を聞いた者はその教師《ラビ》たちから非難をあびせられた。

はじめ群衆たちはイエスがそれら煽動者たちをうち負かすものと期待していた。だがイエスが彼等とは殊更《ことさら》に争おうとはせず町を去っていくのを見ると、あれほど熱狂的だった人々も次第に失望しはじめ、彼を軽蔑《けいべつ》さえするようになっていった。もしやこの人が自分の病気を治すのではないかと、奇蹟《きせき》を期待した病人たちもイエスが指一つ動かせぬのを見ると、呪《のろ》いと侮蔑の言葉を吐いて去っていった。やがてイエスは自分の生れたナザレの町に戻ったが、その頃にはもうそこで待っていたのは人々の唾《つば》と嘲笑だけであり、イエスの従兄弟《いとこ》たちまでが彼を禁治産者として扱おうとしたのである。一時は数十人もいた弟子たちの数ももうめっきり減っていた。

翌年、過越《すぎこし》の祭が近づいた時、イエスはエルサレムに行きたいと弟子たちに告げた。弟子たちは困惑と不安とを浮べて顔を見合わせたが、それは大祭司アナスのいるエルサレムでは、もっともっと多くの軽蔑と虐待《ぎゃくたい》とが自分たちを待ちうけていることを知っていたからである。

「パリサイ派とサドカイ派があなたを嫌っている。罠《わな》にかけられるかも知れない」

とシメオンと呼ばれる弟子が言った。

「ナザレであなたが殺されかけたことを、思いだしてください」

半月前の怖《おそ》ろしい記憶はまだ皆の頭になまなましく残っていた。ナザレの町で群衆はイエスを嘲り、やがて煽動者たちを先にたてて彼をとり囲むと、町はずれまで曳《ひ》きずって行き、崖《がけ》から突き落そうとしたのである。その時、イエスの親類たちが必死で哀願しなければ、彼だけではなく、弟子たちまで崖下で石打ちの刑にあっただろう。そしてエルサレムでは同じような危険が待ちうけているかも知れぬのである。

「シメオンよ、戻りたければ戻るがいい」

シメオンの忠告に、イエスは悲しそうに首をふった。

「エルサレムの大祭司は裁くことと罰することで義を守るが、私は愛することとしか知らなかった」

「だが、あなたは何故《なぜ》エルサレムに行くのですか」

「わたしが何故エルサレムに赴くか」とイエスは眼をしばたたいた。「やがてわかるだろう。過越の祭の終る日、すべてがわかるだろう」

こういう時、イエスは弟子たちにとって急に手の届かぬ遠い存在になった。イエスの心の奥底にあるものが、急に摑《つか》みがたくなってくる。その言葉が理解しがたくなる。弟子たちは黙るより仕方がなかった。

こうして一行はエルサレムにむけてデカポリスからサマリヤの領内に入り、ヨルダン川にそって南に路《みち》をとった。時は四月で、ヨルダン川の葦《あし》の葉かげでは既に蛙《かえる》が鳴いていた。赤いコクリコの花の咲く丘をこえ、灰色のまずしい集落を幾つも過ぎて三日目になると突然、もう村も野もない荒野にぶつかった。荒野では太陽はにぶい光を放つ白い円盤のように頭上にかがやき、その空を大きな翼をひろげて鳥が舞っていた。

十人の弟子たちは重い足を曳きずりながら、イエスのあとに従っていた。時折、こちらをふり向くイエスの汗まみれの顔は消耗しきったようだったが、それでも彼がいつも人々に見せる微笑《ほほえ》みだけは努めて絶やさぬようにしている。それが痛々しいほどよくわかった。

（俺はなぜ、この人のあとをついて歩くのだろう）

この顔を見るたびに十人はそれぞれ心のなかで、砂漠で渇《かつ》した者がなめし革を嚙《か》むようにこの疑問を幾度も嚙みしめる。しかしその都度、溜息《ためいき》とも吐息ともつかぬものを彼等は口から洩《も》らした。なぜ、この人を見棄て離れぬのか、自分自身にもよく答えることができなかったからである。昔はこの人のそばにいる理由は手にとるように明《めい》瞭《りよう》だった。群衆が周りをとり囲み、笑いかけ、手をさしのべてくれた頃は、彼と一緒にいることは得意であり誇りでもあった。彼のそばにいることで、自分たちも人々から慕われるのが嬉《うれ》しかった。

だが今、自分たちの前を歩いている疲れきった人は結局、すべてに失敗した男だった。カペナウムやマグダラなどガリラヤの町々で、最後には人々から追放された男だった。そのへこんだ消耗した顔からは、くるしそうな微笑み以上のものを期待できそうには思えなかった。二十人近くいた仲間が、この三日間、次々と師を見棄てて道を引っかえしたが、その薄情さを残った者は責める気にはなれなかった。

夕暮、川のほとりで、寝場所をさがした。オリーブの実とうすい種なしパンを袋のなかから出して、しゃがんだまま黙々とそれを食べる。疲労と心細さのために、ものを言う者はほとんどない。夕暮になると荒野の気温は急に冷え、ユーカリの林の向うにある風化して髑髏《されこうべ》のように見える丘の斜面に陽影が引いていく。イエスは食事がすむと一人、皆から離れて、その丘の蔭《かげ》に祈りに行く。

「どうする」

と一人の弟子が、やっと口を開いた。

「あの人は、戻りたければ戻ってもいいと言った。だがお前たちは戻らない。なぜだ」

それは皆が、今日、足を曳きずりながら考えつづけていたことだったから、

「なぜか自分にもわからない。それならば、どうして今日まであの人に従《つ》いてきたのだろう」

とシメオンが力なく呟《つぶや》くと、他の者は自分の心の奥を覗《のぞ》きこむようにうつむいてその声を聞いていた。

「初め……」とタダイという弟子が言った。「あの人がガリラヤの故郷を救ってくれると思っていたし……」

ガリラヤはパレスチナのなかでもとりわけ貧しかった。ヘロデ王の分国であるこの地方は湿気のこもった暑さがきびしく、熱病がたびたび流行する。住民たちはローマがやがてこの国から駆逐され、自分たちの生活が元に戻ることを烈《はげ》しく望んでいた。

「そしてあの人が、教えをたてなおす人と考えていた」

ピリポの気持は、ほとんどの弟子たちの気持である。彼等はイエスに従ったあとも、すべてのユダヤ人がそうであるようにユダヤ教を奉じていたが、そのユダヤ教はローマと妥協したサドカイ派の連中に歪《ゆが》められたと思っていた。

「俺も同じだった」

とカナネアンと渾名された片眼の男がうなずいた。この片眼の男は、むかしはガリラヤに多かった熱心党《ゼロテ》の一人で、もし可能ならば武器をとってローマの支配と闘うつもりの過激な連中の集まりに加わっていたのである。

「みなは中心がほしかった。あの人がやがてそれになってくれると思っていたのだな」

「だがあの人は何もできぬ。あの人は一時は何でもできるように見えたが、結局、何もできなかった」

「それならば、ほかの者のように何故、去らない」

シメオンは膝《ひざ》をかかえて、カナネアンとタダイに疲れきった声でたずねた。それは相手に問うというより、自分にたずねているような自信のない声だった。

「あの人は駄目な人だったのに、なぜ去らない」

「そういうお前はなぜ、去らぬ」

カナネアンは怒ったように、シメオンに言いかえした。

「わからない。ただ……」

シメオンは、イエスがひとり祈りに行った丘にそっと顔をむけて、

「ただ俺には……あの人の哀《かな》しい眼を見るのが……辛《つら》くてな」

と言った。

陽はすっかり退き、茨《ラタブ》が煙のように這《は》い茂る荒野の地平線だけが、まだ乳色だったが髑髏《されこうべ》のような丘は灰色の影のなかにすっかり浸されていた。イエスはその影のなかで、まだじっとしているのである。

みなは黙っていた。シメオンの口にしたあの人の哀しい眼は、皆、知っている。この旅の間、自分を見限って弟子の何人かが次々と姿を消した朝がた、イエスは去った者が昨夜寝ていた場所をそんな眼でじっと見ていた。

しかし、あの人がそんな眼をするのは昨日、今日が初めてではなかった。マグダラやベッサイダのようなガリラヤ湖のほとりの貧しい町で、あわれな病人や老人が彼に奇蹟をほしがる時、イエスは同じような眼をした。マグダラの町で、一人の母親が熱病のためにぐったりとした乳飲み子をだいて、この子の命を救ってくれと頼んだ時、

イエスは黙ったままその子を両手にのせて、そのような眼で母親を見ていた。やがてあの人の手のなかで子供が動かなくなり息たえた時、その唇から喘《あえ》ぐような声が洩れた。「エリ・エリ・レマ・サバクタニ」それは、神よどうして見棄《みす》てられるのか、という詩篇《しへん》の祈りだった。

仲間たちの端で、アルパヨは膝をかかえたまま別のことをぼんやりと考えていた。彼もまた自分がなぜ、あの人のあとをついて歩くようになったかを思いだしていた。

あれは一年前のことで、熱病にかかった彼はガリラヤ湖の寂れた岸のちかくの小屋で苦しみながら死を待っていた。彼の寝ている小屋は、昔、癩者《らいしゃ》が住んでいたもので漁師たちも避けて近寄らぬ湿地帯のそばにあり、周りには葦の葉がおい茂り、その葦のなかで暑くるしい声で蛙が鳴きつづけていた。アルパヨは烈しい悪寒《おかん》に襲われ、それが去ると今度は高熱にうなされねばならなかった。譫言《うわごと》と呻《うめ》き声とは時として葦をゆるがせる風に送られ小屋の遠くにいても聞えるほどだったが、友人はもちろん肉親さえも彼を看《み》とりには来なかった。住民たちは彼が悪霊《あくりよう》に憑《つ》かれていると怖れたからである。ガリラヤの人間は悪霊に憑かれた者に近寄ると、自分も同じ運命になると信じていた。一日に一度、小舟にのった彼の兄弟が、小屋から離れた岸に水を入れた小さな壺《つぼ》と食物とをおいて、うしろも見ずに急いで立ち去っていった。這いながらアルパヨはそれを取りにいかねばならなかった。

蛙の声は一日中、絶えなかった。昼も夜もひどく長く苦しかった。彼の乾き切った口から自分を見棄てた者を憎み、このような運命にあわせる者を呪う言葉が吐き散らされたが、やがて黒い鉤《かぎ》のような手が自分の咽喉《のど》を締めつける日が迫っていることを彼は感じていた。

ある日、何故か小屋の戸が軋《きし》んだ音をたてて開いた。突然ほの暗い内側に陽光がながれこんだ。そしてその一条の光にあの人の影が地面に落ちていた。あの人は一人で小屋にやって来たのである。そしてアルパヨの顔を濡《ぬ》らしている汗を布でふいてくれた。水を飲ませ、少しずつ食べものを口に運んでくれた。薬草をせんじた薬を与え、彼が眠るまで、じっと横に坐《すわ》っていた。高熱にうなされてアルパヨが悲鳴とも絶叫ともつかぬ声をあげる時、あの人は小さな声で言った。「そばにいる。あなたは一人ではない」あの人が彼の手を握ってくれると、苦しみはふしぎに少しずつ減っていくような気がした。「そばにいる。あなたは一人ではない」その声は昼も夜もアルパヨの頭のなかで聞えていた。そしてある朝、彼が眼をさました時、熱はすっかり去っているのを感じた。その人は疲れ果てて膝の上に頭をのせたまま眠っていた。

体がようやく恢復《かいふく》すると、彼はあの人に従う男女の群れに加わった。だがアルパヨもまた、シメオンと同じようにあの人の哀しい眼を知っていた。あの人がどんなに努力しても、すべての病人がアルパヨのように治るとは限らなかったからである。母を失った子供や夫に死に別れた妻が、なぜ治してくれなかったと愚痴を言う時、あの人の眼には辛そうな光があった。

その夜、弟子たちが家畜のように地面に倒れ伏して眠ってから、イエスは丘から戻ってきた。

六日目も重い足を曳きずって歩く旅が続いた。だがやがて今まで荒野の地平線に見えていた皺《しわ》だらけの風化した山が次第に小さくなり、空を旋回していた大きな鳥が何処《どこ》かに去った時、茨《ラタブ》のはえた荒野は少しずつ葡萄畠《ぶどうばたけ》に変り、短い間だったが雨がふった。ユーカリの林にその雨を避けた一行が、雨のあと林を出ると丘の下にぬれた平野が夕陽をうけてあかるく光り、棕櫚《しゅろ》の林に囲まれたジェリコの白い町が見え、平野の端から端に大きな虹《にじ》がかかっていた。

夕立をあびたジェリコの町は塔も城壁も家々も陽をあびて濡れかがやいていたが、迷路のような道をエルサレムに上る巡礼の群れや彼等の連れてきた家畜の群れが、泥水を撥《は》ねながら跡切《とぎ》れることなく続いた。町はそれらの旅人でふくれ、広場にも城壁のそばにもその天幕が至るところに張られていた。市では行商人たちが神殿に捧《ささ》げる鳩《はと》や仔羊《こひつじ》や種なしパンを、大声をあげて売りつけていた。

「本当に救い主《メシヤ》は来るの」

と老人に、子供はたずねた。

「過越《すぎこし》の祭の間に来る。本当に来る」

と老人は、杖《つえ》を握りなおしながら答えた。

毎年、過越の祭が来ると、親や祖父たちは子供に救い主《メシヤ》が間もなく地上に来ると言いきかせた。イスラエルをローマの支配から解放し、ダビデの神殿をその本来の姿に戻してくれる救い主《メシヤ》が過越の祭に出現するという言い伝えは子供たちだけではなく、この町からエルサレムに上るすべての巡礼客の夢であった。だが一昨年も昨年も、その救い主《メシヤ》は遂《つい》に彼等の前にあらわれなかった。

城門に入ったイエスと弟子たちは、それら巡礼客にまじって祈りの場所である会堂《シナゴーグ》にむかった。荒野から漂う熱気が急速に引いて、漸《ようや》く風が町の棕櫚の葉をかすかに動かすこの夕暮はまた祈りの時でもあり、天幕や会堂《シナゴーグ》から巡礼の唱えるタルグムの祈禱《きとう》の声は夕餉《ゆうげ》の煙のように道や辻《つじ》をながれていった。

彼等が会堂《シナゴーグ》に入った時、既に年寄りを中心とした祈りは始まっていた。人々はモーゼの言葉を書いたタルグムを読む年寄りの声にあわせて、祖父や父が絶やさず唱えてきた言葉を乾いた口のなかで呟いていた。その人たちの間にイエスが弟子とならぶと、年寄りは声を出すのをやめてそばの男に何かを囁《ささや》いた。と、人々は年寄りの視線を追ってイエスたちに注目した。

老人に耳打ちされた男が会堂《シナゴーグ》をそっとすべり出た。祈りを続けながら人々は、当惑したようにイエスたちを眺めていた。

やがて男が黒い長衣をまとった烏《からす》のようなサドカイ派の教師《ラビ》を連れて来ると、この教師《ラビ》はイエスをじっと凝視して低い声で言った。

「ナザレ人《びと》のイエスか」

その言葉で弟子たちは、この町でも自分たちが快く迎えられぬのを感じた。ガリラヤの町々で自分たちが群衆に迎えられた一年前でさえも、大祭司カヤパの送った教師《ラビ》たちがイエスの言動に眼を光らせていた。神殿や律法《トーラ》を冒瀆《ぼうとく》するものがその言動に少しでも感じられれば、彼等はそれをエルサレムに報告するよう命じられていたからである。教師《ラビ》たちは、時にはこの背のひくい疲れきった顔をした男に不意に罠《わな》をかけることもあった。イスラエル人はイエスをローマ皇帝に税金を納めるべきかとたずねた教師《ラビ》は、その答えの如何《いかん》によってはイエスをローマ総督に反逆者として訴えるつもりだった。安息日《サバート》に食事をすることの是非を問うた教師《ラビ》は、それによってイエスが律法《トーラ》を侮辱した告げるつもりだった。

「なぜここに来た」

人々が注目しているのを意識して教師《ラビ》は、ゆっくりとうす笑いを頰に浮べた。

「お前もジェリコから過越の祭のために、エルサレムの神殿に赴くつもりか」

黙っているイエスにかわってシメオンがそうだと答えると、教師《ラビ》は会堂《シナゴーグ》の人々をふりかえって声をあげた。

「だがこの男は、人々に神殿は大事ではないと言ったそうではないか。過越の祭や神への犠牲よりも大事なものがあると言ったそうではないか」

会堂《シナゴーグ》の柱や壁に靠《もた》れていた者は急に体を起して聞き耳をたてた。後列にいる者には人々の背中にかくれたイエスの小さな体は見えなかった。

「なぜ、答えぬ」

弟子たちはイエスを不安な眼で見つめながら、昔のように巧妙な答えでこれら教師《ラビ》の毒のある質問から逃れるのを祈っていた。皇帝《カザル》のものは皇帝《カザル》に返し、神のものは神に返そうと答えた頃のこの人は、今のように疲れ果てた哀しげな顔をしていなかった。その頃のこの人には、若々しさと血色のいい頰と希望とがあった。だが今、この人の頰の肉はそげ落ち消耗しきっていた。

「なぜ答えぬ。神殿や祭や神に羊を捧《ささ》げる犠牲より大事なものがあるのか」

「人のために泣くこと、ひと夜、死にゆく者の手を握ること、おのれの惨《みじ》めさを嚙《か》みしめること、それさえも……ダビデの神殿よりも過越の祭よりも高い」イエスは、くたびれた声で弱々しく答えた。「それを神殿を祭る人たちは知らぬ」

ざわめきと動揺した囁きが、柱と柱との間を拡《ひろ》がっていった。

「聞くがいい」

教師《ラビ》は指をあげて、イエスを指さした。

「この男は神殿と祭を侮辱した。衆議会はそれを知るであろう」

会堂《シナゴーグ》から追われて外に出るとイエスは何時《いつ》ものように、その疲れた顔に微笑《ほほえ》みを浮べて弟子をふりかえったが、弟子たちは力なくこの人を眺めていた。弟子たちは、今夜でもジェリコの町から出ていかねばならぬのだと思った。ナザレの町での思い出がふたたび心に甦《よみがえ》る。教師《ラビ》たちは今のこの人の言葉を、巡礼客たちに告げるかも知れぬ。激昂《げっこう》した群衆の心理がどういうものか、弟子たちは幾度かの経験で知っていた。

黄昏《たそがれ》は既に暮色にかわり、城壁の外に火が幾つも生きもののように動いていた。天幕の外で人々が夕食の支度をする時刻だった。

「もう、ついて行くことはできぬ」

片眼のカナネアンは、タダイにそっと囁いた。

「我々は長い間、この人がやがて勝つ日が来ると思っていたが無駄だった。何も酬《むく》われなかった。この人は失敗した」

タダイはうなずいた。

その夜、人々を避けて城壁の外でわびしい夕食を作っている時、カナネアンはタダイと八人の仲間に、自分たちはイエスから離れるつもりだと言った。

「お前たちはどうする」

八人もしばらく考えこんでいたが、結局、同じようにあの人を見棄てると言った。だが、それをあの人に告げる役になると誰もが首をふった。

弟子たちから離れて祈っていたイエスが戻ってきた時、弟子たちの間に気づまりな空気がながれていた。

「あなたたちは、今夜、私と離れるがいい」

種なしパンを手に持ちながら、イエスは弟子たちに言った。

「私は今夜、一人でエルサレムに向うだろう」

「我々はここに残るのですか」

イエスはうなずき、弟子たちは眼を伏せたが、心のなかで師が自分たちの裏切りの気持を知ったのだなと痛いほど感じていた。

「私は……あなたと一緒に行きますが」

とシメオンが、急に辛《つら》そうに言った。

「その必要はない。私たちは……また、会うことができる」

あの人はシメオンを慰めるように、その肩に手をおき立ちあがった。

闇《やみ》のなかに師の姿が消えたあと、ながい間十人は十人とも、膝《ひざ》の上に種なしパンをおいて沈黙していた。

彼等はそれぞれに、ジェリコからエルサレムに向う暗い荒野の道を考えていた。あの人は間もなくすれ合う風の音しか聞えぬ夜の荒野を歩くだろう。その道はワジと呼ばれる涸《か》れた川の痕《あと》や、その川が大雨の日に奔《ほとばし》る泥水で削った褐色の崖《がけ》のそばをぬけ、骨のように白い岩の散らばった丘と丘との間をぬって、エルサレムまでくねりながら続いているのだ。今夜の月光はその風景を更に荒涼とさせ、一人ぽっちのあの人の眼に繰り広げるだろう。

(あの人が俺にやったこと)

とアルパヨは、過ぎ去った一年を思いおこした。

(肉親さえも来てくれなかったあの葦《あし》小屋。その小屋で死ぬのを待っていた俺のところに、あの人は来てくれた。汗をふき、水を飲ませてくれた。あの人は別な日には子を失った母親のそばに一日、黙ってすわり、別のながい夜は、死んでいく女の手を何時までも握っていた）

タダイの胸にも、悔いとも自己嫌悪《けんお》ともつかぬ痛みが疼《うず》き、

（あの人は、自分が救い主《メシヤ》だなどと一度も言ったことはない。あの人を救い主《メシヤ》にしようとしたのは俺たちだった）

シメオンはシメオンで、あの人が時折、見せた眼差《まなざ》しを心に浮べて、それを消すように首をふった。重荷を背負わされて主人に叩《たた》かれながら歩く驢馬《ろば》の悲しそうな眼。あの人はそんな眼で時々、自分たちを見た。

「何でもないじゃないか」

突然、カナネアンが、そうした滅入《めい》った皆の顔を挑むように見まわして声をあげた。

「結局、彼は何ができたと言うのだ。モーゼのように人々をつれて行く力もなかった。預言者エリヤのように奇蹟《きせき》を見せる能力もなかった。彼は駄目な男だった」

風のなかで枝にひっかかった一枚の枯葉のように駄目な男と言うカナネアンの言葉が、一同の頭にひっかかった。そう、あの人は駄目な男だった。あの人はモーゼのように人々を連れて歩く権威も、エリヤのような神から委託された力もなかった。何も

できなかったから、最後には、ガリラヤの町から追われ、ナザレの人々に嘲《あざけ》られたのではないか。

(ここまで従《つ》いてきただけでも……俺たちは、最後の弟子として懸命にやったのだ)

だがカナネアンの言葉に同意はしてみたものの、皆の胸からはあの人を棄《す》てたという後ろめたさは晴れなかった。

「行こう」

シメオンは力なく立ちあがって、カナネアンに、

「お前は何処に行く」

「マサダに行く。あそこには同じ考えの者たちがいる」

砂漠の果てにあるマサダの丘には、熱心党《ゼロテ》の者たちが多く住んでいる。炎熱に焼かれたその丘の頂に暗い城塞《じょうさい》があり、いつの日でもローマを倒し、地上にユダヤの国を作る武器がそこにかくしてある。

「タダイは何処に行く」

「俺には……湖のほとりに戻るより」とタダイは辛そうに、「仕方がない」

彼等はそれぞれ自分の持物を手にとり、巡礼たちの声のしない闇のなかに消えた。他の者も探るように他の者の顔をのぞきこみ、足を曳《ひ》きずりながら一人一人、去って

いった。

「お前は……どうする」

残ったシメオンは、アルパヨにたずねた。

「わからない」

アルパヨは力なく答えた。どうして良いのか、正直、彼には決心がつきかねた。

「みんな、行ってしまった」とシメオンは坐《すわ》ったまま、自分の膝をだきかかえながら、

「去るなら、俺を残して早く去るがいい」

「お前はなぜ、残っている」

アルパヨの問いに、シメオンは闇のなかを見つめながら何も答えない。だがこの男の心にあるものが、今、アルパヨにも手にとるようにわかる。

「あの人は駄目な男だった。ついて行くことはない」

慰めるようにアルパヨが言うと、シメオンはうなずいた。だが彼はそのまま立ちあがると、皆とは反対の方向に歩きだした。

その彼の一歩、二歩うしろから歩きながら、

「まだ、あの人を追う気なのか」

「もう、そんなことはせぬ」

怒ったように怒鳴った。

ジェリコの町をぬけ、二人は黙々とエルサレムに向う荒野の道にたどりついた。月光は岩山を浮びあがらせ、それら岩山と岩山との間の一木一草もない谷をしずかに照らしていた。岩山は駱駝《らくだ》の瘤《こぶ》のように見え、死者のように沈黙していた。道はその岩山のはるか向うまで月光のなかで見通せたが、先に行ったあの人の姿は何処《どこ》にもない。

突然、アルパヨの頭に、この旅の前にあの人が言った言葉が甦ってきた。

「過越《すぎこし》の祭が終る時、すべてがわかるとあの人は言った。お前はそれを知っているのか」

シメオンは首をふって、

「あの人は時々、そんな謎《なぞ》のようなことを言う。俺には何も摑《つか》めぬ」

彼は岩の上に腰をおろして、荒涼とした荒野を見まわした。


夜の冷たさに眼をさましたシメオンは、岩かげでこれも石のように倒れているアルパヨをゆすぶった。やがて荒野の東が金色にそまった。それが少しずつ薔薇《ばら》色《いろ》に変り、朱色に変っていった。しかしそれらは弟子たちが長い旅の間、毎朝、眼にしている光景だった。

荒野が尽き、まずしい葡萄畠《ぶどうばたけ》と埃《ほこり》をかぶった白っぽいオリーブの林がさしそめる朝日のなかで眠たげに浮びあがった。斜面に散らばっている灰色の人家はまだ眠りこけ、羊の群れも見えなかった。そこはベタニヤの村で、あの人や弟子たちのよく知っているマルタとマリアの姉妹も住んでいた。その家が間もなく見えた時、シメオンはなぜか、そちらに向うのを避けるように方向を変えた。

「何故《なぜ》、そちらに行く」

とアルパヨはたずねた。

「あの人が、あそこに泊ったかもしれぬのに……」

「それなら、俺は行かぬ」

「何故」

シメオンは黙って、袋のなかからオリーブの実を出して齧《かじ》りだした。すねた子が爪《つめ》を噛みながらどうしても自分の家に入りたがらぬように、彼は神経質にオリーブを噛みながら、露に濡《ぬ》れたオリーブの林をおりていく。

「あの人に会うのが、こわいのか」

「お前も知っているだろう。あの人はいつも怒らぬ。悲しそうな眼で見るだけだ。それが辛い」

突然、彼はアルパヨを憎しみのこもった眼で睨《にら》みながら、罵《ののし》りだした。

「お前が今、俺を馬鹿《ばか》にしていることはわかっている。そうだ、俺は皆のように、ガリラヤや別の国に戻ることができぬ。自分はどっちつかずだと言うことも自分で一番知っている。俺はあの人を棄てたし、もうついては行かぬ。それなのにどうして今、あの人のうしろを歩いているのだ。離れろ。俺のあとをついてくるな」

相手の見幕があまりに烈《はげ》しかったので、アルパヨは言いかえすことも忘れ、茫然《ぼうぜん》と相手を見つめた。その隙《すき》にシメオンは林の斜面を転ぶように駆け出した。足を滑らせたその足もとから石くれがころがり落ちた。

既に陽はベタニヤの部落とそれを囲むオリーブの林に四月のやわらかな光を注いでいた。アマンドの白い花がオリーブの林のむこうに咲いていた。歩くに従ってむせるようなその花の匂《にお》いは、言いようのない悲哀をアルパヨに与えた。シメオンの怒鳴り声はまだ耳に残っている。自分たちはなぜ、あの人を棄て切ることが出来ないのだろう。アルパヨもまた自分の決断力のなさが辛かった。他の弟子たちのようにあの人と全く離れて別の人生を歩ければどんなに倖《しあわ》せだろう、あの人のあとに従えば、至るところの町で会堂《シナゴーグ》や広場から追い出され、時には石を投げられるのだ。別れる時、タダイはあの人について行っても結局、何の酬いもないとつぶやいたが、それは真実だった。それなのに何故、まだ、あの人の影をこうして求めるのか。

ベタニヤの部落をオリーブ山にむかって進むと、忽然《こつぜん》として大きなヘロデ城壁が見えはじめた。それはゲヘナの谷の上に威圧するようにそびえていた。谷には幾すじもの黒煙がたちのぼっているが、あれはエルサレムの市の塵芥《じんかい》を焼く炎で、昼夜、消えることがないのである。城壁のすぐ上に長い巨大な屋根が、朝の光をまともに受けて金色に光りかがやいている。すべてのユダヤ人がそこに一生に一度は訪れることを夢みる、百六十二の柱をもった神殿の屋根だった。

神殿の北側には灰色の塔が四本の円柱のように直立している。アントニア城塞で、そこはローマの知事が衆議会から訴えを聞く場所でもあった。神殿とこのアントニア城塞を包むようにして、両側に白い石段を幾列も並べたような無数の小さな家々が重なりあっている。それがエルサレムだった。

アルパヨは丘の上に立って、陽の光をあびたエルサレムを見おろした。ケデロンの谷からアグリッパ城壁にかけて、昨夜のジェリコと同じように巡礼たちの天幕が点々と張られ、天幕のうしろにつながれた驢馬の物哀《ものがな》しい鳴き声がここまで聞えてきた。過越の祭は明日から始まるのだった。

昼ちかく、ダビデ門から町に入った。錯綜《さくそう》した細い通りには今夜の祭の支度をする巡礼たちが歩きまわり、彼等の連れている家畜の群れがあちこちで道をふさぎ、行商人たちは壺《つぼ》や羊の毛皮や鳩《はと》を入れた籠《かご》を足もとにおいて道の両側から大声で叫びあっていた。アルパヨは人波にもまれながらシメオンを探したが、遂《つい》に見つからなかった。と、そばを数人の男たちが彼を突き飛ばすようにして駆けぬけた。そのあとから揉《もみ》上《あ》げを長くのばし、栗色《くりいろ》のいかめしい髭《ひげ》をたらした教師《ラビ》たちがやはり十人ほど、長い黒衣の裾《すそ》をつまみながらつづいた。「ナザレの男が……」という言葉が人波のなかから聞えた。

「ナザレの男が神殿を冒瀆《ぼうとく》した」

一人の男が大声でそう叫ぶと、十人ほどの連中がその声に応じて走りだした。アルパヨもまた人々に肩を押されながら足を早めた。

陽の照りつけた異邦人の広場に建物の影がこい。神殿の石段まで来ると、回廊はあまたの男女で埋まっていた。そして彼等は回廊に囲まれたイスラエル人の広場を注目していた。そこには小さな男が陽光をまともに受けて一人、直立していたからである。あの人だった。あの人は巨大な神殿を背にして皆に話しかけていた。神殿の屋根に反射する陽光はまぶしく、あの人の足もとに黒い影を落していた。

「私はまことに言う。やがてこの神殿の石の上に一つの石さえ残さずに崩れ去る日が必ず来る」

ふしぎなことに、柱廊と柱廊とを埋めた人々を静寂が支配していた。だれもがこの小さな男のひくい声に息をのんで黙っていた。あの人の声は抑えた声だが、それは回廊のすべての人の耳にはっきりと聞えた。

「神にとって神殿が何であろう。もし一人のまずしい男が人間を、命を捨てるほど愛したならば……」

そしてあの人は言葉を切ってうつむいた。人々にはまるで彼がその時、泪《なみだ》ぐんでいるように見えた。

「神にとって神殿が何だろう。もし、あなたたちの蔑《さげす》む娼婦《しょうふ》たちが一夜自分のみじめさを泣いた時は、そのひとしずくの泪のほうをこの神殿より神は選ばれるだろう。神は神殿をほしがらぬ。神は人間をほしがっているのだ」

教師《ラビ》たちが二人、広場に走り出て、黒衣から裸の細い腕を出してあの人を押えようとした。だがあの人は強くそれを払いのけると、顔をあげて真直《まっす》ぐにこちらに向って歩いてきた。人々は何かを怖《おそ》れたようにその路《みち》をおのずとあけていった。つかまえろと教師《ラビ》たちは人々に怒鳴ったが、一人として手を出すものはなかった。アルパヨはこれほど強いあの人の姿を見たことはなかった、なぜなら、あの人はいつも疲れきった悲しそうな顔をしていたからである。

「お前たちはあの男の話を聞いた、神殿を冒瀆する話を……」

黒衣をひるがえして、教師《ラビ》は人々に大声をあげた。

「記憶しておくがいい。衆議会は彼をそのままには放っておかぬ。あの男に従う者は同じように罰せられるだろう」

我にかえった男女は、はじめて怯《おび》えたように教師《ラビ》を見つめていた。

「注意せよ。お前たちのなかに、あの男の弟子たちがまじっているかも知れぬ」

その言葉を聞くとアルパヨは、体を震わせ眼を伏せて足早に出口の方に歩いていった。

(俺に何の関係がある。俺はもう、あの人から離れたのだから)

人々にぶつかり、羊の群れの前でたちどまりながら、折れまがる道を歩き、彼は自分に言いきかせた。前にたちふさがった仔羊《こひつじ》の群れは、明日の夜、神殿につれられて、人間のすべての罪の償いの代りに殺され捧《ささ》げられるものだった。

(俺に何の関係がある。俺はもう、あの人から離れたのだから)

にもかかわらず、その瞬間、耳の奥で、海鳴りのようなざわめきが聞えた。そのざわめきは道ゆく人の声ではなく、ガリラヤ湖の葦《あし》のざわめきだった。一日中、鳴きつづけている蛙《かえる》の声。暗い小屋のなかで熱にうなされながら呻《うめ》く自分の声。軋《きし》んだ音をたてて戸が開き、鉛をとかしたような陽光がながれこみ、その陽光のなかに、あの人の影が立つ。「そばにいる。あなたは一人ではない」アルパヨは剝《は》げ落ちた家の壁にもたれて泪をためながら、通りすぎていく人間のなかにあの人の姿をむなしく探した。

その夜も翌日の夜も、彼は異邦人の広場で寝た。広場には棕櫚《しゅろ》の葉を集めて幕屋のようなものが作られていた。この広場だけはユダヤ人でない人間も眠ることができたから、彼の周りには油に浸ったような体の黒い男たちが、数人、壁にもたれて眠りこけていた。

深夜に、酒に酔った一人の男が広場の反対側に来て、何かをしきりに呟《つぶや》いた。「放っておいてくれ」だれもが声をかけぬのに、その男は幾度も同じ言葉を繰りかえした。「放っておいてくれ。近づかないでくれ」その声に聞き憶《おぼ》えがあるのでアルパヨがじっと窺《うかが》うと、それはシメオンだった。

足音で眼をあけた。

槍《やり》をもったローマ兵が五、六人、石段を駆けのぼって闇《やみ》のなかに消えた。真夜中だというのに寝しずまった町の遠くから、何か異様な音が伝わってきた。

はじめそれは、炎が家々を舐《な》めているような物憂《ものう》い雑然とした音だったが、耳をすませていると、やがて人々の騒ぐ声だとわかってきた。アルパヨは気の早い人々が羊を殺しだしたのかと思った。この日、朝があければ過越の祭で、ユダヤ人の家々では家父が仔羊をもって神殿にのぼり、その内庭で殺し、司祭はその屠《ほふ》られた動物を祭壇にそなえる習慣になっていたからである。

さきほど、石段を駆けのぼって消えたローマ兵が、ふたたび広場を横切って、カイザリヤからやってきた知事ピラトが宿泊しているアントニア城塞《じようさい》の方に去っていった。アルパヨが身を起すと、そばに眠っていた黒人たちも眼をさまし、猫のように光る眼でじっと闇を見つめていた。

神殿の方角から、教師《ラビ》が二人姿をあらわした。彼等は地面に棒のように転がっているアルパヨや黒人たちに眼もくれずに、せかせかとヘロデ門に向って歩いて行く。

「何かね」

黒人が背後からたずねると、教師《ラビ》の一人はこの狎々《なれなれ》しい物の言い方にひどく自尊心を傷つけられたような顔をしてふりむいた。

「それがお前に何の関係がある。ナザレ人《びと》が捕えられたのだ」

それから彼等は急ぎ足で、さきほどローマ兵が消えた闇に姿を消した。

アルパヨは素早く身を起した。あの人の運命を気づかうよりも、あの人に従った自分に累《るい》が及ばぬかという不安のほうが先に胸を走った。巡礼客の中にはガリラヤでイエスやその弟子を見た者もかなり混っている。俺も捕えられるかもしれぬ。捕えられて連れていかれるかもしれぬ。

「何処に行く」

黒人は彼をじっと眺めてたずねた。逃げるようにアルパヨは広場の向う側に何も知らず寝ているシメオンのところに駆けていくと、うつ伏せになった体をゆさぶった。濁った生気のない眼でシメオンは彼を見つめ、それから悲しそうに呟いた。

「近寄らないでくれ。放っておいてくれ」

「つかまった」とアルパヨは急いで囁《ささや》いた。「あの人が……」

シメオンは体を起すと、あぐらをかいたまま、しばらく黙っていた。彼はまだ事態がよくわからぬように、

「駄目な人だった。何もできなかった」

うつろな声で呟いた。

「逃げたほうがいい。朝がくると知っている者に出会う」

「駄目な人だった。すべてのことに失敗した。初めからわかっていた」

「過越の祭の終る時、何もかもがわかると言ってはいたが、それがこれだ」アルパヨはシメオンの手を引張った。「俺たちもエルサレムまで来るのではなかった」

まだ茫然としているシメオンを引きずって広場を出た。黒人が、うしろから何か声をかけて笑った。その笑い声が、昼間の喧噪《けんそう》が嘘《うそ》のように消えている細い路《みち》に反響した。汚水がまだながれ、鼠《ねずみ》が二人の足音で逃げまわるこの石畳の路は、今日の午後、屠殺《とさつ》される羊の血で汚れる。この過越の祭のはじまる最初の夜、神殿をとりまく灰色の小さな家々のなかでは息を引きとる男がいた。子を失ってじっと壁に向いている母親もいた。折り重なる娼婦と客もいた。それらすべての汚れた臭《にお》いのするものの代りに、陽が昇れば、それぞれの仔羊が殺され血を流すことになっていた。星々はオリーブ山の上にきらめいていたが、黎明《しののめ》が来るまでにはまだ時間があった。

東の方角の金の門にたどりついた時、ケデロンの谷がほの白く見わたせた。この谷をこして道を左にとれば、サマリヤを経てガリラヤに向う街道に出る。シメオンは肩で大きく息をついて、まだ馬鹿《ばか》のように繰りかえしている。

「あの人は捕えられた。駄目な人だった」

「何をいう。もう、あの人とはかかわりがない」

二人は、それらの言葉を相手の顔を見ながら呟いた。にもかかわらずアルパヨの言葉は次第に力がなくなり、それに代って、「そばにいる。あなたは一人ではない」というあのやさしい囁きと嗄《しわが》れた蛙の声、葦の葉のすれ合う音が耳の奥で強く訴えはじめた。「もう近寄らないでくれ。もう俺を放っておいてくれ」とシメオンは泣いていた。「あなたは駄目な人だった。何もできなかった。私はもうついて行けない」

彼は泣きじゃくりながら家に戻る子供のようにうしろを向いて、来た道を戻りはじめた。二、三歩おくれてアルパヨもそのあとを足を曳《ひ》きずるように従った。遠いざわめきは次第にはっきりと聞え、今、それは人々の声と変った。声は大祭司カヤパの邸《やしき》の方角から闇のなかを伝わってくるのだった。

赤黒い炎が、庭で生きもののように動いていた。歩きまわっているカヤパの下男たちの影も黒かった。避けるようにして、庭の外に立っていると、時折、風に舞って火の粉が二人の体のまわりに飛んできた。炎が燃えあがると邸の回廊がその火にはっきり浮びあがり、長衣をきた教師《ラビ》が二人立っているのがわかった。

「何をしている」

と下男の一人が近寄ってシメオンにたずねた。シメオンは急いで、ケデロンの谷の寒さに耐えられず火にあたりにきたと答えた。

「ガリラヤから来たな。なまりでわかるぞ。ナザレのイエスを知っているのか」

返事の代りに、シメオンは烈《はげ》しく首をふった。

「お前たち、ナザレのイエスと一緒の者ではないのか」

アルパヨもシメオンと共に、烈しく首をふった。しかし下男は、からかうようにそばから離れなかった。

「あのナザレの男は、今、家のなかで叩《たた》かれている。もがくこともできぬ恰好《かっこう》で叩かれている。どう思う」

「俺の知ったことではない」

アルパヨは肩をすくめ唾《つば》を地面に吐いた。私はこういう男です、と彼はあの人に向って心のなかで呟いた。私にはこれしかできません。あなたを助ける勇気もそばに寄る力もない。私はこういう男です。

「見ろ、連れ出されてくる。あの男、ピラトの裁きを受けに行くのだ」

下男は突然、嬉《うれ》しそうに叫んだ。手首を前で縛られたあの人が、二人の男に両側からはさまれるようにして回廊の向うから現われた。炎が燃えあがり、その反射のなかであの人の顔は赤くそまって見えた。だがその眼のふちははれあがって黒ずみ、頬からひとすじ血が流れているのもわかった。

「見ろ、驢馬《ろば》のような顔をしている。可笑《おか》しくないのか」

まるで自分と共に笑うことを促すように、下男はアルパヨの顔をじっと見た。アルパヨは口をあけて泣き笑いのように笑った。あなたは、人のために泣くものは幸いだと言った。おのれのみじめさに泣くものも許されると言った。だが私はこうして笑っている。私はこういう男です。私にできることは、これだけです。

回廊をまがった時、火の粉が風にながれ、あの人にあたった。それを避けるようにあの人は顔をそらせ、そして初めてシメオンとアルパヨの存在に気がついた一瞬、あの人はたちどまり、あの眼で――シメオンがそれを見るのが辛《つら》いと言った眼で、二人を見つめた。それから教師《ラビ》に肩を押されながら中庭のほうに去っていった。

V　死海のほとり

〈巡礼　三〉

「行けと言うなら、ベトレヘムにも寄るけど」そのくせ戸田は、いかにもこの聖地を馬鹿《ばか》にしたような声をだした。「あそこも髑髏《ゴルゴタ》の丘と同じように、教会の前に物売りや観光客が群がっている場所だよ」

ベトレヘムというやさしい名は、信仰を失ってからも私に子供時代の降誕祭の夜や教会に飾られていた馬小屋の模型をいつも思いださせた。羊や驢馬《ろば》が窓から首を出した小屋のなかでヨゼフとマリアとが小さな赤ん坊を覗《のぞ》きこんでいて、うしろで羊飼たちと東方から来た博士が敬虔《けいけん》に跪《ひざまず》いている。降誕祭のミサの前、教会の入口近くにおかれたこの模型の前で十字を切ってから、信者たちはおずおずと自分たちの席についたものだ。その信者にまじって子供の私も同じ仕草をしたこともあったのである。

「第一、イエスが十二月二十五日に生れたというのは出《で》鱈目《たらめ》だしね。イエスが生れたのは、実際は西暦紀元元年よりも前だよ」

「イエス生誕の伝説は、どうして出来あがったんだろう」

「色々あるさ。まず旧約に、イスラエルを救うものはベトレヘムに生れると予言されていた。その上、英雄サムソンやアブラハムの子、イザクの生誕物語がイエスの生誕物語の原型になった」戸田は昔、ドイツ語の動詞変化を私に教えてくれた時のような分類の仕方をした。「それに処女出産の話はヘラクレスやアレクサンドルのような英《えい》雄譚《ゆうたん》にもあって、そう珍しいことじゃない。そういう風に後世の弟子教団は、イエスを神格化するために次々と旧約の預言と英雄伝説で飾りたてたんでね」

こっちが眼をつぶって黙っていると、戸田は、

「行くかい、ベトレヘムに」

「いや、よそう」

「行かなくていいさ。ベトレヘム伝説などなくても、イエスの本当の姿には変りないんだから」

車は街道から離れてユダの荒野に向う埃《ほこり》っぽい路《みち》を走りはじめ、私の少年時代の馬小屋の思い出は、窓から流れこむ埃っぽい生あたたかい風と共に遠くに飛んでいった。オリーブ山を越える間、右手に褐色の城塞《じょうさい》のように屹立《きつりつ》したエルサレムの街が見えたが、それが姿を消すと塩をまきちらしたような岩山が急に陽をあびて両側にあらわれ

た。その岩山の一つに、一頭の駱駝《らくだ》をつれたアラブ人の男が一人ゆっくりと路を歩いている。

「ああ、言うのを忘れていた」

少し、ひどくなった埃を避けるため、窓をしめながら戸田は、

「ゲルゼン収容所にいたユダヤ人たちのことだがね……今日通るキブツに、その生き残りが住んでいるらしいよ」

「調べてくれたの」

「小さなキブツだし、寄ったことはないが、なんなら今夜そこで泊ろうか。あんた、ねずみのこと知りたいんだろ」

ねずみみか。私の人生にだって二度か三度、邂《あ》っただけなのに、生涯、忘れ難い痕跡《こんせき》を残した人が何人かいたし、また毎日のように顔を合わせながら何の意味もなかった沢山の人間もいたのだ。考えてみると今日まで、ねずみは私にとって、学生時代の思い出のなかの霧のなかの木の影のような、どうでもいい存在にすぎなかった。それが今、急に気になりはじめている。そうだ、こんな思い出もあった。あの頃、寮にいた室戸という男から聞いた話である。

「ほんまに小狡《こずる》い奴《やつ》やで」

彼は医科大学を失敗して我々の大学にもぐりこんだ神戸の男だったが、その頃の学生によくあったように、後に結核で死んでしまった一人である。

「あいつ、俺が病気なのを利用しよるねん」

話によると彼が風邪を引いた時、昼間、誰もいない寮でねずみに食事を運んでもらった礼にサッカリンを少々、渡したのが事の始まりだった。室戸の家は医者だったから砂糖の欠乏したあの頃でも、サッカリンや葡萄糖《ぶどうとう》は何とか家から送ってもらえたのである。

「あいつ、それでな、味しめて用もないのに俺の部屋に来よるねん……聞きとうもないアーメンの話を片言で、いつまでもしよって。そのくせ俺が葡萄糖少しでもくれてやると、あとは知らん顔や……」

「なら、やらなければいいじゃないか。そんな貴重なもの」

「根まけするんや、俺。気が弱いさかいな。ねずみに部屋に腋臭《わきが》の臭《にお》いを充満させられて、しつこうアーメンの話されたら、しまいには頭も痛うなって、つい葡萄糖を渡すやろ。ほなら、あいつ、泣き笑いのような顔をして、すぐ、さよならや」

私たちは室戸のその話を聞いた時、きっと笑ったのだと思う。そう言えばねずみだけでなく、あの頃あの大学にいた外人神父たちはすべて、腋臭の臭いを発散させていた。おそらくあれは彼等の住まっている修道院でも燃料が不足して、シャワーや入浴が不自由だったためかも知れない。

「結核で死んだ室戸を憶《おぼ》えている？……」私は今の思い出を、ハンドルを握って前方を注目している戸田に語って、「あいつ、そのために、イエスまでが腋臭のつよい男のような気がすると言っていたよ」

戸田は笑ったが、その笑い声は窓から吹きこむ生ぬるい風に飛んでいった。山の斜面にみすぼらしい石造りの家が十軒ほど陽光に曝《さら》されていて、街道にそったコカコーラやジュースを売る小屋の前に赤ん坊をだいたアラブの女が人生を諦《あきら》めたような姿で立っていた。

「実際のイエスは、どんな顔をしていたんだろう」

「聖書にたった一行しか、それらしい言葉を書いていない。イエスは年より十歳もふけて見えたと言う暗示だけだ」

むかし寮生の誰かが、彼のことを百科辞典と呼んだのをまだ憶えている。戸田が何を聞いても必ず明瞭《めいりょう》に答える癖が、二十数年たったあとも抜けていないのが私には少し可笑《おか》しかった。

「ベトレヘムでなければ、イエスは何処《どこ》で生れた」

わざとからかうように訊《たず》ねると、戸田は真面目《まじめ》に、

「わからんね。……俺だって、彼がベトレヘムに生れなかったとは断定していないよ。ただ、あの生誕物語は創《つく》られた話だと言っただけだ。ナザレの町で生れたという学者も多いが、これも裏づけ資料があるわけじゃない」

「ナザレの町で育ったことは、本当かね」

「これは本当。両親のほかに四人の従兄弟《いとこ》がいた。名もわかっている。従姉妹《いとこ》たちもいたらしいがね。名は不明だな」

「で、どんな生活をしていたんだろう」

公教要理を習っていた子供の頃、私は神父さんからイエスの従兄弟の話を聞いたことはなかった。

「大工といっても木工を手がけた大工だが、父ヨゼフが死んだあと、従兄弟たちと彼とはこの仕事で家族を養っていたんだろう。当時、粘土で作った屋根の平らな一室しかない家に、家族と雑居していたことは想像できる。聖書のなかの譬話《たとえばなし》から弟子教団の創作ではなく彼の口から語られたものを拾ってみると、みじめな生活の匂《にお》いのするものが次々と出てくるからね。失った銀貨一枚を見つけるため家中を探しまわる貧しい女の話は、おそらく彼の従姉妹のことだったかもしれん。三斗の粉のなかにパン種

を入れる女のことも、ひょっとすると母マリアの毎日の仕事だったんだろう。大工の彼はあちこち歩きまわって毎日、人間のみじめさに触れていた筈《はず》だ。だから聖書には時々、汗の臭い、よごれた生活の臭いがあるだろう」

「ああ、それは感じる」

私は年よりも老《ふ》けて眼の落ちくぼんでいる一人の男の姿を思いうかべた。いつも憂《ゆう》鬱《うつ》そうな顔をして、貧しい暗い家のなかで働いている男。一日中、木を削り、木材を切り、誰もが彼の心にあるものを知らない。

「なぜ、彼はその仕事も家族も町も棄《す》てて、こんな荒野までやって来たんだろう」

「生きている者の辛《つら》さや哀《かな》しみをあまりに多く見れば、誰だって一人になって、神とは一体なにかと考えたくなるだろう」と戸田は低い声で答えた。「俺たちだって、そんな経験があるもんな」

彼の首の汗にぬれた火傷《やけど》の痕《あと》をそっと窺《うかが》い、この男も同じように一人になってイエスが何であるか考えるために、この国に来たのだと思った。そして私のこの旅行だって、それほどではなくても結局は同じなのかもしれなかった。

部落をすぎたあと、家も見えず人の姿もない。まぶしい青空の下で、動物の白い骨を散らばらしたような岩だらけの高地を左右に見ながら、真直《まっす》ぐにのびる路を走った。

高地のところどころに高圧線の電柱が直立していて、電線が強い意志のように青い空を切っている。

「ナザレの町の人間や彼の家族には、そんな彼がどうもよく理解できなかったらしいな」

戸田は眼をしばたたいて、ギヤーを入れかえた。

「家族なんて、どうせ、そんなものだな」

君の別れた奥さんもそうだったのか、と訊ねたい気持に駆られたが、私はそれを口にしなかった。ただ彼の発言を誘いだすように、わざと、

「そうかね、昔、公教要理の時、神父さんたちはイエスが従順な家族の一員のように教えてくれたがね」

「そうじゃない、イエスの従兄弟は長い間、イエスを馬鹿にしている。彼が家庭生活で駄目な男だったからだ。親類たちもやがてイエスを責任能力のない者と扱うようになっている」

「そんなこと何処に書いてある」

「マルコ伝やヨハネ伝さ。マルコ伝の三章二十一節や、ヨハネ伝の七章五節がふと洩《も》らしている。ある学者は彼が家族から責任能力のない者にされたとさえ言っている。

聖書のなかのこんなふと書かれた記述が、事実のイエスを知る上に大切な手掛りになるもんだ」

「なぜ、責任能力のない者と言われたのだろう」

「そりゃそうだろう。家族はイエスがいつまでもナザレの町で、大工仕事をやってくれると考えていたろう。それなのにある日、突然荒野に行ってしまった。まずしい家族にとっては男手ひとつが減ることは大変なことだ。彼の身内がこの時から、イエスを夢ばかり追う責任能力のない者と思いはじめたのも当然だろうよ」

窓から吹きこんでくる生ぬるい風のなかで、正直、私は戸田の説明に少し首をかしげる気持だった。戸田が語る初期のイエスと家庭の話は、今まで教会で教えられこちらが抱いていた聖家族のイメージと違ったものである。自分が知っていると思っていた場所が変ってしまったような気持で、私は彼の真意を計りかね、黙りこんだ。

禿山《はげやま》が道にそって続く。禿山の背後に、同じような禿山が褐色の波のように起伏しながら拡がっている。麓《ふもと》には灌木《かんぼく》の塊が点々と茂っていたが、風化された山はただ砂の集まりで、その禿山と禿山との間を刃物で削ったような痕がある。それはワジとよばれる水無川で、一度、烈《はげ》しい雨がふるとワジには烈しい激流が走るのである。

陽はつよく、光はまぶしく、そして静かだった。静寂はいつまでも絶えぬ禿山の海をじっと支配していた。もう何百年もこの砂の丘陵は、この静寂と強い陽差しに押しつけられながら存在しているように見えた。

「こんなとこで、動物が生きられるのかね」

「蝮《まむし》がいるよ。俺も何度か見たことがある。それからふしぎに蚊がいてね。一度、テントを張って夜を過そうとしたが、ひどい蚊で逃げだしたことがあるね。樹《き》もなく、草だって、あの茨《ラタブ》しかないのに、蚊がどうしているかわからん」

「水がなければ人間は住めないだろう。イエスが住んだのはどのあたりだ」

「ああ、ヨルダン川のほとりだが、しかし風景はこれと同じように荒涼たるもんさ」

その禿山の上に鷹《たか》のような黒い鳥が翼をひろげ、ゆっくりと飛翔《ひしよう》している。鳥は禿山の端をかすめて姿を消し、そのあとには押しつけるような暑さが残った。

道は次第に下り坂になったが、相変らず褐色の丘とワジとの風景はいつまでも変らない。エルサレムを出てからもう半時間近く、車は走っている。

円錐型《えんすいけい》の丘陵が行く手にそびえていたが、その丘陵を過ぎた時、ようやくうす茶色の砂漠がはるか向うに現われた。そして砂漠のなかに、眠ったような湖が拡がっていた。午後の陽をあびて静まりかえった湖の向うに、うす桃色にそまった蜃気楼《しんきろう》のような山脈がある。

「死海さ」戸田はひくい声で教えた。「黄色い帯のように見えるのがヨルダン川。あのあたりに、イエスはたどりついたんだけどね」

車をとめ、戸田は水筒を取り出し一口飲むと手わたしてくれた。ウイスキーを入れた水が咽喉《のど》にながれ、うまかった。

遠くに見える午後の風景はひどくわびしく、わびしいという以上に凝固して歴史や時間の流れにも変ることなく、とり残されているようだった。戸田の言うように、イエスの時代もあそこは今のままだったにちがいない。

「なぜ、神のことを考えるのに、この砂漠まで来たんだろう」

戸田は汗をふきながら、

「そりゃ、この荒野は、イエスの時代、重くるしい思索の場所だったんだよ。ここに来る人間のなかには、自分たちの土地を征服したローマに反乱を企てる過激なグループもまじっていたし、一方ローマ人と手を握ったエルサレムの祭司たちを憎む連中もいた。この死海のほとりに修院を作って、瞑想《めいそう》的だが同時に烈しい怒りにもえた共同生活を送っていたグループもあった。そして彼等の前に荒野に叫ぶ預言者たちや自らを救い主《メシヤ》と称する者たちが次々と現われて、切迫感をあおっていたのさ」

戸田の説明は、私の想像力を刺激した。陽光に曝《さら》された禿山にその昔、集まった男たちを前にして高い声をあげる預言者や、その烈しい言葉に次第に動かされていく連中の表情を、私は思い描いた。

「荒野は夜になると、人々を恐怖と瞑想とに誘うからね。暑い昼の社会的緊迫感から急に夜がくる。と、人々はあらためて神のことを考えたからな」と戸田はまだハンカチで首をこすりながら、「荒野にはさっき言った共同生活の宗派のほかに、ヨルダン川にそって幾つかの洗礼教団があったが、いずれも神の罰と怒りを軸として悔悛《かいしゅん》を人々に求めているね。この世の終末は近づき、神の鉄鎚《てつつい》が間もなくくだるという気持が、ここ全体を当時支配していたんだ」

「イエスがこの荒野で師とえらんだ洗者ヨハネも、そんなことを言われた預言者だな」

何か言わねばならぬような気がして口をはさんだが、もっとも私のヨハネについての知識は、彼が腰に革帯を締め、蝗《いなご》と野蜜《のみつ》をたべて荒野を歩きまわったぐらいのことである。

「ああ、ヨハネはその幾つかの洗礼教団の一つのリーダーで、ヨルダン川の南部では最も名が知られていた」

「イエスは、どうしてヨハネなんかの弟子になったんだろう」

「むつかしいね。聖書学者たちがよく議論してきた問題だよ。しかし、やがてこのヨハネ教団からもイエスは脱落するからね。聖書を注意して読むと、イエスがヨハネ教団に不満を感じ脱落したことが暗示されているのがよくわかるよ」

この話も私には初耳だった。教会で神父たちはいつもヨハネはイエスの先駆者の役割をした預言者であり、本当の救い主《メシヤ》としてのイエスの露払いを行った人だと語っていたのだ。

「ああ、それはイエスの弟子たちがイエスを神格化するため、その死後に創りあげた話さ」戸田はベトレヘムの場合と同じように、こともなげに否定した。「しかし、はじめはイエスもヨハネからヨルダン川で洗礼を受けたからね。ヨハネは来《きた》るべき神の灯のような審判を免れるためには、水の洗礼が必要だと主張していたんだから」

私は水筒の底で、フロント硝子《ガラス》にぶつかっている一匹の虻《あぶ》を押し潰《つぶ》しながら、少し首をふった。戸田が当時の荒野の状況を教えてくれても、心にイエスのイメージはまだ具体的に眼に浮ばない。遠い国のふしぎな話や風習を聞いているようで漠然としている。

「ナザレの家庭生活で駄目になり、ヨハネ教団からも脱落する。彼が充《み》たされなかったのは一体、何故《なぜ》だろう」

私の溜息《ためいき》に、戸田はあの教師風の憐《あわ》れむような笑い方をして、そう結論を急ぐなと答えた。

「まだ、この旅行は続くんだから」

下方からジープが一台、喘《あえ》ぐように上ってきた。二人のイスラエル兵が乗っていて、草色の軍服から腕を出した彼等が、じっとこちらを見ている。すれ違った時、その一人が若い獣のような眼で笑顔をつくり、

「何処から来た《メイアン・アタ》」

と声をかけた。

兵士の白い歯をみて私は、二十数年前は戸田も私もこの若者と同じ年齢で同じように戦争をしている国にいたのだとふと思った。二十数年——長い歳月が経《た》ったあと、結局、何を摑《つか》んだと言うのだろう。汝《なんじ》、若かりし頃、自ら帯して好む処《ところ》を歩みおりしが、老いたる時は手を差しのべん。私はそんな聖句を読んだことがある。私たちは既に、その「手を差しのべる」年齢に達したのに、私の「十三番目の弟子」は机の引出しに未完成のまま、放りこまれ、髪も薄くなった戸田が聖書学から得たものは信仰の確認ではなかったようである。そしてこの午後、我々の走っている鉛色のアスファルト路《みち》の向うにあるのは、静寂の額縁に押しこめられて陽をあびて枯れ果てた砂漠と山

脈と老いた湖だけで、私はそれを自分の人生の結論に似ているとさえ思った。

「立ち入ったことだけど、今、一人で生活しているの」

私は戸田の汗に少し光った首の火傷の痕に眼をやりながらたずねた。昔、寮の風呂《ふろ》で私は彼のこの痕をいつもじっと見たものである。

「もうとっくに女房とは別れたからね」

私の質問をとりちがえたのか、急に彼はひどくくたびれた表情を見せて、

「どうにも仕方がないことさ」


私はあの年の冬をまだ憶えている。外はまだ黎明《しののめ》の寒さが寮の周りも校庭も包んでいる時、廊下できこえる音で、時折、眼がさめたことを。それは舎監のノサック神父とその助手のねずみとが、寮から百米《メートル》ほど離れた修院のミサに出かける足音だったのだ。当時、警察に叱《しか》られるのを怖《おそ》れて、修院では祭壇に蠟燭《ろうそく》をつけるほかは灯もともさず、ひそかに朝ミサを行っていたのである。だが寮にいる信者の学生たちは、戸田を除いて一人もそのミサに出かけようとはしなかった。勤労奉仕や軍事教練で我々の体はくたくたに疲れていたし、それに凍《い》てついた冷気のなかで起きる気分にはとてもなれなかったのである。ノサック神父とねずみだけが、こわれかかった寮の玄関の

扉を軋ませ、義務を守りに出かけたあと、気力だけで起きて気力だけでその真似をしている戸田の足音も、廊下から聞えてきた。

一度だけ——たった一度だけだが、私は彼が出かけたずっとあとから、耳に寒さの痛い真暗な校庭を横切り、病んだ老人のように見える古ぼけた聖堂に出かけたことがある。その小さな聖堂で外人神父が二本の蠟燭の光に顔をてらされながら、ミサを行っていた。灰色の翳《かげ》りのなかに戸田が祈禱《きとう》席の隅で項垂《うなだ》れるようにして、一人、腰かけているのに気づいたが、よく見ると彼は首をふりながら懸命に睡魔と闘っていた。蠟燭の炎が痙攣《けいれん》でもしたように時折ゆらいで、老いた神父はミサ典書を読むのをやめ、ハンカチを出して大きな音をたてて鼻をかんだ。戸田は居眠りから眼をさまし、手をこすって寒さを防いでいた。私はそのまま寮に戻り、まだ体温の僅《わず》かに残っている垢《あか》じみた布団《ふとん》にもぐりこんだ。

平日のミサには出かけない信者学生の中にも、日曜日のそれだけには仕方なしに出席する者が五、六人はいた。そのくせ彼等はミサが終って寮に帰ってくると、それを信者でない連中に恥じているような表情で、穴ぐらのような自分の部屋にそっと戻っていくのだった。日本が戦争をしているのに敵性国民の宗教を信じていると嫌味を言われたり、皮肉られたりするのが不快だったからなのである。

あれもあの年の冬だった。夕暮、私たちが中佐の罵声《ばせい》を浴びながら、何回も固い地面の上を匍匐《ほふく》前進をさせられた挙句、口々に不平を呟《つぶや》きながら泥だらけの教練服で寮に戻ってくると、舎監のノサック神父が諦《あきら》めきった表情で玄関の前に一人突っ立っていた。彼は我々を見ると食堂を指さし、肩をすぼめて修院に消えていった。

食堂には麴町《こうじまち》署から来たという二人の私服刑事が、寮生の一人一人を呼びだして思想調査をしていた。先に戻っていた連中が怯《おび》えきった声で、彼等がノサック神父に命じて寮生の部屋をあけさせ、蔵書を一冊一冊、調べたと言った。

「アカの本を調べにきたんやからね」

室戸が心細そうに、

「なら、心配することはあらへん」

しかし、私は別のことを考えていた。刑事たちは左翼学生ではなく、信者の学生を調査に来たのだとすぐ気づいたからである。

食堂の前の廊下に、まだ刑事の質問を受けていない二人の学生が待っていて、戸田のうしろに私も立ち、彼等の強張《こわば》った顔をそっと窺《うかが》った。

「二人ずつ……一緒に」

食堂から聞える刑事の陰気な声に私と戸田とは扉を押し、外套《がいとう》を着たまま股《また》をひろげて腰かけている男が、一人の寮生に馬鹿丁寧《ばか》な言葉で質問をしているのを眺めていた。

「あんたも信者？」

その寮生が、額に汗でも浮べたような表情でうなずくと、

「すると、あんたは決戦下の日本人としてだね、どういう考えで外国の宗教を守っとるわけですか」

「家が……そうだったものですから」

寮生は直立したまま、かすれた声で呟いた。

「ぼくが自分で選んだんじゃないんです。本当です。別に深く信じているわけじゃありません」

刑事は苦笑しながら、耳の穴を小指でほじくり、

「別に深く信じとるわけじゃないか。なるほどねえ」

「いいよ。戻んなさい」

私たちの番が来たが、彼等はおそらく意識的に、しばらくの間だまっていた。一人の刑事のうす汚れたワイシャツの襟《えり》がだらしなくめくれ、もう一人の刑事は耳の穴をほじくっている。

「信者かね」

「信者というほどの……」

私はかすれた声を出した。

「信者じゃありませんけれど……」

「あんたはだね、靖国神社と教会とのどっちを大事にしますか」
四、五年前、私たちの大学で靖国神社の参拝を拒否した信者学生たちがいて世間の問題を引き起したことがあり、それを憶《おぼ》えていた刑事はわざとこの質問をしたにちがいなかった。暗記していた答えをのべるように私は返事した。
「ぼくはどちらも大事にします」

「と、あんたはやがて戦場に出るだろうがね……同じ宗教を信じている敵を殺せるかい」

「殺せます、もちろん」

癩《らい》病院でベースとベースとの間にはさまれたあの時と同じような、歪《ゆが》んだ顔をして私は答えた。そしてこの卑怯《ひきよう》な自分を、嫌な奴《やつ》だと思った。

「あんたも」

刑事は戸田のほうに向きなおって、うす笑いを浮べながら同じ質問をくりかえした。

「殺せるかね」

「わかりません」

戸田は不動の姿勢をとったまま、はっきりと、

「迷うと思うんです」

「迷う？」

ワイシャツの襟のめくれた刑事が、急に顔をあげて、

「敵が殺せんのか」

「まだわかりません。ぼくは人間としても信者としても人を殺すことに悩むと思いますが、戦争に行けば、別の感情になるかもしれません。今は何とも言えません」

二十数年たった現在でも、私はあの時のむきになった戸田の顔と声とを憶えている。私たちが質問をうけた食堂は暗く、爆風よけの紙をはりつけた窓は冬の闇《やみ》に塗りつぶされていた。卑怯でだらしなかった私はやがて自分の弱さに苦い諦めを持ち、次第に教会から遠のいたが、あの時むきになった戸田は聖書にもむきになったのだ。むきになった挙句、みじめなイエス像しか手のなかに握れなかった。

風の音だけが鳴っている丘の石に腰かけながら、戸田の話を反芻《はんすう》してみた。神父た

ちから今日まで聞いてきたこととはまるで違ったその説明の、どこまでが正しいのか、こちらには区別する力もない。力がない以上、私は二十数年前の友人の考えを、一応、そのままこれからの旅行の頼りにせざるをえない。

イエスはナザレの生活から脱落し、家族から責任能力のない者と見なされ、そしてある日、突然、このユダの荒野の洗礼教団のひとつに身を投じたが、そこからも離れていったこと――これが戸田の話の要約である。

その時、私たちは風の音を聞きながらふるい廃墟《はいきよ》の丘にいた。今世紀になって発見されたこの廃墟は、イエスが荒野に来た折にもう存在していたエッセネ派のなかのクムラン教団の修院で、虫歯のように欠けた灰色の石壁が迷路のように続いていた。まわりには当時の土器の破片がまだ幾つも散らばっている。

灰褐色の石壁の路《みち》を歩きながら戸田は私に、イエスに洗礼を授けたヨハネもおそらくこのクムラン教団の出身だろうと語った。クムラン教団はエルサレムの主流派だったハスモン系の祭司たちに追われてこの荒野にのがれ、一種の財産共有制による共同生活を営み、きびしい宗規に則した律法《トーラ》生活をおくった集団だが、ヨハネの思想にはクムラン的なものがあると言う。

風に曝《さら》された丘の真下に、砂漠と荒涼とした死海が俯瞰《ふかん》できた。鉛色の死海には小舟ひとつ動いていない。砂漠には車一台走っていない。我々のうしろには茶褐色に酸化した髑髏《されこうべ》のような形の山があった。砂漠も老い湖も老い山も老い、幾千年の後に朽ち果てて、ただその上を風だけが吹いている。

「よくまあ、こんな場所に住めたものだ」

「まあ、連中には烈《はげ》しい怒りと神への恐れがあったからね」と戸田はうなずいた。「国を奪ったローマ人にたいする怒り、それに妥協しているエルサレムの祭司たちへの怒り。ここに集まった連中はエルサレムのサドカイ派がユダヤ教を歪めたと烈しく怒っていたんだから。それから神の罰にたいする強い怖れ。彼等はやがて終末の日に救い主《メシヤ》があらわれ、自分たちを光の子と扱うことを信じていてね」

「この修院とも接触したの？　イエスは」

「したかもしれん、しなかったかもしれん。でも、少なくともヨハネ教団を通じて、イエスはこのクムラン教団の修院を知っていたにちがいないよ」

それから戸田は面白い話をしてくれた。今世紀、この廃墟が発見されたあと、聖書学者たちのなかには、イエスは実はこのクムラン教団の指導者ではなかったかという説を唱える人も出たというのである。「義の人」とよばれる教団の指導者がエルサレムの祭司たちに捕えられ苦しめられたことが、背後の山の洞穴で、偶然、発見された死海文書でわかったからである。

「それに原始基督《キリスト》教団とこのクムラン教団の生活様式に類似点のあることも、次々とわかってきたからね。だが結局、今では学者も、イエスとクムラン教団には直接の関係はなしと考えるようになっている」

私は足もとに散らばっている茶色い土器の破片をいじくったが、土器には昼の熱気がまだ残っていて、それを使った教徒たちの掌《てのひら》のあたたかみが伝わってくるようである。

「当時のものだろうか」

「だろうね。あるいは、その後ここに駐屯したローマ兵たちのものかもしれん」

「ローマ兵もここに来たのか」

「ああ、イエスの死後間もなくこの荒野で、ローマにたいする反乱が起ったからね。ローマ兵にここを攻められ全滅したよ。荒野にはいつも重い空気が流れていたんだ」

日本にいる間、いつの日か、自分が死海のほとりに立つと考えたこともなかったが、この午後、戸田が岸辺近くに車を止めてくれた時、どこの国を訪れた時よりも遠くに来てしまったと思った。

岸は黒い泥で覆《おお》われていて、それを鉛色の小波《さざなみ》が水をのむ犬のような音をたてて舐《な》めている。イスラエルの巡察兵がここでキャンプでもしたのか、焦《こ》げた木の枝と錆《さ》びた空鑵《あきかん》がその泥に埋まっている。岸には白壁のおちた古いドライブインが一軒あったが、季節はずれの今は戸を閉じている。その戸に十字を打ちつけた木片に、なぜか昔のアメリカ映画のポスターが千切れてはりつけてあった。

湖の遠い水面にそこだけ午後の陽をうけて青みをおび、対岸の狐色《きつねいろ》の山々の影が蜃《しん》気楼《きろう》のような影を落していた。その対岸はひっそりと静まりかえり、集落らしい集落は肉眼では見えぬ。小学生の頃、少年雑誌の写真にこの死海が載っていた。水着を着た男が蝙蝠傘《こうもりがさ》をさして、本を読みながら水に浮んでいる写真だった。写真のなかの男は人の好《よ》さそうな笑顔を見せていたが、その男も、もうとっくに死んでしまっただろう。

ふりかえって、私はまたユダの荒野に眼をやった。埃《ほこり》をかぶった茨《ラタブ》だけが点々とはえている荒野は、ところどころに白っぽい皺《しわ》をつくって（戸田に聞くと、それは塩をふいているのだそうである）、遠い山まで拡《ひろ》がっている。

遠い山はいずれも駱駝《らくだ》のようにうずくまっていた。髑髏《されこうべ》に似た山もあれば、風雨に腐った木の根そっくりの山もあった。ひからびた動物の死骸《しがい》を思わせる山もあった。

もし季節が夏で強烈な陽が荒野と山を焼きつけていたならば別の印象を受けたかもしれぬが、この四月の午後の光のなかで、私は湖も荒野も山もただ老い朽ちはてているような気がした。湖からも荒野からも風化された山からも死の匂《にお》いを私は嗅《か》いだ。

「それは、この季節だからだよ」戸田は私の印象を聞いて首をふった。「夏にここに来てみろ」

「夏に来たの」

「来たさ。すさまじい暑さで、車は溶鉱炉のようだった」

円盤のような太陽が白く燃え、強い陽光が荒野のすみずみまで照りつける。地面はひびわれ、山々がその褐色の肌と岩とを威嚇《いかく》的にむきだしにしていた夏のユダの荒野を戸田は話しだした。

「そしてそのほかは、こんな死の匂いがするだけだな」

と私が呟《つぶや》くと戸田は、

「そうだ」

「ぼくのように、初めてここに来た者にもわかるよ」私はうなずいた。「君の言うように、ここで生きるためには何かに烈しく怒っていなくちゃならないな。何かを強く畏《おそ》れなくちゃならない」

「だから預言者たちも生れたんだろう。クムランの教団も生れたんだろう。ヨハネ教団も同じだよ。ここでは神は烈しく怒り、裁き、罰するんだな」

腰に革帯を締め、蝗《いなご》と野蜜《のみつ》しか食べなかったという預言者たち。私はふたたびこの荒野で人々を集め、高い声で叫ぶ彼等の姿をまぶたに思いうかべた。そしてその「荒野に呼ばわる」と聖書に書かれたその声を聞く者たちは、世界の終末を信じるためには、この荒涼たる風景に眼をやればよかったろう。神の怒りを感ずるためには、空を仰いで白く燃える太陽を見れば足りたろう。

「俺たち日本人には従《つ》いていけぬ世界だな」

「なぜ」

「ここには」と私は答えた。「さっきから感じているんだが、人間への愛とかやさしさが全くないからね」

それほど深く考えもせず、やさしさという言葉を口にしたが、口にしたこの言葉は電線にひっかかった凧《たこ》のように頭のなかに残った。

やさしさの欠如した荒野の風景は夕暮になってもまだ続いた。ヨハネが群衆を集めて洗礼を授けたヨルダン川の方角にむかって我々がふたたび車に乗った時は、既に夕暮ちかくなっていて、驚くほどの速さで太陽が沈みはじめ、荒野が翳《かげ》りだした。だが地面にはまだ暑さがこもり、空は明日の暑さを思わせる鮮やかな夕焼けの色どりをおびた。東のほうの動物の死骸のような山の色は少しずつ生気のない鉛色に変り、ふりむくと死海だけが息たえたように身じろぎもせず静まりかえっている。

「こんな場所で、神の怒りと畏れだけで生きた教団のなかで、イエスは何を求めたんだろうね」

私は何気なしに呟き、戸田はハンドルを握りながらからかうように答えた。

「あんたの今、言った人間へのやさしさだろう」

それから急に照れたような表情をして、

「つまり、彼は荒野の信仰と律法《トーラ》が創《つく》りだした神のイメージに耐えられなかったんだ。彼は神とは何かを求めてここに来たんだが、怒ったり罰する神しか教えられなかったんだろう」

「彼がヨハネ教団から退いたのも、そのためか」

戸田が愛という言葉を口に出しかねているのが、その照れた表情から私にもわかる気がした。私だって女をだくだけが愛ではないぐらいは知っていた。だが教会の説教台で神父さんたちが神の愛とか人間愛という言葉を口にする時、硝子《ガラス》を金属でこすったような不快な気持にいつもさせられたものだ。愛という言葉を軽々しく言う修道女に出会った時、私は心中、あなたは男と寝たことがあるのかと笑いたいのをいつも抑えねばならなかった。

「どうした」

戸田は私の気持にすぐに気づいて、

「だって、そうじゃないか。イエスは……」

「いや……思いだしたんだよ。ねずみが室戸に、あまりしつこく神は愛ですと言うもんだから、室戸は、イエスは腋臭《わきが》の男で愛も腋臭の臭いがするとぼやいていたのを……」

「本当だな」

戸田も苦笑して、

「教会の連中が愛などと言うと、腋臭のような変な臭気が漂うな」

私はまた思いだした。あれは試験が終って明日から冬休みが始まるという日だったが、ねずみが校内の掲示板のそばで、クリスマス・イブの集いを知らせるチラシを学生に手渡していた。チラシには謄写版《とうしゃばん》でコーラスとか説教の題目が刷ってあったが、上のほうに神は愛なりと彼が書いたらしい稚拙な字が並んでいた。学生たちはねずみの姿の見えぬところにくるとそれを棄《す》てはじめ、校門の出口にも五、六枚のチラシが落ちていて、その、神は愛なりという文字のところが靴でふまれたのか泥でよごれていた。毎日、軍事教練と勤労動員でくたくたに疲れていた私たちには、神の愛なんか、もう沢山だった。神の愛よりも、空《す》き腹を充《み》たしてくれる雑炊のほうが我々には余程、有難かった。

学生たちに冷笑されながら、それに気づかず、神の愛などといううす汚れた謄写版刷りのチラシをくばっていたねずみ。そのくせ、人間の愛に必要なセックスが豆のように小さかったねずみ。なぜか、そのねずみの泣きはらしたような顔が、荒野のイエスの顔と重なった。

「イエスはおそらく」と私は何気なしに呟いた。「馬鹿《ばか》にされたろうな」

「そうさ」戸田は真面目《まじめ》にうなずいて、「古いヨハネ資料をみると、その後、イエスがこの教団から軽視されていたことがわかるよ。荒野の教団は、愛などが現実には無力なことをよく知っていたからな。だから彼等は、怖《おそ》れと憎しみの連帯感で群衆を結束させたのさ」

「イエスは、どのように教団から見られたんだろう」

「生活無能力の男としてだろうね」

すっかり鉛色に変った夕暮の荒野に眼をやって私は考えた。聖書に書かれている、あのイエスと悪魔との対話はこのことを指すのだろうかと。物語のなかで悪魔はイエスに力を見せよと迫る。石をパンに変える力を見せよ。高い神殿から飛びおりる力を見せよ。それなのにイエスは何の力も見せず、頑《かたく》なに首をふるだけだった。あの話は戸田の言うように、荒野教団にたいするイエスの生活無能力の立場を象徴したのかもしれぬ。

闇《やみ》はもう死海や対岸のヨルダン国境を包んでいた。東京の夜空を見なれた身には久しぶりにみる星は非常に鮮やかで、私はあのクムラン教団の廃墟のある丘をふと思いだし、今もそこで風の音だけが鳴っているのだろうかと思った。

「行くか」

と戸田は、アクセルを踏みながら促した。

「どこに」

「ロデバルのキブツ。あんた、ゲルゼン収容所の生き残りに会いたいんだろ……」

「運転を代ろうか。この路《みち》ならぼくだって動かせそうな気がするが」

と、あくびをしはじめた戸田に言うと、

「まだいいさ。それより、少し眠れよ。眠いんだろう」

「少しね。年だな、俺たちも」

眼をつぶり車の振動に身を任せながら、この荒野をイエスは歩いたのだなと思った。荒野を足を引きずりながら、ジェリコやエルサレムに向って旅をしているイエスたちの姿を空想していると、また引出しの奥に入れた「十三番目の弟子」の原稿のことが思いだされる。私の主人公である歯の欠けた、あのどうにもならぬ嘘《うそ》つき男も、イエスのうしろから絶えず不平を呟きながらこの荒野を歩いている。歯の欠けたその男の顔がいつの間にかねずみの顔になり、ねずみは偽善的な表情をして、神の愛と書いたチラシを学生たちにくばっていた……。

時折、車の震動で眼をあけた。眠りに入る前の疲労のまじった感覚のなかで二十数年前のドイツ語の試験のことが浮んでくる。その日、堅物《かたぶつ》の教師が幸運にも病気で、代りにねずみが教室におずおずと姿を見せ、皆が嬉《うれ》しそうに口笛を吹いたことを。私たちはたがいに眼くばせをしたが、それはねずみが相手ならカンニングも自由にできると思ったのである。

「辞書を引いてもいいんですか。いつも許されているんですけど」

間のびした声で誰かがわざとたずねてみると、泣き笑いのような表情で修道士は首をふった。

答案を我々が書いている間、ねずみは椅子《いす》に腰かけ、ぼんやりと窓の外を眺めていた。何人かがそっと訳文を書きこんだ教科書を出し、たがいに教えあっているのも気づかぬようである。

教室の窓の外には塀《へい》が迫っていて、その塀に猫が寝そべっていて修道士はその猫を見ていたのだった。私が教科書を出し頁《ページ》をめくり、答案をある程度うずめた時、塀の猫はゆっくりと背のびをして姿を消した。そして時間の終りをつげるベルが鳴った。

ねずみはこちらをふり向いて、おどおどと皆を見まわした。皆はもう辞書も教科書もかくしていた。

「すみました」

と誰かが声をあげ、誰もがうす笑いをしながら争うように教室から出ていった。

翌日、教務課のはり紙が掲示板に出た。カンニングをした何人かの名がそこに書かれていて、彼等は教務課に呼び出された。ねずみは何も気づかぬふりをして、わざと我々のやったことを見のがし、そのくせ、あとでそっと担当教師に告げ口をしたのだ。

「陰険な奴《やつ》。男らしくないよ」

と我々は言いあった。

その後、ねずみは私たちを見ても、赤くはれたような眼をそらせて素知らぬ顔をした。

しめった大地の臭いに眼がさめると、相変らずしっかりとハンドルを両手で握りながら車を走らせている戸田の黒い影が横にあった。いつの間にか荒野は消え、両側に海のように拡がる唐黍畠《とうきびばたけ》が夕闇に包まれ、その葉が爽《さわ》やかに葉ずれの音をたてていた。あけた窓からあの黄昏《たそがれ》のむし暑さが嘘だったような涼しい風が流れこんでくる。遠くに灯の列が見えて、そこで犬が吠《ほ》えていた。

やがて、果樹園をふちどる白い柵《さく》が夕闇に帯のように浮びあがり、丈のたかいユーカリの樹木がどこまでも道の片側につづくと、この道の奥が我々の目指す集団農場《キブツ》だと私にもすぐわかった。犬の吠える声も次第に大きくなり、家々の灯が木立の間にちらつき、戸田が車の速度をゆるめた時、向うに二人の青年が手をあげて我々をさえぎった。作業服を着ていた彼等の肩に銃があった。

戸田の話を了解したのか、一人の青年が車からおりた我々を集団農場《キブツ》のなかに導いてくれた。鈴掛とユーカリの太い幹と幹の間から、しっとりとした灯のさす家々のベランダが見える。夕涼みをする家族やデッキチェアに腰かけてパイプをふかしている男がいて、私は眼をつぶり大地から漂う湿った芝草の匂いを吸いこんだ。

「生活の匂いがするね」

二時間前、そのそばを通りすぎた荒涼たる死海の風景は、まぶたにまだ残っていて、私の心をひくのは聖書時代のイスラエルであり、現代のイスラエルではなかったが、半日中、生きたものに出会わなかった荒野の旅のあとで、パイプをふかす一人の男を眺め、子供の笑い声を耳にするのは心地よかった。

「だが、このキブツも国境に近いからね」戸田は我々の前を黙々と歩いている銃を肩にした青年を顎《あご》で示して、「いつヨルダン軍の攻撃を受けるか、わからないらしいよ」

「会わせてくれると言ったか」

「誰に？」

「ゲルゼンの収容所にいた人たちにだよ」

「ああ、ここにいる年輩者の半分は、あの収容所から来た人なんだよ」

銃を、時折、肩にかけなおしながら青年は立ちどまって、あの建物はキブツの食堂、こちらが託児所、向うが集会所だと教えてくれた。ヘブライ語は私にはわからなくても、その声と身ぶりとで彼がこのキブツを誇りにしていることを我々に示そうとしているなと感じた。私はまたゲルゼンの収容所から来たユダヤ人がこのキブツをどう考えるだろうと思った。両方とも同じような集団生活と集団労働の場所だが、収容所には集会所も託児所もなく、大地から草の匂《にお》いも漂わず、鈴掛のさわやかな葉ずれの音も聞えない筈《はず》だった。

集会所のすぐそばでギターをひく音を聞いた。五、六人の若い男女が草の上に寝そべって、一人の若者が爪弾《つまび》くギターに耳かたむけている。そばを通りすぎた時、彼等は、「シャローム」と声をかけ、好意ある視線で私たちを眺めたが、彼等はひょっとすると新しい外人入居者と考えたのかもしれぬ。キブツでは外人でも志願者は住むことができるのだ。

バンガローのような小さな木造の家の前で案内の青年はたちどまり、先に家のなかに入って交渉してくれたが、間もなく扉がひらいて、銀髪のいかにもユダヤ人らしい高い鼻をもった老婦人が笑顔を出した。

「お入りなさい、お入りなさい」

その英語にはドイツ人のそれのような訛《なまり》があった。一匹の蛾《が》が電球をかすめている暗い灯のさしたベランダから私たちは食堂と居間を兼ねたらしい部屋に入ったのだが、そこには珈琲《コーヒー》の匂いがほのかに残っていた。きちんと食器をならべた木造りの棚の上に、軍服を着た若い娘の写真がおいてあった。案内してくれた青年はベランダごしに片手をあげ、銃をかけなおしながら、また夕闇にすっかり包まれた鈴掛の樹《き》の間を消えていった。

さっきの老婦人のうしろから頭のはげた人のよさそうな男があらわれ、私たちと握手をすると、このキブツで作ったシェリー酒を飲まないかと笑った。シェリー酒をつぐ時、その腕にインクの染《し》みのようなあの青い数字の入墨があるのに私はすぐ気がついた。

「うちにも日本製品がありますよ」

彼は食卓の上においてあるソニーのラジオを指さした。

「とてもいい。調子がいい」

銀髪の老婦人も夫のうしろで、日本には行ったことはないが日本の絵葉書を何枚か持っていると話しはじめた。ニッコウ、カマクラ、キュウシュウという日本語がその唇《くちびる》から出る時、ぎごちないその発音には、努力して我々にみせる好意があるのを私は感じた。私はこの老婦人の年齢を想像し、ゲルゼンの収容所にいた頃はまだ三十代だったろうと思った。あの葉のすっかり落ちた一本の樹の下で赤ん坊をだいて自分の銃殺を待っていた女の顔。あの女がもし生き残っていたならば、今はこの老婦人と同じぐらいなのだろうか……。

「前にこのキブツにも、日本人が二人働いていましたよ」

「よく話をされましたか」

「いや、彼等は英語もヘブライ語もできなかったから、話したことはなかったけれどね。人なつっこい性格で、キブツの青年たちとは仲良くやっていたようでした」

夫妻がヘブライ語で戸田と日本人のことをしゃべっている間、私は手洗いを借りた。泡の出ない粗末な石鹸《せっけん》を掌《てのひら》にこすりつけていると、突然、ユダヤ人虐殺《ぎゃくさつ》記念館の蠟《ろう》燭《そく》の光に浮び上っていたピンク色の小さな紙包みの集積がまぶたに浮んだ。手洗いから出ると、夫妻と戸田とは私のわからぬ言葉でまだ何かをしゃべっている。シェリー酒のグラスを持った夫の腕の青い数字の染みに、蛾がその縁をかすめている電燈《でんとう》の光がはっきりあたっていた。栗色《くりいろ》の毛むくじゃらの皮膚に、細長い入墨の数字はまるで何匹かの蟻《あり》のように見える。

戸田は私のためにゲルゼン収容所のことを訊《たず》ねようとして、切掛《きっか》けを当惑しながら探していた。夫妻のほうも、さし障《さわ》りのない日本や日本人を無理にも話題にして、昔の思い出話をできるなら避けたいようにみえた。だが会話が遂《つい》に跡《と》切《ぎ》れ、しばらく苦しい沈黙がつづいた時、妻のほうが決心したように、

「だれかをお探しですか、収容所の……」

戸田がねずみのコバルスキという名前を告げると、夫妻は顔を見合わせ、ひとしきり二人だけで何かを議論していたのち、

「わたしたちは知りませんね、その人のことは……」

と夫人のほうが、はっきりと首をふった。

Ⅵ　大祭司アナス

〈群像の一人　三〉

年寄りが住む世界は、昼間の動きからすべての事物が灰色の影のなかに沈み、再び在るべき場所に戻ったあの夕暮によく似ている。何が起ろうと、これでいいのだと思う。人間のすることとなすことは、どんな時代でも形だけが少し変っているのであって、本質は同じなのだ。生涯をふりかえってみると、私が行ったことや願ったことは、祖父のやったことや父が願ったことと、結局は変りなかった。私はユダヤでの最高の地位とも言うべき大祭司を長い間、占めた男だが、その人生は荒野の羊飼の老人のそれと何処《どこ》が違っているのだろう。

隠遁《いんとん》した私に野望がないとは言えなかった。衆議会から選出される大祭司の地位を狙《ねら》っているフィアビ家とボエトス家の圧迫から我が家を守ることが、老いと共に私の暗い情熱となった。エルサレム神殿を司《つかさど》るこの地位は、長い間、我が家よりボエトス家のものだったし、フィアビ家も時折、その場所に一族を送った。だが私のあとを息子エレアザルが継ぎ、私の婿《むこ》のカヤパにそれをゆずった以上、当分は我々アナス一族がこの神聖な椅子《いす》を他家にはゆずらぬだろう。

すべてのものが充《み》たされると、空虚の感情がくる。私にはもう神殿の祭司のことも衆議会の議員のこともローマ総督のことも、この国の運命にも興味がない。そうした人間の渦のなかに随分ながい間、生きすぎた。私が今、考えているのは、自分の死である。

死が一日一日近づいてくるこの齢《とし》、私が心ひかれるのは、昔は見むきもしなかったような詰らぬことだ。夕暮、窓から見えるケデロンの谷に陽がしずかに翳《かげ》るのを見つめている。自分が死んだあとも、夕暮が来てこの谷に今と同じように陽が翳る毎日が尽きることなく続くのだということに心惹《ひ》かれる。私が死んだあとも、あのシオンの丘にまばらに植えてあるオリーブの大木は生きつづけ、暑くるしい昼間、その葉を地面にさしのべていることに心惹かれる。

いつか傷ついた鳩《はと》が、園からこの部屋に飛びこんできたことがあった。おそらく子供が石を投げてその翼を折ったのかもしれぬ。石灰石の手すりに鳩はようやくとまって、一人で腰かけている私をじっと見つめた。血がその羽を汚していた。私はこの鳩はそのままにしておけば死ぬだろうと思った。なぜなら、両脚に残った力をこめて手すりにしがみついているにもかかわらず、その哀《かな》しそうな眼には白い膜が迫ってくる夕影のように少しずつ覆《おお》おうとしていたからだ。白い膜が眼を覆う時、自分が力尽きて手すりから落ちることを知っているのか、鳩はかすかに身じろいで、二、三度まばたきをした。そうやって逃れることのない死に最後の抵抗を試みているようだった。ながい間、その鳩を眺めていた。やがて鳩はまるくまるく毛をふくらませはじめ、その小さな頸《くび》がうなだれた。夜が来た。私は神殿のことよりも、そんなことに心惹かれる。

婿のカヤパが来て昼食を一緒にとった。この愚鈍な男は私が彼に与えた大祭司の地位を充分に享受《きようじゆ》しているのに、毎週一度は詰らぬことを報告するのが義務だと心得ている。蜜《みつ》と乳しかとれぬ私の前で彼はよく飲みよく食べた。その食欲にあわせて顳顬《こめかみ》が小刻みに動きつづける。私はこの男が彼の妻であり私の娘であるザウレの体を、どのように毎夜いじるのかと、ふと想像した。

食べながら彼は、ローマの占領軍に反乱を起したバラバとその仲間とが、死海の近くで捕縛されたと言った。三日もたてば彼らはエルサレムの牢《ろう》に連行されてくるだろう。そうすればローマ人を憎む熱心党《ゼロテ》の連中や少なくともバラバに味方するパリサイ派の一部が、騒動を起さぬとも限らない。過越《すぎこし》の祭までに手をうたねば、騒ぎが表面化する怖《おそ》れがあるというのが、カヤパの今日の報告だった。

わざと私はいかにも心配そうな表情をしてみせたが、本当はこういう話には飽き飽きしていた。ユダヤ人はいつまで単純素朴な夢を追いつづけるのだろう。捕囚時代から今日までながい間、彼等はいつか自分たちの土地を征服者と異邦人から解放してくれる救い主《メシヤ》が必ず出現すると信じてやまぬのだ。偽《にせ》の救い主《メシヤ》があちこちの場所で次々とあらわれては挫折《ざせつ》し、そのたびごとにそれが嘘《うそ》とわかってもユダヤ人は救い主《メシヤ》待望の夢からさめようとはしない。バラバのような無思慮な血の気の多い男にも、人々は自分たちのその夢を托《たく》しているのである。だが私にはもう救い主《メシヤ》が現われたなどと言う話など興味はないし、預言者たちの言葉のように、近い日に彼が出現するなどと信じる気持も年と共に失《う》せてしまった。私は隠遁した老いぼれにすぎぬし、死んでいく鳩の眼のほうに心惹かれるのだ。だがこの愚鈍な男は、私が本当にエルサレムの騒動を懸念《けねん》していると思ったのか、私の沈黙に実にふしぎそうな顔をした。

「それで……どうする」仕方なしに、私は訊《たず》ねてやった。「そういう熱心党《ゼロテ》やパリサイ派の不満を抑える方法を既に考えているのか。もし抑えられねば、それを利用してユダヤ知事のピラトはお前を罷免《ひめん》するかもしれぬ」

彼の栗色《くりいろ》の髭《ひげ》に覆われた頬に、得意そうな笑いが浮んで、

「我々の律法《トーラ》には次のように書いてあります。秩序の保持と神の民の救いのためには、無害なものでも犠牲にしてもよい。シュタハの子シモンも同じことを、かつて申しました。それが私の方法です」

「パリサイ派や熱心党《ゼロテ》の不満のはけ口となるような男を見つけるつもりか。そしてバラバのことから眼をそらさせるわけか」

返事のかわりに、彼はまた得意げな微笑を見せた。

使いふるされた幼稚な術策しか、この男には思いつかぬ。昔の私ならもっと巧妙に狡猾《こうかつ》にたちまわったろうが、彼にはそういう才覚などある筈《はず》がない。

「だれをはけ口にする」

「イエスというガリラヤの預言者です」

四月のやや強い陽差しが窓から流れこんで、葡萄酒《ぶどうしゅ》に赤黒くなった彼の顔をより醜く見せた。自分の術策に酔って満足している男は、いつも子供っぽく醜い。私もそのイエスのことは、時折、耳にしている。この国に無数にいる自称、預言者の一人でガリラヤ地方で愚かな民衆の人気を得ているという男だ。

「うまく、いくのか」

「私は大祭司として、異端の教師《ラビ》にはすべて注意を怠りませぬ。御存知のように我々の律法《トーラ》には次のように書いてあります。異端者がその本性を暴露するまで、二人以上の証言できる者にひそかに監視させること。彼だけではなく、すべての教師《ラビ》の動静についても手をぬいてはいませぬ」

「それで……」

「幸いなことに」

とカヤパは、栗色の髭に食べ物が黄色くついているのも気づかず、得意そうに、

「この男は故郷のガリラヤからも飽きられております。はじめはガリラヤ人は自分たちをこの男が解放してくれるものと思っていたのですが、この男は何もできなかったからです。はじめはそのあとを従《つ》いていた弟子たちも次第に数が減り、今は十人ほどしか残っておりませぬ。しかもこのイエスは、パリサイ派や熱心党《ゼロテ》にも受けが悪いのです。神殿を重んぜず、安息日《サバート》を守らぬからです」

彼は手をたたき、パピルスを綴《と》じた書類を召使に食卓まで持ってこさせた。

「すべては、ここに書いてあります」

「その男は、今どこにいる」

「過越の祭にこのエルサレムにのぼってくるため、ジェリコにわずかな弟子たちと向

っております」

私は水草から作ったパピルスを気のない手で受けとった。愚鈍なだけにカヤパは書類だけは無数に作らせている。大祭司であり衆議会の議長として彼は、自分の頭脳よりも書類のほうを信じるのだ。

「我々は彼をすぐ捕縛はしませぬ。過越の祭の日まで彼が神殿をおろそかにする言葉を吐き、安息日《サバート》を無視した説教をするがままにさせておきます。そしてパリサイ派や他の教師《ラビ》たちの反感が毎日つのるままにさせておきます。ヘロデ党の連中も反対はしますまい。洗者ヨハネの弟子たちも、今は彼を軽蔑《けいべつ》していますから。反感がつのった日に、彼を捕えるつもりです」

「罪状は……」

「神殿冒瀆《ぼうとく》と律法《トーラ》に背いたことだけで充分でしょう。衆議会は彼に石打ちの刑を与えることができます」

彼はパピルスを頼みもせぬのに私の手に残して引きあげていった。夕暮が近くなり、春の空は物憂《ものう》げな倦怠《けんたい》を伴った茜色《あかねいろ》を帯びはじめる。赤くうるんだ落日が神殿の黄金の屋根にきらめき、アントニア城塞《じょうさい》の塔に反射している。間もなく日の暮れを告げるローマ兵の喇叭《らっぱ》が聞えるだろう。そして祭司たちの単調な祈禱《きとう》の声が、香の煙のように街のあちこちに拡《ひろ》がるだろう。私はベランダに椅子を出させ、皺《しわ》だらけの手を組みあわせながら、夕暮のエルサレムを見おろしている。厚い城壁に囲まれたこの人口十万の都には、カヤパを今、悩ませ、かつて私にも頭痛の種だった派閥が入りみだれている。神殿の祭司たちが属するサドカイ派、教師《ラビ》たちを中心にして市民層に食いこんだパリサイ派、ヘロデ王を支持するヘロデ党、反乱を企てている熱心党《ゼロテ》の連中たちが互いに利害関係によって結びあったり、分裂したりしているのだ。我々大祭司と衆議会とは今日まで、これらの党派に律法《トーラ》と神殿の擁護という共通の感情を与えることで、一応、統御してきたが、その弱い連帯の紐《ひも》はいつ切られるかも知れぬ。紐を切らぬために、大祭司はいつも巧妙にたちまわらねばならぬ。なぜならローマは我々の間に内紛があればすぐにでも、僅《わず》かに与えられている大祭司と衆議会の権利をとりあげるつもりだからだ。私もカヤパが言った通り、「秩序の保持と神の民の救いのため」には、時には罪なき者も犠牲にしたことがたびたびある。それは仕方のないことだ。

　ふと思いだして、婿がおいていったパピルスと眼鏡とを召使に持ってこさせた。もちろんカヤパの話に興味があったからではない。ただそのイエスという自称預言者がどういう男か、少しだけ好奇心を感じたからである。

　私の若い頃は、衆議会の書類は羊皮紙を使うのを良しとしていた。今でも、私はあの羊の臭《にお》いが残り、一種、独得の手ざわりのしたベルガモスの羊皮紙の感触を憶《おぼ》えている。それがエジプト人の商人たちが水草から作ったパピルスを持ちこんだために、衆議会でも安価で簡便なこの紙を公式書類にさえ使うようになった。私のような年寄りには、どうしても馴《な》染《じ》めないものである。

なるほどカヤパが得意げに言うだけあって、書類の項目はよく整っていた。やがてイエスという男は裁判にかけられるだろうが、カヤパはこの頁《ページ》さえめくれば間違いなく被告の行動を一つ一つのべることができるだろう。

読み終った時には、さきほどベランダのすべてにさしていた夕陽が石灰石の手すりまで退いていた。それはエルサレムの町が昼の喧噪《けんそう》から離れて、一種言いようのない静寂のなかに夜を待つ時刻でもあった。私はパピルスを膝《ひざ》の上において、疲れた眼を指でもんだ。

カヤパの密偵の報告によると、そのパピルスに書かれた大工は五年前に家を捨てて他のガリラヤの巡礼たちにまじり、ヨルダン川の上流までやって来ている。砂漠と禿《はげ》山《やま》のほか何もないこの荒野で彼は一人住み、時折、死海のほとりに我々エルサレム祭司たちから追われたクムラン教団を訪れて、その一派である預言者ヨハネの弟子にまじった。目だたぬ男だったたし、しばらくそこにいた後、何時《いつ》の間にか姿を消したが誰も気づかなかった。

故郷のナザレに戻った彼は、ひっそりと大工の仕事をしばらく続けたが、突然、ナザレに近いマグダラやカペナウムの町に姿を見せ、人々から見離された癩者《らいしゃ》や熱病患者を看《み》とり、夫を失った女とその子供たちをたずね、死にかけた老人の手をにぎり、その死骸《しがい》を山に埋めたりしはじめた。町々の人間たちは次第にこの奇妙な大工に眼を向けるようになり、彼のその話を聞く者も出てきた。

ガリラヤ湖のほとりに住む乞食《こじき》同然の漁師や、マグダラのあやしげな女たちが彼のあとをついて歩いた。

噂《うわさ》が噂をよんで、ガリラヤの無知な民衆は彼が救い主《メシヤ》であろうと言いはじめた。だが実際は、噂の種はこの大工を利用して騒乱を起そうとする熱心党《ゼロテ》の仕業であったし、愚民たちのなかには彼が奇蹟《きせき》を行って癩者を癒《なお》し、死人を生きかえらせたなどと触れまわる者もいたが、大工は奇蹟など行ったことはなかった。彼はたかだかカペナウムやコラジンやマグダラの村から追いだされた癩者や熱病患者に、膿《うみ》をふいてやったり水を飲ませたにすぎなかった。死んでいく老人の手を握り、飽きもせずに寡婦《かふ》の愚痴を聞いてやったにすぎなかった。そして自分についてくる乞食同然の連中に、この世にはダビデの神殿よりも神のきめた律法《トーラ》よりももっと大事なものがある、自分は救い《メシ》主《ヤ》でもないし、逆にこの地上では何もかも失敗しつづける人間だと言いはじめた。

奇蹟も行えず、救い主《メシヤ》でもないとわかると、ガリラヤの民衆は彼に飽き彼から離れはじめた。熱心党《ゼロテ》の連中もこの使いものにならぬ大工を古草履のように棄《す》てた。ガリラヤの教師《ラビ》やパリサイ派は、この男が神殿や律法《トーラ》を冒瀆したと非難をしていた。実際、彼はこの国の民がきびしく守る安息日《サバート》さえ無視して、相変らず病人や老人をたずねまわっていたからである。彼はもう会堂《シナゴーグ》にさえ入れられず、ナザレの家族からは頭の狂った禁治産者の扱いを受け、一時は数十人もいた弟子たちからも見放されていた。

要するにこの大工は、もう我々にとって他の自称預言者よりも危険のない男になっていた。パピルスは、彼がナザレで人々から石を投げられて街から追われたとまで書いている。

カヤパがこの男を生贄《いけにえ》の羊にするという考えを持ったのは悪くないと思う。あの愚鈍な男にしてはなかなかうまい相手を選んだものだ。彼をエルサレムで自由に泳がせて、いい加減、パリサイ派や教師《ラビ》たちの顰蹙《ひんしゅく》を買わせてから捕縛すれば、平生、何かにつけて我々の措置に不平を鳴らす連中も異議はたてまい。ガリラヤから過越の祭のために来る巡礼客たちも、保釈を求めて騒ぎはすまい。民衆がこういう生贄の男にどれほど残酷になるかは、私は長年の間、見てきている。カヤパはただ、民衆のその残酷な心を煽《あお》ればよいのだ。そうすれば彼等はバラバのことをすっかり忘れて、自分たちに与えられた玩具《おもちゃ》に夢中になる。

だが考えてみれば、私にはもう関係のないことだ。それはカヤパの仕事であり、私がかつてそこを支配した衆議会の議員たちの仕事である。彼等は昔、我々がやったことを繰りかえしやるにすぎぬ。カヤパが言ったように、秩序の保持のためには無害な者でも犠牲にせねばならぬ。四日後の過越の祭に我々はあの温和《おとな》しく従順な仔羊《こひつじ》を次々と殺して神殿に捧《ささ》げるが、それは人間が一年に犯したすべての悪を、その仔羊がすべて引きうけてくれると我々の祖先が教えたからではなく、民衆の荒だつ衝動をそれによって鎮《しず》めることができるからである。

エフライムの門に近いこの邸《やしき》からほとんど私は外に出ることはないが、街に起った出来事や噂がおのずと耳に入ってくる。若い頃から人一倍強かった好奇心だけが、肉体の衰えにかかわらずまだ残っているせいだろうか。いや、私にはそういう好奇心も失せた筈だ。

バラバとその一味がマサダで捕えられ、エルサレムに深夜ひそかに連行された話はいつの間にか街中に拡がっている。街の辻《つじ》や広場の隅で熱心党《ゼロテ》らしい男たちが数人かたまって何事かを謀議しているという噂もある。パリサイ派のなかでも過激なヒルレル分派の者たちが長老の命令に反対してこの熱心党《ゼロテ》と手を握り、バラバの保釈をユダヤ知事ピラトに要求しようとしているという。

灰のなかにまだ一つだけ埋もれている小さな火種のような好奇心が、そうした街の情報のなかから、あの大工の動向だけに向けられているのは何故《なぜ》だろう。断片的だが、ともかく大工が今、この聖都に上ってきて何をしているかは、カヤパを通してわかっている。

荒野をまわってジェリコの町に来た大工は、そこでわずかに残った弟子たちのすべてから、遂《つい》に見棄てられている。夜、月光をたよりに一人ぼっちになった彼は、波のように丘のうねる荒涼たる荒野を歩いてこの町についた。そしてケデロンの谷に天幕を張っている巡礼客やシロアムの池やベテスダの池の周りに聖水を求めにくる男女たちに、彼は相変らず、神もまた我々のように飢えていられる、神は充《み》たされていない、と言いつづけているらしい。

大工の言い分によると、神はエルサレムの都の誇りとするダビデの神殿や、おごそかな律法《トーラ》など一つも必要とされておらぬ、神が心の底からほしいのは人間だけであって、黄金で建てられた神殿ではない。神はそんなものより娼婦《しょうふ》の一滴の泪《なみだ》を、教師《ラビ》の言葉よりも赤ん坊の笑いのほうを、はるかに求めておられるのだとさえ言ったそうだ。そのため、昨日も彼はシロアムの池の近くで巡礼客たちから石を投げられ、額に血をながしながら鎖の門を追い出されている。

それからまた彼は異邦人の広場に出かけて行き、教師《ラビ》たちの怒りを買って、罵声《ばせい》の渦のなかに巻きこまれて姿を消したそうである。それは彼が、イスラエルにふたたび富と力をもたらすような救い主《メシヤ》は永久に来ないだろう、本当の救い主《メシヤ》ならばイスラエルの力や栄光など説きはしないと言ったからである。

そういう大工についての噂を断片的に聞くにつけて、私はカヤパが持ってきたパピルスを読んだ時よりも、もっとこの男にたいする好奇心を感じはじめた。それは彼が説いている世迷《よま》いごとのためではなく、そんな罵声や石つぶてまで受けながらエルサレムの町を歩きまわっている彼の心理のためだった。

ひょっとすると、この大工は自分が過越《すぎこし》の日に捕縛されるのを待っているのではないか、ひょっとすると、この大工は自分が石打ちの刑に会って血まみれになり死ぬのを期待しているのではないか。大工はガリラヤでも、自分自身はこの地上で何もかも失敗して死んでいくのだと弟子たちに語ったそうだが、その最後の失敗をこの聖都エルサレムで果そうとしているのではないか、と私は突然、感じたのだ。

夕暮だったが、駕籠《かご》を召使に命じて街のなかにその男を探してみたくなった。四月のつよい夕陽がまだハスモニア宮殿の壁に照りつけ、広場からは過越の祭を目あてにつくられた市の騒ぎが絶えていなかった。召使は巡礼客たちを二、三人つかまえて奇妙な大工の行方をたずねたが、誰も首をふるだけだった。ようやく糞《ふん》の門の近くまできた時、驢馬《ろば》を木につないで苦蓬《にがよもぎ》を売っていた片眼の男がゲヘナの谷を指し、大工はあちらにいると言ったのである。

「なんのために」

と私はたずねさせた。なぜなら夕暮の光が、今、容赦なくさしているゲヘナの荒涼たる谷には、街の汚物を燃やす炎が動きその黒煙がたちのぼっていたが、この不浄の場所にはまた、いまわしい癩病人たちが街から追われて住んでいたからである。片眼の男は唾《つば》を吐いてから、大工は癩病人たちと一緒に寝起きをしていると答えた。

しばらくの間、駕籠の上から、血のように夕陽に染まった谷とひとすじの黒煙とを見おろしていた。人間の姿が一人、その谷の斜面を西陽のなかを、ゆっくりと歩いているのが見えた。それが大工なのか、それとも癩者なのかわからなかった。にもかかわらず、この時、私は初めて大工が多くの自称預言者たちとは全くちがう男だと感じた。そしてまた彼が巡礼客たちに罵言を浴びせられ、時には石を投げられながらも言いつづけてやまぬものが何であるか、つかめたような気がした。もしその推測が当っているならば、それは私とは別の生き方であり、あるいは私の生き方の拒絶でもあった。老いさらばえた肉体に、久しぶりにこの男にたいするかすかな妬《ねた》みが起るのを私は感じた。

召使に邸に戻るように命じ、邸に戻ると私はカヤパのパピルスを今一度ベランダに持ってこさせ、この前よりは丹念に読みかえした。

そしてこの前、気づかなかったものが、今度はもっと明瞭《めいりよう》に私にわかってきた。大工が言っているのはただ一つ——結局、私のような老人には時には世間知らずの若者たちが口にしすぎるために肌寒くひびく、あの愛ということだったのだ。大工はその愛のためだけにガリラヤの町々を歩きまわり、笑われ、馬鹿《ばか》にされ、石を投げられたのである。神殿よりも律法《トーラ》よりももっと大事なものは愛だと、彼は教師《ラビ》たちにいつも言いつづけ、その怒りを買った。パピルスに報告された彼の三年間の足どりをみると、癩者や熱病患者や淫売婦《いんばいふ》ばかりたずね歩き、義人や有徳の者を避け、それらいまわしい者たちのほうが、我々より愛することを知っているとさえ口にした。彼は人生のうつくしいものを拒絶して、よごれたものを偏愛している狂人のようだった。そのえらぶ場所は掃ききよめられた清潔な神殿の庭ではなく、エルサレムの町の汚物を焼くゲヘナの谷だったのである。そこに思いあたった時、私のまぶたには先ほど目撃したその夕暮の谷の西陽に照らされた斜面を歩いていた一人の男の孤独な姿が突然、思いうかんだ。

カヤパの案じていたように、バラバの逮捕にたいしてパリサイ派の不満が衆議会に露骨に向けられている。彼等は熱心党《ゼロテ》の過激派と手を握り、ローマに反抗したこの自称愛国者の釈放運動を祭司と衆議会が怠っていると攻撃しはじめた。過越の祭に集まった巡礼客たちのなかにもその煽動《せんどう》にのるものが多く、放置しておけば街は祭の初日には混乱におちいるかも知れない。そういう事態が発生する時、待ちかまえていた知事ピラトはユダヤ人の代表機関である我々衆議会の権限をとりあげる可能性がある。だから予定通りカヤパはあの生贄の羊を、今日明日にでも捕え、そして人々の眼をバラバからこの生贄の羊に向けさせるだろう。

カヤパは政治的な意味で、あの大工を捕える時を狙《ねら》っている。だが私はもっと残酷な好奇心から大工の捕縛を待っているのだ。私は彼と話をしてみたいのである。おそらくその好奇心には快楽がまじっているかも知れぬ。

神殿の「ソロモンの廊」ちかくに通りかかったサドカイ派の祭司たちが、巡礼から罵声を浴びせられた。巡礼たちはバラバを釈放せよと口々に騒いだそうである。

夜ふけにカヤパから使いがあって、この夜、ひそかに大工を油搾り場《ゲツセマネ》で捕えたと知らせてきた。松明《たいまつ》をもった神殿警備の男たちと祭司三人が大工の寝ている谷についた時、大工は覚悟していたように地面から起きあがり、逃げもせず自分が囲まれるのをじっと待っていたという。

この男が男らしく捕縛されたか、それとも恐怖に震えながら捕えられたか、私は使いにたずねた。どうしてもその点を知りたかったからである。

「蒼《あお》ざめて……汗を浮べながら我々を眺めました。それからおずおずと両手を前に出しました」

すると大工は、自分が今夜でも捕まることを予感していたにちがいない。恐怖に寝もやらずじっと耐えていたにちがいない。自分のすることはすべてみじめに失敗すると、彼は言っていたそうだが、彼はその通りになったのだ。なぜなら彼は愛のためにではなく、カヤパの政治のために捕縛されたのだから。

神殿警備の男たちは大工を真中にして、一応カヤパの邸まで連れていった。衆議会は律法《トーラ》によって、夜、開くことはできぬので、カヤパは朝、議員たちを召集するつもりらしい。

私は大工の顔を見たかったから、使いと共に駕籠にのってまだ真暗なヘロデ神殿の南にある娘婿《むすめむこ》の邸まで赴いた。シロアムの池に向う石畳の路《みち》にそった彼の家には滅多に出かけたことがないので、召使たちはひどく驚いていた。中庭には朝がた、男たちのたいている焚火《たきび》の炎がゆれ、火の粉がとんでいる。男たちは私の姿を見て焚火の周りから立ちあがった。

「弟子たちのなかに、助けにくる者もなかったのか」

と私がたずねると、彼等は首をふった。弟子たちの姿など何処《どこ》にもなく、大工が看病したゲヘナの癩病人《らいびょうにん》たちさえも、彼が捕えられるのを尻《しり》ごみしながら眺めているだけだったという。大工の生涯は、結局、一人の人間もつかまえることができなかったのだ。

カヤパが急いで姿を見せた。

「まあ、見ていてください。パリサイ派も熱心党《ゼロテ》もヘロデ党も、バラバのことをすっかり忘れるでしょうから。もちろん議席のなかには、こちら側の煽動員も入れてあります」

みなに聞えぬよう声をひそめ、

「だから、わざわざお出《いで》になることもなかったのですが……」

カヤパは自分が大祭司としてみごとにやれる自信をほのめかし、私が口を出しにきたのかと不満そうな表情を見せた。

「ザウレを起しましょう。あなたの娘はすぐ参ります」

娘より先に大工に会ってみたいのだと私は言った。いやいや、老人の好奇心からだと、カヤパに笑顔をつくって誰もついてこないようにたのんだ。

仕事を怠けた召使たちを罰する地下の暗い土牢《つちろう》に、大工は入れられていた。つんぼの老人だけが私の前に松明をもって、歩きにくい石段を照らしてくれた。水滴の落ちる音がどこかで聞え、湿気と土の臭《にお》いがした。彼が松明を壁にさしこむと、うずくまっていた男が私のほうに頬肉のおちた顔をあげた。

撲《なぐ》られたと見えて、その頬に血のながれた痕《あと》が松明の灯に赤黒く見えた。うずくまった大工はひどく痩《や》せて、その手足は枯枝のように細かった。

「私が誰か、知っているか」

大工はうなずいたが、地下の寒さのためか、それとも恐怖のせいか、震えていた。

「おそらく……お前は石打ちの刑になるだろう。場合によっては死刑になるかもしれぬ」

彼はだまっていたが、その体は更に震えた。

「こわいか。こわいなら、何故《なぜ》、エルサレムに来た。この都で神殿や律法《トーラ》を冒瀆《ぼうとく》した言葉を吐けば、どのような裁きを受けるか、お前とて知っていたであろう。こわいなら、何故、そのような冒瀆を皆の前で口にしたのか」

大工は膝《ひざ》をかかえたまま、虚空《こくう》の一点をじっと見つめている。それは父親の叱責《しっせき》に強情をはる子供の姿によく似ていた。

「結局、誰一人として、お前の歯の浮くような言葉を聞かなかったな。愛など死海の砂漠に浮ぶ蜃気楼《しんきろう》と同じようなものだ。咽喉《のど》の渇いた羊飼たちには、いかにも泉が砂丘のむこうにあるように見える。たどりついてみれば泉などありはせぬのだ。私のように人生を多少でも経験した者は皆、愛が蜃気楼だと言うくらいは知っている。お前が、結局は馬鹿にされ石を投げられガリラヤの町々を追われたのも、そのためだが……」

私は忠告を与えるようなやさしい父親の調子でしゃべったが、しかしもちろん、大工が心中この言葉に耳傾けているとは思っていなかった。

「それにくらべお前の冒瀆した神殿や律法《トーラ》は、少なくとも蜃気楼よりは人間の役には立つ。秩序をイスラエルの民に与え、結束の象徴になる。神殿と律法《トーラ》は皆に秩序を作るかわりに、裁きもするし罰も与えねばならぬ。お前は愛によって人間の生きる上の約束を冒瀆した」

おそらくそこまでは、カヤパが言う言葉を私は代弁していたにちがいない。衆議会の議員たちが、今日の午前、裁きの場所でこの男に浴びせる言葉とそう変りはなかったにちがいない。

そして突然、私は本題に入った。

「お前は神を信じているか」

大工は突然、頬を打たれたような眼で私を見あげた。不安をこめたその視線を受けとめながら、私は呟《つぶや》いた。

「私はもう、神などを信じてはおらぬが……」

この言葉と共に苦い液のようなもの、今日までの自分の人生の失望の苦い味が胸にこみあげてきた。大祭司として仲間にはもちろん、身内にさえ決して洩《も》らさなかったこの秘密を、何故、この野良犬《のらいぬ》よりも痩せこけた大工に、今、しゃべったのだろう。この男にしゃべったところで何も危険はないと思ったためだろうか。それとも、この男を見ていると、彼を苛《いじ》めたいという欲望と共に、わが心をも少し傷つけてみたいという衝動を感じたせいだろうか。

「だが神を信じていなくても、信じるふりをするすべを私は知っている。神がいなくても神がいるかのように神殿の行事を行い、律法《トーラ》を守るほうが人間の秩序の上に必要だということも知っている。そういう智慧《ちえ》を私は年と共に学んだ。後悔はしておらぬ。自分の生き方のほうが、お前の生き方よりも勝っていると思っている。人間のためにも民衆のためにも、そのほうが意味があったとも思っている。

人間が別の人間を倖《しあわ》せにしてやるなどはできぬが、少なくとも寝場所を与え、集まる場所を作ってやることはできるだろう。それが祭司の務めであり、この世で役に立つということだ。だがお前の場合は」

あけがたが近づいたと見えて、この地下室はさっきよりも更に冷え冷えとしてきた。膝をかかえたまま、大工の体は相変らず小きざみに震えている。このうす汚い体が愛の肉体なのかと、私は急に可笑《おか》しくなった。

「ずいぶん細い手と細い足をしている」

と私は笑った。

「お前はナザレの大工だそうだが、その手では重い材木も持てまい。人のために役にも立たなかったであろう。お前はこの世で何の役にも立たなかったようだ。癩者と一緒に住んでやったそうだが、お前の愛でその癩病を治せたのか」

大工は弱々しく首をふった。

「お前はガリラヤの熱病患者を看病したそうだが、愛でその病気が治ったか」

「いいえ」

「お前は、子供を亡《な》くした母親や死にかけた老人の手をいつも握っていたという話だが、子供は母親の腕に生きかえり、老人の力ない眼に光が戻ったか。お前は、愛で奇《き》蹟《せき》が行えたのか」

大工は口を噤《つぐ》んだまま、震えつづけていた。

「結局、お前は何もできず、何の役にも立たなかった。することなすこと、一つの実も結ばなかった」

彼は黙りつづけていた。強情なその沈黙は、年甲斐《としがい》もなく私に怒りの感情を起させた。まるでその沈黙で、この男はさきほどからの私の饒舌《じょうぜつ》を拒んでいるようである。私の生き方にいつまでも首をふっているようだった。

「何もできなかった者が……何かができる神殿や律法《トーラ》を守る者を、馬鹿にできるだろうか」

「そんなことは初めから」

大工は初めて挑むような声を出した。

「何もできず、何もかも失敗すると、自分でもわかっていました」

「と、その惨《みじ》めな失敗に神が酬《むく》いてくれると思っていたのか」

私は今、会話の本題に入っていた。冷えきった黎明《しののめ》の雲がもう別れ、金色の空が少しずつ覗《のぞ》きはじめる時刻だった。間もなくその金色の空が拡《ひろ》がって、エルサレムの街は眠りからさめるだろう。そしてこの男は警吏たちに引きたてられて、裁きの場所につれていかれる。

「神は何一つ、お前に酬いぬぞ」

ヨブの物語を私は思いだしていたのだ。ヨブは神のために家を失い、富を失い、友を失い、家族を失った上、神からもらったのは、体中の腫物《はれもの》と汚い膿《うみ》だけだった。あの物語の辛《つら》さに、後の世の人間が、神が最後に酬いたような作り話を書き加えたが、元の話は、みじめなヨブの終末で終っていたのだ。私は年と共にこの真実を知ったから、もう神を信ずることができなくなった。

「この過越《すぎこし》の祭、巡礼たちは神が地上に救い主《メシヤ》を送ると信じて、エルサレムにやって来る。だが救い主《メシヤ》など永久に来ぬ。今までも来なかった。今後も来ないだろう。神は永遠の蜃気楼のようなものだ。その蜃気楼に迷った者はヨブのように、お前のように、何もかも失い、何もかも失敗する。何も酬いは来はしない。何も」

私は壁の筒にさしこんだ松明を手に持って、大工の顔の上にかざした。彼は不安そうにこちらを見あげ、その黒い隈《くま》のできた眼を片手で覆《おお》った。自分がようやく大工を追いつめ、少なくともその心に恐怖を与えたのを私は感じた。

「お前は……最後にはあの詩篇に書かれた歎《なげ》きの言葉を叫ぶだろう。主よ、なぜ見棄《みす》てられるのかと」

「いいえ」

と彼は自分の心に急に拡がった恐怖と必死で闘いながら、首を烈《はげ》しくふって、

「その時、こう言います。主よ、すべてをあなたに委《ゆだ》ねます、と。やがて、わかる。やがて、わかる」

「何が、わかる」私は笑った。「何時《いつ》、わかる。五十年後か、百年後か。だが明日も明後日も、子供は母親の腕のなかで冷たくなり、その死体をだいた母親はうなだれ……お前は何もできず……それを、お前は知っている。お前は知っている……」

松明の光の下で、顔を覆った大工はほとんど泣いているように見えた。その瞬間、この男は本当に愛の男だと思った。枯枝のように細い手足、みにくい貧弱な体、それこそ愛の肉体だと思った。何もできぬことを知って悶《もだ》えているこの男の姿は、私に何時ぞや夕暮のベランダで眺めた瀕死《ひんし》の鳩《はと》を思いおこさせる。あの時、眼に拡がる死の

白い膜に鳩は必死で闘っていた。だが、結局は小石のようにベランダから落ちていったのだ。私はひどく疲れを感じた。

「もういい。もう、二度とお前に会うことはないだろう」

いいえ、と大工は叫んだようだったが、なぜそう言ったのか、わからなかった。つんぼの老人を促し、ふたたび湿った石段を昇りながら、私は地下の壁から滴《したた》る水の音を聞いた。その時、心に急に昂《たかぶ》りをおぼえた。この感情は大工に向けられたものではなく、そうだ、私はさっき彼にしゃべっていたが、実はそれは彼ではなく、あの地下牢の暗がりのなかで、じっと耳をすませていた別のものに向けられていたのだ。ながい間、信じなくなったものが、あの大工の背後でじっと我々の会話を聞いていたのを、今、私は気づいたのである。

(お前は、あの大工の生涯に酬いるつもりか)

その暗がりにいたものに拳《こぶし》をつきつけるような気持で、私は呟いた。

(見ていなさい。お前が勝つか。私が……勝つか。お前はあの大工をよこして私の人生を馬鹿《ばか》にしようとしたが、そうはさせぬぞ。今度は私が、あの大工の人生とその最後を馬鹿にしてやる)

階上に出ると、中庭の上の空色が寝不足の眼に痛かった。まだエルサレムの空は碧《あお》くはなっていなかったが、オレンジ色の光が柱廊の柱の一つ一つにモザイクのような染《し》みをつけ、召集をうけた議員と教師《ラビ》たちが黒い衣をひるがえしながら、その柱のあちこちで談笑していた。カヤパは満足そうに彼等と挨拶《あいさつ》を交していたが、眼ざとく私を見つけ近寄ってくると、声をひそめながら、

「随分ながく、地下においでてでしたな。御安心ください、すべて、うまく運んでおります」

「大工に、どのような刑を与えるつもりだ」

「鞭《むち》打ち百回を考えております。でなければ神殿冒瀆の見せしめとして、広場で三十個の石打ちを」

「あの男を、ユダヤ知事ピラトにまわせ」

私はカヤパの驚愕《きょうがく》した顔をじっと眺めながら、きびしい声で命じた。

「そして、死刑を要求するがいい」

「ピラトに」

「そうだ」

「ピラトには関係ありませぬ。ピラトが裁くのは政治犯です。神に背いた者は我々ユダヤ衆議会が裁判する筈《はず》です」

「わかっている、ピラトにまわせ」

私の強情な声にカヤパは思わず声をたかめ、大祭司として自尊心を傷つけられたように一歩さがった。

「大工は神殿と律法《トーラ》の冒瀆者です、政治犯ではありませぬ」

「ちがう、あれは反ローマの煽動者《せんどうしゃ》だ」

「なんのためです」

「まだ、わからぬのか」

私はわざといらいらした身ぶりをして、この婿《むこ》の血色のよい大きな耳に口をよせた。

「そうすればバラバを釈放できるではないか。過越の祭には政治犯のうち一人は釈放するというローマとの約束を忘れたのか。あの大工を政治犯にすれば、バラバの釈放をピラトに要求できる。そしてお前はパリサイ派や熱心党《ゼロテ》や巡礼たちの騒ぎを鎮《しず》めるだけではなく……彼等の喝采《かっさい》をうけ……」

顎髯《あごひげ》に覆われた彼の口から息が洩れ、婿は大きくうなずいて嬉《うれ》しそうに笑った。

枯枝のように細い手足とみにくい貧弱な大工の肉体よ、あの肉体を神や愛のためには死なせぬ。お前が馬鹿にした別の世界のなかで死なせてやると、私はせせら笑った。

オレンジ色の光のなかを、議員たちの挨拶をうけながら微笑をたたえて私は歩きだしたが、その時、突然、さきほど大工が叫んだあの言葉が胸を刺すように走った。主よ、すべてをあなたに委ねます、という言葉が。

VII　カナの町にて　〈巡　礼　四〉

印象に残っている限り、ノサック神父は燃えつきた蠟燭《ろうそく》を思わせるような憔悴《しょうすい》した顔をしていた。イエスは年よりも十歳も老《ふ》けて見えたと戸田は言ったが、うす汚れたスータンに瘦身《そうしん》を包み、はげあがった白い額とくぼんだ眼のあの神父も、あの頃いくつだったのか、私にはわからない。

二階建の学生寮はほとんどが陽に焼けた畳の部屋で、たった二室だけ粗末な板敷の間だったが、その一室に神父は質素な寝台をおいて寝起きしていた。ドイツ語の書物を並べた本箱と机のほかには寝台の上にかかっている十字架がただ一つの装飾で、十字架には神父と同じように瘦《や》せこけ憔悴したイエスが両手を釘《くぎ》づけにされて項垂《うなだ》れていた。

腋臭《わきが》と煙草《たばこ》の臭《にお》いがこもっているこの部屋で神父は寮費を徴収したり、寮生の注文に黙って耳傾けた。部屋にあぶら虫の出ること、水道が洩《も》ること、こわれた窓枠を修繕してもらいたいこと——そんな寮生一人一人の要求に、彼は顔をあげてうなずいたり、首を横に振ったりした。試験の成績の悪い者は、休暇前、この部屋に呼ばれて低い声で叱《しか》られたものもいた。ノサック神父は寮生を滅多に叱らなかったから、そんな時、彼の低い声はたしかにじんとこたえた。

忘れ難い幾つかの記憶を、私はこのノサック神父に持っている。その一つは室戸が喀血《かっけつ》した夜のことで、その午後、室戸をふくめた私たち予科生は中佐に怒鳴られながら、地面を這《は》いまわったり、運動場を銃を担《にな》って走らされ、困憊《こんぱい》して戻ってきたのである。

区の警防団の命令で防空演習が行われた。町中の灯が消え、路《みち》も家も死んだように闇《やみ》に包まれ、寮の片側にそった路を警防団の男だけが、

「空襲警報発令」

と叫びながら何度も駆けていく。真暗な部屋ではすることがないから、じっと横になっていた。時々、室戸が咳《せ》きこむ声が遠くで聞える。風邪を引きやすい彼には馴《な》れていたから、初めは気にもとめなかったが、やがて廊下を走る足音が聞えて、

「大変だ」

と誰かが、急に大声をあげた。

室戸の部屋に行くと、何人かの寮生が懐中電燈《でんとう》で、拳《こぶし》を口に当てながら机にうつ伏せになっている彼を照らしていた。あとで聞くと、咽喉《のど》に魚の骨でも引っかかったような感じがしたので、それを吐きだしたら血だったと言うのである。

喀血は少量だったらしいが、防空演習の最中なので、私たちは彼を万年床の上に寝かせるほかは何をしていいかわからなかった。一人が近所の医者に電話をかけに飛んでいったが、その医者も防空演習の救護班にかり出されて不在だった。

ねずみが姿を見せた。寮生たちの青白い懐中電燈の灯のなかで、ねずみはおどおどと怯《おび》えた。室戸が咳きこむと彼はその背中を義務的に少しだけさすり、大丈夫ですか、大丈夫ですか、と上ずった声でたずねるだけだった。どうするんですと我々がきくと、ノサック神父を待ちましょうとかぼそい声で答えた。

ローマン・カラーをはめながら現われたノサック神父は急いで我々を掻《か》き分けると、馴れた手つきで室戸の頭を支え、部屋の灯をすぐつけさせた。灯をつけてから、濡《ぬ》れタオルで血でよごれた室戸の唇をふき、塩水を飲ませた。それから寮生の一人に指図して校医に連絡させた。

この時、寮の外で警防団が怒鳴りはじめた。室戸の部屋の窓に堂々と灯がついていたからである。

その時のノサック神父の答えを今でもはっきり憶《おぼ》えている。窓をあけ、路に集まっている三、四人の男たちに、彼は我々も聞いたことのないような厳しい声でこう言った。

「病人が出ましたのです。電気を消すことは絶対にできません。いけませんでしたら、どうかあなたたち警察に言《い》てください」

男たちの罵声《ばせい》はそれでやみ、路はふたたび静かになった。私たちは黙っていたが、彼を見なおしたような気持がし、同時に、怯えて室戸の背中をさする真似《まね》だけしたねずみを軽蔑《けいべつ》した。

翌々日、室戸はそのねずみに連れられて信濃町《しなのまち》の慶応病院に入院した。四、五日して私たちがたずねていくと、彼は大部屋のなかで、小さな老人と二人きりで枕《まくら》を並べて、意外とあかるい表情で、

「ノサック神父が、毎日、バターくれよるねん」

枕元の紙袋を指さし、泣き笑いのような顔をして、

「舎監は自分がな、食べんと、外人の特配のこのバターを俺にまわしてくれるんや」

と説明した。

「ねずみも何か持ってきたか」

「ねずみ？」と私がたずねると、室戸は舌を出した。「俺のサッカリン、かくしておいてや」

ノサック神父は毎日うす汚れたスータン姿で病院をたずねていった。バターのほかに、彼はその頃もう手に入らない牛乳まで毎週、室戸に持っていった。それは彼が、日曜日、電車に乗り、郊外の農家を一軒一軒歩いて、やっと手に入れたものだった。だが室戸はバターや牛乳のように腋臭を連想させるものは一切、口にしない体質なので、同室の小さな老人にくれてやっていたし、老人は老人でそれらを別の患者に売りつけて煙草銭を作っていたのだ。

ノサック神父がこの事実に気づいていたかどうかわからない。しかし彼がそれに気づいていたとしても、彼は自分に配給されたバターに手をつけず日曜日には電車に乗って、郊外に牛乳を買いに出かけたろうと、私は今くるしい気持で思う。

ねずみが姿を消したのは、室戸が母親に連れられて神戸に引きあげたあとである。姿を消したと言う言葉を使ったが、実際、彼はいつの間にか我々の寮からも大学からも見えなくなってしまった。寮生たちの誰もが、最初、それを気にとめなかったのは、彼が我々の興味や関心を引く人間ではなかったからだろう。ねずみが消えたところで、寮に何かが欠けるわけでもない。そのために寂しい思いをする筈《はず》もない。泣きはらしたような眼をして廊下を歩いていた彼は、私たち寮生には寮の玄関に誰かが履きすてた古スリッパと同じように、どうでもいい存在だった。

「彼は修道士をやめました」

ノサック神父は我々が事情をたずねると、くぼんだ眼をしばたたきながら、言いにくそうに答えた。

「そのほうが、いいことです。お母さんのところに帰れましたから」

ねずみがドイツ国籍を持ったポーランド人で、ケルンに母親を残していたことを知った。お母さんのところに戻ったと言うノサック神父の表現は私たちを苦笑させたが、同時に、何もできず修道士をやめてしまったねずみへの軽蔑心を改めて感じさせた。

ずっとあとになって、学生たちの中にはねずみの噂《うわさ》をする者がまたいた。彼がやめたのは、あまりに無能なので修道会から追いだされたのだと言う者と、日本人の女と過《あやま》ちを犯したためだという者との二派があったのを憶えている。

後者の話を私にしてくれた学生は声をひそめて、その日本人の女は大学の掃除婦の一人だと教えてくれた。私は教室の前の廊下や便所を掃除している女たちの顔をぼんやりと思いうかべたが、それが誰なのかはわからなかった。

「だって、できる筈ないじゃないか」

と私は反対した。

「ねずみのあれは、豆のように小さいという話だぜ」

それだけだった。噂はいつの間にか消え、もう誰も彼のことは二度と口にしなかった。

だがそんな呑気《のんき》な冗談をまだあの時、言えたのは、我々がねずみに待ちうけている運命はもちろん、やがて自分たちに襲いかかってくるものにもほとんど気づかなかったからだろう。今、考えてみると不思議な話だが、あの頃の学生たちの誰が、その翌年の終りに烈《はげ》しい戦争が始まると予知していたろうか。この頃から、新宿の喫茶店に行ってもまずい代用コーヒーしか飲めず、私たちはそのコーヒーを飲みながら、「夜のタンゴ」という暗い曲にじっと耳かたむけた。それから煙草屋の煙草も行列せねば買えぬようになり、学校での軍事教練はますます烈しくなったが、そんな憂鬱《ゆううつ》な気分のなかでも、私たち学生は、まさか次の戦争が始まり自分たちすべてが駆りだされると本気では考えていなかったのである。

キブツで一夜を過したあと、道を迂回《うかい》してサマリヤのシケムという村に寄ることにした。それは荒野から去ったイエスが故郷ガリラヤに戻る途中、立ち寄った場所の一つだったからである。

「荒野を出てからのイエスの行動が、聖書では曖昧《あいまい》だ」と戸田は出発前に説明してくれた。「マルコもマタイも、ほとんどその後の十カ月のことには触れておらん」

「ナザレに戻って、また大工をやったんじゃないのか」

私は昔のうろ憶えの記憶からそう訊《たず》ねたが、もとより自信はなかった。

「そういう説もある。ユダヤ地方で、洗礼教団の方式を真似て人々にイエスは洗礼を行っていたという学者もいる。いずれにしろ洗者ヨハネがやがて捕えられて殺害されてから、彼ははじめて動きだすんだから」

「なぜだろう」

「ひとつは」と戸田は首をかしげた。「洗礼教団にたいする自分の気持をはっきりさせたかったからだろうな。それにその十カ月はユダヤ人へのローマの締めつけが更に厳しくなった期間でね、ローマの権力者セイアヌスはユダヤ強行政策を知事ピラトに命じているし、それにたいするユダヤ人の反撥《はんぱつ》も烈しくなっていた。洗者ヨハネはそんな不穏なユダヤ人たちの指導者と見なされたから、ローマに追従するヘロデ王に殺されたんだし……」

「ヨハネは相変らず、神への畏《おそ》れと不正への憎しみで教団を引きずっていったのかね」

「だろうね」

「一方、イエスは何を考えていたんだろう」

「それは、もう昨日」戸田は、私の憶えの悪さに少しいらだったように、「わかっているじゃないか」

戸田や私のような中年男には歯の浮くように聞える、この愛という言葉を口に出しかねて黙っていた。だがこの言葉を使わねば、あのユダの荒野の夜、丘をかすめる風の音を聞きながらイエスの心に芽ばえたものを説明できぬことも感じていた。

昨日見た、あの押えつけるような強い陽光や髑髏《されこうべ》に似た山々を私は心のなかで嚙《か》みしめ、夕暮の孤独な死海のほとりを思いうかべた。夜が来てすべてそれらが静寂にとざされ、闇一色に塗りつぶされる。その時、ひとり愛というものを考えていた男。彼はこの現実がその愛で血のように染まることを考えていたが、私は私で愛がどんなに現実には役にたたず無効かぐらいわかる年齢になっていたし、ノサック神父が苦労して手に入れたバターが室戸の手から老人の手にわたり、老人がそれを売って煙草銭をかせぐのが、いつも愛というものの結果なのだ。

通過する路の風景は既にユダの荒野とはすっかり違ってはいたが、そのかわり、押し潰《つぶ》されたようなアラブ人の村がいくつもそこにあった。煙の煤《すす》でうす汚れ、雑巾《ぞうきん》のような色をした家の前で山羊《やぎ》の群れが集まり、木の枝を持った裸の少年がそれを追っている。天秤棒《てんびんぼう》を肩にして鑵《かん》を重そうに女が運び、老人が壁にもたれてぼんやりと我々の車を眺めている。どの村にもそんな風景があり、どの村も強い陽光に曝《さら》されていた。

「イエスも、この路を歩いたのかしらん」

「と思うよ。ここは昔からサマリヤを通るただ一つの街道だったから」

「もっとみじめだったろうな、当時は」

「ユダヤ人たちはサマリヤに来るのを避けたが、それぐらい荒廃した土地だったそうだ」

イエスが立ち寄ったシケムという村の名は、何となく私に寂寥《せきりよう》とした風景を連想させたが、実際、昼ちかくそこに着いてみると、棄《す》てられた炭坑町のように、ボタ山に似た褐色の山を背にアラブ人の家がわびしく街道に並んでいた。イエスがここに住む一人の女に水を求めたと言われる井戸は小さな修道院の中にあり、苦行僧のような修道士が番をしていた。その古井戸を見たあと我々が外に出ると、既に数人の物乞《ものご》いの子供たちが車を囲んで手を差しだした。

「イエスはここに長い間、滞在したのかね」

「二度、来ている」

子供たちの一人に小銭をやって追い払うと、戸田は、

「はじめの時はサマリヤ人も彼を迎える」それから、彼の頬にゆっくりと笑いが浮んだ。「だが二度目は、彼等もイエスに宿さえ貸さなくなるのさ」

「どこに書いてある、そんなことが」

「ルカ伝」戸田はギヤーを入れながら、百科辞典の頁《ページ》のようにすぐ答えた。「イエスの運命はいつもそうでね。初めは好かれ、やがて棄てられる。その雛型《ひながた》がこのサマリヤから始まっている」

戸田の癖である例の笑いかたを見た時、私は彼の考えがわかった。昨日から戸田はイエスの生涯を一つの方向の上にのせ、それを私に見せようとしている。ナザレで家族からも見放されたイエス。荒野の教団にもついて行けなかったイエス。このサマリヤでも結局は裏切られるイエス。戸田自身の言葉を借りるならば、それは現実の人生に無力で無能だった男の事実の姿だった。

「それが、事実イエスの……」

「そうさ」

彼は二十数年前と同じように、断定的な物の言い方をした。

ノサック神父がもし生きていて、この旅に加わり戸田の説明を聞いたならば、どんな表情をするだろう。神父なら決して反駁《はんばく》したり大声を出したりしないだろうが、ただあの疲れきったくぼんだ眼に拒絶の光をたたえて、じっと戸田を見るかも知れぬ。

（いいえ。そうじゃない、イエスはもっと力ある方です）

私は神父がそう呟《つぶや》く声を聞くような気がする。あの頃、寮生の一人が彼に、何故《なぜ》、聖書なんか信じられたのかと無躾《ぶしつけ》な質問をした時、彼はむしろ嬉《うれ》しげに微笑《ほほえ》んでこう答えたものだ。

「ドイツの田舎の両親がつよい信仰を持っていましたからね。私もそのことについて疑ったことはないのです」

ノサック神父がおそらく心に抱いていた力あるイエスの姿。それは同時に少年時代から私が教会から教えられてきたイエス像でもある。

だが神父は、一度もイエスの無力を感じたことはないのだろうか。ねずみが修道士から脱落して故国に戻り、やがて収容所で死んだことを聞かされた時も、それさえも力あるイエスの業として肯定したろうか。

「そのほうがいいことです。彼はお母さんのところに帰れましたから」

あの時、彼はくぼんだ眼をしばたたきながら言いにくそうに答えたが、事実は、ねずみは母親の手ではなく別の手に渡されてしまったのだ。

今、急に思いだしたのだが、私はねずみが寮から消えたあと、彼の居室だった板敷の部屋にそっと入ったことがある。

日曜日の午後で、寮生の大半は外出していて寮のなかはひどく空虚だった。おそらく退屈のあまり、私はあの部屋の扉を開いたのかもしれぬ。

居室はノサック神父の部屋より少し小さかったが、同じように粗末な寝台と粗末な本箱と机とがおいてあるだけで、寝台にはくぼんだ古ぼけたマットがひとつ放りだされていた。本箱にたった一冊、本が残っていたので、好奇心にかられて中に足をふみ入れた。午後の光がうす汚れた窓硝子《まどガラス》からさしこんでいて、その本は北原白秋の童謡の本だった。

栗《くり》売《う》りじいさん　可哀そう
大きな袋を　肩にかけ

頁のなかには一本の栗色の毛がくっついていて、ねずみは漢字の横にローマ字を鉛筆で書きこんでいた。その時私は、この部屋で一人でこの歌を歌っていたかもしれぬ、泣きはらしたような眼をした修道士のことを想像した。

二時頃、カナの村に着いた。

サマリヤを通過していよいよガリラヤの地域に入ると、風景が少しずつ変っていくのが手にとるようにわかる。サマリヤとちがって、よく耕された耕作地やオレンジの果樹園が左右に見えはじめ、ポプラが行儀よく並び、なだらかな丘をオリーブの樹《き》が埋めていた。陽の光さえもサマリヤとくらべて柔らかく温和になったように感じられる。

イエスが知人の結婚式に出て水を葡萄酒《ぶどうしゅ》に変えたといわれるカナの村に入ると、村人はすべて午睡でもしているのか、家々はひっそりと静まりかえり、真中にある古びた教会の塀《へい》が無人の石畳の坂道にくっきり影を落していた。

冷たげな水が溢《あふ》れ出た泉があって、そこに鈴掛の大木がさわやかに風に葉を鳴らしていた。どこかで間のぬけた鶏が鳴いている。教会のなかからいかにも田舎司祭といった小ぶとりのフランス人司祭があらわれて、我々にここが奇蹟《きせき》の行われた場所だと説明し、村でとれた葡萄酒を売りつけようとした。

戸田と私とはその葡萄酒の瓶《びん》を手にもって、見はらしのいい村の空地に出かけた。石垣の上に腰をおろすと、一匹の蜥蜴《とかげ》が背を光らせながら靴のそばを素早く逃げた。

「あっちがガリラヤ湖」

戸田の指さす方向は、オリーブの白っぽい樹に覆《おお》われた丘陵が続いていた。

「イエスがあの湖畔の村々を、弟子たちと廻りはじめたのはいつ頃だろう」

「俺はね、大体、紀元三十年の晩秋頃からだと考えている」

「もうその時は、イエスは完全に洗者ヨハネ教団と絶縁していたのかね」

「それは、もちろんだよ。その後、洗礼行為について何も聖書はのべていないから」

私は少し酸《す》っぱい葡萄酒を口にふくみながら、戸田が今、指さした丘陵を白く縫う道を一人、北に向うイエスを想像した。その時、彼が三十歳だったとしても、その顔は年より更に老《ふ》けて見えたかもしれぬ。荒野で得た考えはその後十カ月の間、彼の心のなかでより強い確信となっていたのだろうか。

「ガリラヤ湖は今とちがって湿地帯が多く、マラリヤがよく流行したらしいな。ヘロデ王の別荘地ティベリヤを除くと、湖畔の村はいずれもサマリヤと同じように貧しく惨《みじ》めだったと思うよ。だから、いたるところでイエスは病人に出会っているだろう」

「その病人たちに……彼は本当に奇蹟を行ったんだろうか」

戸田は私の顔を見て、うす笑いを浮べた。そして答えのかわりに、

「憶《おぼ》えているかね、ノサック神父がガリラヤでの奇蹟について話したことを」

「憶えているさ」

「あれは、文科系の学生の徴兵猶予《ゆうよ》が停止された日だったね」

と、私の記憶からまた校庭に整列させられた学生たちと、それに向って怒鳴るようにしゃべっている中佐の赤ら顔があらわれた。

そうだ。あれは昭和十八年の夏休みのあとで、帰省してきたばかりの私たちは抜きうちに自分たちの運命が変ったことを知らされた日だった。その日から理工科系以外の学生はすべて徴兵延期の特権を奪われ、軍隊に行かねばならなかったのである。

台風が近づいているのか雨模様の空だった。その空の下で、文部省通達の内容をくどくどと説明する教務課長を、私たちは何時《いつ》もとはちがい黙って見つめていた。それがすむと中佐が壇上に立って、何か演説をした。演説の内容はもう憶えてはおらぬ。どうせ皇道精神とか八紘《はっこう》一宇という言葉をたっぷりまじえたものだったにちがいない。

教務課長が解散にしますと言った時、ノサック神父が突然、壇上に背をまげてのぼってきた。こんな日に、関係のない外人神父が話をするとは誰もが考えなかったから、

私たちは驚いて、古ぼけた黒服を着た痩《や》せた彼の姿を見あげた。

「お聞きなさい」

くぼんだあの眼で皆を悲しそうに眺めて、彼はしゃべりはじめた。

「ガリラヤに、十二年間、病気の女がいましたのです。長い間、医者のため財産を失いましたが、どうしても治らなかった。その時、イエスは湖のほとりの村を弟子たちと歩いておられましたのです」

初め、少しざわめきが拡《ひろ》がった。彼が何を言いたいのか、まだ私たちにはよくわからなかった。

「この女はイエスのことを聞いて……湖を渡ってこられた彼の衣服に、たくさんの人の間からそっと指をふれましたのです……イエスはふりかえって誰が私に触れたかとたずね、安心しなさいと言われました」

教務課長や中佐が、その時どんな表情をしていたかも私は憶えていない。憶えているのはノサック神父の表情と疲れきったような声だけだった。

「対岸にはまた悪霊《あくりょう》に憑《つ》かれた男がいましたのです。着物もきず、家にも住まず、墓場を歩きまわっていたのですが、舟からおりられたイエスに助けてくれと叫んだのです。イエスは悪霊に、この人から出よときびしく命じられて治されたのです」

ノサック神父の低い、くたびれたような声は、信者でない学生たちのまぶたにも荒涼としたガリラヤ湖を思いうかばせたようである。なぜなら、初めのざわめきは消え、皆は咳《せき》ひとつせず黙って、声に耳傾けていたからだ。葦《あし》の葉の茂った岸辺に点在する部落に、盲人やびっこや癩者《らいしゃ》が住んでいる。病気の女が家の戸口に立ち、背をまげた老婆《ろうば》が乾いた道を歩いている。彼等はただいつの日か、誰かが来て、この苦しみから救ってくれることを、毎日毎日、待っている……。

ノサック神父がなぜあの時、あんな奇蹟物語をひとつひとつ嚙みしめるように話したのか、私には今でもわからない。あれは、これから泥沼のように続く戦争に絶望してはいけないと学生に言うためだったのだろうか。それとも彼自身、何か、自分と私たち日本人の学生のため、一つの奇蹟を待望していたのだろうか。それとも悪霊という言葉で、やがて来る何かを暗示していたのだろうか。

その出来事があって一週間目の午前、いつかと同じように麴町《こうじまち》署の二人の刑事があらわれた。もう何人かの寮生が徴兵検査を受けるために故郷に引きあげて、わびしくなった寮で部屋の整理をしていた私が玄関に出た。

「ほかの学生は?……」

古ぼけた下駄箱に手をおきながら、若いほうの刑事がたずねた。

「みな、授業に行っています」

「すると何か、君はさぼっているのか、授業を」

そのすり潰《つぶ》したような塩辛声に、私は何か弁解したと思うが彼等はもう聞いていなかった。

「舎監は」

「知りません」

「鍵《かぎ》はどこだね、舎監室の」

食堂にある予備の鍵束を急いで彼等に手渡した。するとノサック神父はもちろん、寮の仲間をすべて見棄てたような苦しさが胸にこみあげてきた。

鍵束を受けとった彼等が神父の部屋に消えたあと、廊下に棒立ちになって彼等の出てくるのを待った。半時間ほどして若い刑事のほうが扉から顔を出し、私を呼んだ。おい、一寸《ちよつと》、と言ったすり潰したようなその声を今でも憶えている。

年嵩《としかさ》の刑事はノサック神父の椅子《いす》に股《また》をひろげて腰かけていたが、引出しのものはすべて散らかり、二、三枚の写真が床に落ちていた。

「アーメンか、君も」

刑事はこの前と同じように耳垢《みみあか》をほじくりながら、この前と同じ質問をした。

「これをどう思う」

机の上に散らばった書類の上に一枚の東京府の地図があって、

「今まで見たことがあるかい」

私が黙っていると、

「赤い丸じるしをつけているのは何故だい」

黄色く変色した地図の幾箇所かを赤い線で囲んであって、刑事は耳垢をほじくった指でそれを指さした。

「舎監が……」私はかすれた声で答えた。「買出しをするための場所です」

「買出し？」

「舎監は病気で入院した寮生のため、牛乳や食べものを買出しに行っているんです。そのための地図です」

「と、神父さんは闇《やみ》の買出しをやっていたのか」

刑事は鉛筆で手帖《てちょう》に何かを書きこんだ。書きこむふりをしたのかも知れなかった。

「闇の買出しは法律で禁じられているのを、あんたら知っているだろう」

「でも、肺病で入院した寮生のためなんです」

「君」と中年の刑事は、手帖から顔をあげた。「この戦時下に、肺病になるだけでも非国民なんだぜ。ましてそんな役に立たん学生のため、外人の神父さんが日本の法律を犯すのはどういうことかね」

　黙っている私に若い刑事のほうが、どう思っているんだとたたみこんだ。

「いけないと思います……」

　私のかすれ声に年嵩の刑事は笑って、

「そう思うならよろしい。それに投書があったんだよ。一週間前、神父さんはここの学生に厭戦《えんせん》的な話をしたと言うじゃないか」

　頭に中佐の姿が浮んだが、中佐がまさか管轄《かんかつ》外の警察に通告する筈《はず》はなかった。

「君はその話に賛成だったか、反対だったか」

「はい……」私は、おどおどして答えた。「反対でした」

「外人でも日本にいる以上、利敵行為の言動は許されんのだ」

　それから年嵩の刑事は手を動かして、部屋から出て行けと合図した。そして私が廊下に出ようとした時、突然、また声をかけた。

「神父さんが、もし寮のなかでも厭戦的な話をしたら、俺たちにすぐ連絡しろよ。おい、わかったか」

　私はうなずいて、わかりましたと答えた。

頬を平手で叩《たた》かれたような屈辱感と、自分のおどおどした今の姿にたまらない嫌悪《けんお》感《かん》を感じて、部屋に戻ってからもじっと坐《すわ》っていた。よごれた窓のむこうに、舎監室を散らかしたまま寮を出て、修院の方に歩いていく彼等の姿が見えた。

私はこの思い出を一度も自分の小説に織りこんだことはない。が、ノサック神父を裏切った——裏切ったというのが大袈裟《おおげさ》ならば——見棄《みす》てたあの十分間のことは、うす汚い人生の塵《ちり》が覆った長い歳月の間にも時々、心に甦《よみがえ》ることがある。

癩病院での私。この十分間の私。私は自分がねずみとどう違うのだろうと、運転する戸田の横で思った。もっとも、こんなことは些細《ささい》なことだ。私の過去にはもっと大きな卑劣な姿勢が数多く詰りすぎるぐらい詰っている……。

VIII 知事

〈群像の一人 四〉

過越《すぎこし》の祭を祝うため、このニザンの月の十三日、ユダヤ人たちは野を渡る蝗《いなご》の群れのように、四方からエルサレムに上ってきた。

朝からその騒ぎはケデロンの谷に聞えてきたが、午後になると更にひどくなった。ジェリコ街道から、エマオの道から、切れ目なく羊の群れをつれ、驢馬《ろば》に子供や荷物をのせた男たちがアブサロムの墓のそばを通りすぎ、オリーブ山のあちこちで野宿する場所を取り合っている。その騒がしい叫びに家畜の哀《かな》しい声が混るのである。

だが黄昏《たそがれ》がきて、この地方の常で急に気温がくだり、空が青ざめてアントニア城塞《じようさい》からローマ兵の喇叭《らつぱ》の音がひびきわたる時刻になると、突然、それらさまざまの物音が消滅する。ユダヤ人たちの祈禱《きとう》の時がはじまったのである。城内の神殿では、もう庭に一人の人影も見えなくなる。サドカイ派の祭司もパリサイ派の教師《ラビ》たちも、煙のように寺院のなかに吸いこまれる。巡礼の群れも天幕のなかで、預言者たちの教えた言葉を読むのである。

一昨年もこうだった。去年の過越の祭もこうだった。城塞の上からピラトは部下のスルピチウスと、突然、静粛になったエルサレムの町を見おろして、そう思った。五年前、思いがけなくこの地方の知事になれてから、彼はユダヤ人との約束に従って、過越の祭には必ず、居住するカイザリヤからここに来ることにした。そのたびごとに、この祈りの不気味な静かさにぶつかった。宗教など信じる気持のない官吏の彼には、この静かさはいつも不気味だった。

「祭の日数は十二日だったか」

と彼はふりかえって部下にたずねた。するとスルピチウスは眼をつぶって首をふった。

「十三日です。今夜から彼等は種なしパンを食べ、羊を殺しはじめます」

生贄《いけにえ》の羊が殺される声をピラトは思いだし、早くこの祭が終ってくれればいいと考えた。城の内外にながれるおびただしい羊の血の色とその臭《にお》いは、いつも胃の弱い彼に吐き気を催させ、何か嫌な予感を起させる。それにこの夕暮の不気味な静かさが不安感をそそった。静かさのなかでユダヤ人たちが何かを企《たくら》んでいるような気がするからである。暗い神殿の隅々で、異様な髭《ひげ》をはやした彼等が眼を光らせ、指と指とで合図しあっているように思えるのである。

「彼等の祭は彼等の祭だ。ローマ人には関係はない」

とピラトはスルピチウスにではなく、自分に呟《つぶや》くように言った。

「しかし、そういう祭が騒乱を引き起さぬならば、黙ってさわらぬのが一番いい」

十三日間の過越の祭が、何も起さず何もなく終ってくれれば、自分は今年も安心して海に面した暖かいカイザリヤの町に戻れる。そして来年のニザンの月まで、大過なく職務をつとめることができる。なぜならユダヤ人たちがこれほど結集できるのは、この期間だけだったからである。

なにもなく、なにも起きぬことが知事になって以来、ピラトの方針であったが、それはまた長い間の彼の処世術でもあった。知事の任期は八年だったから、あと三年このまま無難に勤めればローマに帰って、もっと安全な保証された地位につけるかもしれぬ。そのかわり、もしこのユダヤで失敗をすれば、自分の今日までの経歴はすべて無駄になる。ピラトはローマには自分と同じように、大それた野心のない代りに律義《りちぎ》に勤める競争相手が数多いことをよく知っていた。

「衆議会の議員たちが来るのはいつか」

「明日の朝になっておりますが……」

「囚人たちの赦免を、要求しにくるのか」

スルピチウスは、腕の下にかかえていた書類をめくって、囚人の名をよみあげた。その中で死刑に決っているのは、バラバとよぶ熱心党《ゼロテ》の党員のほかに二人の強盗しかいなかった。

この部下の生真面目《きまじめ》な顔を見ていると、ピラトはなぜかかすかな憎しみさえ感じる。命じた仕事を正確にやり、間違うこともほとんどないスルピチウスの懸命で律義な働きぶりを見ていると、ピラトは昔の自分を思いだすのだ。この部下の顔は自分がローマで、上司のセイアヌスの秘書をしていた時とすべてそっくりだった。上に立つ者には安心感はあるが、そのくせ心の何処《どこ》かで愚弄《ぐろう》したいような部下――それがスルピチウスであり、むかしの自分だった。だが馬鹿《ばか》にされても律義に仕事をやり続けていったからこそ自分はようやく、この遠い国の知事になれたのである。

「シリヤ州総督からの監察官は」

「夜に到着されます」

ピラトはうなずいた。

ユダヤ知事だが、シリヤ州総督の下にあるピラトは毎年二回、総督から送られてくる監察官に報告せねばならない。もっともこれは形式的なものだったから、ピラトとしては特に頭を悩ます必要はない。だが、シリヤ州総督のヴィテリウスは、かつて自分を引きたててくれた上司のセイアヌスの息がかかっていない。だから些細《ささい》な自分の越度《おちど》でもローマに大きく報告される怖《おそ》れがある。ピラトとしては現在の地位を守るためにも監察官を鄭重《ていちょう》にもてなしておかねばならず、そしてそのことを忠実なスルピチウスはよく心得ていた。

監察官が到着するまで、ひえびえとしてきた塔から部屋におりて休息することにした。胃の悪い彼は食事の前には入浴し、横になることを医者から命ぜられている。

彼はユダヤ人のように宗教など信ずる気持は毛頭なかったが、死はやはり怖ろしかった。胃痛を感じるのはおおむね夜であるが、そんな時、闇《やみ》のなかで眼を見ひらいて、彼は突然、自分の死を考えることもある。そのたびごとに短い時間だが、大きな厚い手で胸をしめつけられたような恐怖を感じ、身を震わせることがあった。

入浴をしたあと、床に横になる。既に外は暗くなり、さきほど兵士たちの喇叭の音がまた聞えたほかは、長い時間、静かだった。ユダヤ人たちは、まだ天幕や神殿のなかで、わけのわからぬ祈りを続けている。

(なにも起きず、なにもなく……)

横になりながら、彼はそれを呪文《じゅもん》のように呟いた。今の彼にはそれ以外のことにほとんど関心がなかった。ユダヤ人たちの宗教にも神殿にも、それが騒乱を起さぬ限りは興味もなかった。眠りがくるまで彼は小心な表情に戻って、あれこれと自分の立場を考えつづけた。自分の上司だったセイアヌスが、近頃、ローマで次第に勢力を失ってきているという話だ。セイアヌスが失脚すれば自分は頼る者がないのである。そうなれば自分は、この知事をやめさせられるかも知れぬ、それが不安である。

いつの間にか、彼は眠りに落ちていた。

眼がさめた時は外は闇につつまれていて、ユダヤ人たちの祈りの時間は終ったらしく、ふたたび野宿をする巡礼たちの叫びや家畜の鳴き声がこの寝室にまで聞えてきた。眠っている間に奴隷《どれい》がランプをそっと運んできたと見えて、そのランプの甘くさいオリーブの臭いが部屋のなかに匂《にお》っていた。彼は寝台の木枠についた動物の頭の上に顔をのせ、しばらくの間、眼をしばたたきながら、それら物哀しい窓外の叫びや羊や驢馬の鳴き声に耳傾けて、今見た夢のことを思いだした。

死んだ母親の夢である。母親は背をまるめて、他の女たちと一緒に床をふいている。彼女が働いているこの家は、夢のなかではセイアヌスの邸《やしき》だった。背をまげて這《は》いつくばるように床をみがきながら、彼女は時々、溜息《ためいき》をついて休む。母親は心臓が悪かったのである。

だがこの夢のなかでもピラトは、母親のすぐそばを他の同僚たちと通りながら声一つかけようとはしなかった。彼は同僚たちに自分の母親がこの床ふきの女であることを知られたくなかったのである。そしてそれはまたセイアヌスから命ぜられたことでもあった。ピラトがそのそばを通りすぎた時、母親は顔を上げて息子を見つけた。何も言わず、ただ哀しそうな眼をして、ふたたび手を動かしはじめた。

ランプの灯が影をつくっている天井や柱を眺めながら、ピラトは夢でみた母親の哀しそうな眼を思い出していた。

それは辛《つら》かった。辛かったが、あの時も今も、どうにもしかたのないことだった。

彼の家は奴隷階級ではなかったが、陶器職人だった父親が死んでからは奴隷と同じぐらいに貧しくなった。もし自分が勤勉な性格でなくセイアヌスの家の会計人の下で働かなかったならば、この一生はローマの街にいるフェニキヤの行商人のようにみじめだったろうと思う。セイアヌスの眼にとまり、この家の会計をあずかるようになってから二年後に、彼はアウグスト皇帝の片腕だったこの主人の秘書になることができた。その時セイアヌスは言った。

「忠告しておくが、お前は育ちをかくすことだ。有能や勤勉だけでは、この世界ではのびることはできぬ」

だがセイアヌスに言われるまでもなく、ピラトは前から、ある貴族の家で女中をして自分を育ててくれた母親のことを仲間にかくしていた。そういう母をもつことが出世のために不利であるぐらい、少年のピラトは知っていたからである。

出世のために母親を見棄《みす》てたことは、後になっても小心な彼の心を時折、辛くしめつけた。だがそのたびごとに、自己弁解の言葉も胸のなかにすぐ浮びあがってくるのである。やがてその母が死んだ時、それはピラトを悲しませると同時にほっとさせたが、母は消えたのではなかった。このような孤独な夕暮、母はいつも哀しそうな眼でどこからかピラトを見つめていた。夢のなかでも姿を見せた。非難の言葉も口に出さず、ただ哀しそうな表情をしているだけに、それはピラトには余計に辛かった。

(あなたは、いつまで私に……つきまとうのか)

彼はランプの灯に眼をむけてそう呟いた。その時、スルピチウスが監察官の到着したことを知らせに来た。

胃の弱い彼は次々と召使の運んでくる野兎《のうさぎ》や羊の肉に手もつけず、杯だけを持っていかにも食べるふりをしながら、長椅子《ながいす》に横たわっている監察官や他の客たちと話しあっていた。

「このままにしておくのが、一番よろしかろう」

とピラトは杯を唇にあてたが、酒は口に入れぬようにして、

「ユダヤ人たちは今、分裂している。サドカイ派はパリサイ派を軽蔑《けいべつ》し、パリサイ派はサドカイ派を恨んでいる。熱心党《ゼロテ》の連中たちは更にこの両派を呪《のろ》っている。それにエルサレムの者はサマリヤ人とガリラヤ人たちを嫌悪《けんお》している。こういう状態には手をつけぬのが上策と考えております」

この時、監察官は葡萄《ぶどう》の葉で捲《ま》いたひき肉から指を離し、ピラトの顔を眺めてうす笑いを浮べた。そのうす笑いは、まるで自分の今の説明を無為無策の自己弁解と受けとっているようにピラトには思え、

「いや、御存知のように」

とあわてて付け加えた。

「憎しみというものは分裂した人間を一致させるものです。もし我々ローマ人が彼等に何かを無理じいすれば、今まで離れあっていたパリサイ派もサドカイ派も熱心党《ゼロテ》も、突然、手を組むのです」

彼はそれを実証するために、七年前に起った旗印事件を例にあげた。七年前、ピラトの前任者だった知事ヴァレリウス・グラトスがエルサレムの神殿に皇帝の大きな旗

をたてさせた時、ユダヤ人たちは衆議会も教師《ラビ》も民衆も、こぞってこれに呪いの声をあげて結束し、反抗したではないか。

監察官が大きくうなずいてくれたので、ピラトは安心をした。安心すると同時に、忘れていた胃の鈍い痛みがまたはじまった。彼はうまそうに皿に指をつけている監察官の丈夫そうな顔を眺め、この顔をかすかに憎んだ。

話題はそれから、ローマから認められてユダヤのガリラヤとペリヤを治めているヘロデ王アンティパスに移った。

「ローマで教育を受けた男だけに、追従の仕方はよく心得ている」

と客の一人が話しはじめた。

「あれは智慧《ちえ》のある狐《きつね》だ。彼はローマに服従するふりをして、利益だけはちゃんと守っている」

「利益と快楽とをですな」

と別の客が話を引きとった。ヘロデ王がジェリコの別荘でどんな悦楽的な生活をしているかは、ユダヤ人たちだけではなく、この地方にいるローマ人たちにも有名だった。そしてそれを呪った預言者ヨハネをマケロンテの要塞《ようさい》にとじこめ、後に首をはねた事件も知らぬ者はない。

「これは聞いた話だが」

監察官は杯を召使にわたしながら、

「ヘロデは長い間、そのヨハネの亡霊を怖れたという。あの男の頭には、ヨハネの死んだ霊が消えずにやがてもう一度、他人の体に宿るのではないかという妙な考えがあったらしい」

「それはユダヤ人らしい感情ですな」

ときさきほどの客が口を入れた。

「ユダヤ人たちには霊が生きのこって、他人に移るという妙な考えがあります」

「そう」

監察官はうなずいて、

「ともかく、ヘロデはヨハネの霊がいつまでも消えずに自分を責めるのではないか、と怖れていたそうだ」

客たちが声をたてて笑ったのは、老狐のようにローマにたいし老獪《ろうかい》にたちまわってきたヘロデ王さえ、こんな妄想《もうそう》にとり憑《つ》かれているのが滑稽《こっけい》だったからである。

だがその客たちと一緒に笑顔をつくりながらも、ピラトはさきほど夢に見た母のことを急に思いだした。ヘロデ王がヨハネの霊が生き残っていると本当に信じていたならば、それは愚劣な話だが、それなら自分もなぜ、見棄てた母親のことで苦しむのだろう。夢のなかでたびたび見るのだろう。そしてそのたびごとに、あの母親の哀《かな》しげな表情がこの胸をしめつけるのか。

「それでヘロデは、ヨハネの霊がのり移った預言者を探したとか」

「預言者など、この国では羊の数と同じほどおります」

「ガリラヤのイエスという名を聞かれたかな。ナザレで生れ、あちこちを歩きまわり……ヘロデはこの男がヨハネの霊がのり移った者だと信じて……」

監察官と客たちは相変らず、うまそうに葡萄酒を飲み、オリーブ油でいためた小禽《ことり》をたべ、無駄話を続けている。ピラトは客たちに気づかれぬように、そっと手を胃の上にあてた。

「今夜、また町中がさわがしくなりますが、それはユダヤ人たちが羊を殺す時刻だからです」

「羊を」

「羊が自分たちの罪を代りに償ってくれるものと、彼等はなぜか思いこんでおりまして……」

去年見た城の内外のあちこちで、地面や石畳をよごし、糸のように流れていた羊の黒い血のことをピラトは急に思いだした。鈍い痛みが肋骨《ろっこつ》の下でした。彼はその瞬間かすかだが死の恐怖を感じた。殺された羊の顔は諦《あきら》めきった哀しそうな眼を持っていた。その眼はなぜか、夢のなかで自分を見つめていた母親の眼に似ていた。

気骨の折れる長い宴会がやっと終り、監察官と客たちが長椅子から立ちあがった時、ピラトはひどい疲れを感じた。監察官たちは今夜エルサレムに泊らず、ジェリコの温泉に出かけることになっている。

「あなたのユダヤ人にたいするやり方は賢明だと思う」

別れぎわに監察官は大きな手をピラトの肩において、皮肉ともお世辞ともつかぬ笑いを浮べ、

「ユダヤ人たちを我々にたいする憎しみで結びつけぬことが何よりだ。シリヤの総督にさよう申しあげておこう」

一行の乗った馬車がシリヤ人の兵士たちに護《まも》られながら官邸を出発したあと、ピラトは召使たちが後片づけをしている空虚な客間に一人ぼんやり立っていた。酒宴が終ったあとの客間は、いつもわびしい。スルピチウスが書類をもってその客間に入ってきた。

「ごらんになりますか」

スルピチウスは昔の自分と同じように、どんな時刻でも職務に忠実だった。

「いや、明日にしよう」

突然、官邸の外で叫び声があがり、それを合図のように、町のあちこちで人間の残酷な声と滅入《めい》るような羊の鳴き声とが交互に聞えはじめた。今夜から明日の午後にかけてユダヤ人たちは羊を屠《ほふ》り、その血を神殿の祭司に渡し、その肉を神殿の庭につみ重ねるのである。


エルサレムの朝だけはピラトには気に入っていた。眼がさめると、窓の外に雲一つない青空がひろがり、果物のような匂いのただよう朝。それはローマの朝によく似ている。妻子をあの永遠の都においてきた彼は（知事が妻子を伴って赴任することを皇帝は許されなかった）、動物の頭を彫った寝台の上から起きて窓をあけ、果物の匂いのような大気を吸いこんだ。昨夜の宴会で胃を節制したせいか、ふしぎなくらい腹に痛みはなく、その上、監察官が自分にたいし特に悪意も持たずに引き上げてくれたことも、気持を楽にしていた。あと三年、このままの形で年月が流れてくれれば、自分はふたたびローマの朝を妻や子供と迎えることができる。

すべての勤勉なローマ人官吏と同様、彼は早く起きて仕事にとりかかることにしていた。入浴をすませ、朝食はとらず、彼が執務室に足をふみ入れた時、スルピチウスが大きな書類をかかえて、表情のない顔で黒い棒のように立っていた。

「面倒なことが起きましたが」

とスルピチウスは、姿勢を崩さずに、

「昨夜のあの騒ぎに気づかれましたか」

「生贄《いけにえ》の羊を殺すあのくだらぬ騒ぎか」

「私もそう思っておりました。しかし、あれはそれだけではなく一人の男が衆議会の手で摑《つか》まったのです」

「祭の間の出来事は、私には関係はない」

祭の間、神殿で起るすべての事件はピラトの権限外だった。ピラトは神殿の大祭司アナスと協定を結んで、宗教的な事件や神殿に関する出来事はすべて手を出さず、ユダヤ人たちの衆議会に委《まか》せることにしていた。そのほうがユダヤ人たちの自尊心を満足させ、こちらも手をよごさぬ賢明な方法だと彼は思っている。

だがスルピチウスは首をふって、

「人殺しではありませぬ。イエスと申すユダヤ教の教師《ラビ》でございます」

「教師《ラビ》ならば彼等の問題だろう」

「しかし、今朝、衆議会の議員たちはこの男が神殿とユダヤ教とを冒瀆《ぼうとく》したほか、貧民たちを集めて一揆《いっき》を起そうとしたと告げにまいりました」

神殿とユダヤ教を冒瀆したのなら、それはローマ知事である自分の関知することではなかった。ユダヤ人たちの面倒な宗教規約に首をつっこんで、予想もしない火傷《やけど》をした前任者グラトスの失敗を俺はくりかえしたくない。そのためグラトスは皇帝から結局は罷免《ひめん》されて、ローマで罰せられているのである。

「貧民を集めて反乱というならば、その男は熱心党《ゼロテ》の者か」

熱心党《ゼロテ》とは、今は温和《おとな》しくしているが、いつ武器をとってローマに反抗するかも知れぬ過激な連中だった。その指導者の一人バラバは、既に摑まえられて死刑がきまっている。

「ではありますまい。熱心党《ゼロテ》ならば衆議会はむしろ民衆の支持や人気を怖《おそ》れて庇《かば》う筈《はず》ですから」

「なら問題はない。ユダヤ人たちが適当に裁判し、適当に裁決するがよい」

ピラトはそれよりも、エルサレムからは十里の道のりしかないジェリコのことを考えていた。ジェリコに赴いた監察官たちの一行のことを考えていた。

昨日、ユダヤ人に対する自分のやり方を弁明した直後に、こんな騒ぎが起って監察官の耳にでも入ればどうなるのだ、とピラトはスルピチウスの顔をじっと見つめた。しかしこの部下は、まるでローマ金貨に彫られた皇帝の肖像のように感情を外に見せなかった。それは長い間、小役人を勤めてきた男が上司の前で見せねばならぬ、一番賢明な表情にちがいないことをピラトもよく知っていた。

「しかし、彼等は死刑にするバラバをこの男の代りに許し、この男を死刑にされたいと申してきております」

過越《すぎこし》の祭の間、恩赦として政治犯を一人ゆるすのは、この十年間のローマとユダヤ人との間の約束である。そして衆議会には死刑を与える権限はない。その権限を持っているのはユダヤでは知事だけなのだ。

ようやくスルピチウスの言おうとしていることがピラトにもわかってきた。ユダヤ人の衆議会は、この男をなぜかユダヤ教内部の問題だけではなく、政治犯人だと言ってきているのだ。

「断ればどうなる」

「衆議会は騒ぐかもしれませぬ。多少、面倒なことになります」

面倒という言葉はピラトを怯《おび》えさせた。それは彼の一番いやな言葉だった。なにもないこと、なにも起さぬこと。それで自分はセイアヌスに認められ、ここに来て五年の間、どうにか大過なくやってきた。今度も過越の祭を無難にエルサレムで過し、カイザリヤに戻りたかったのだ。

「その男の名は何という」

「イエスと申します」

スルピチウスは暗記したように、一語一語はっきりと報告した。

「三十三歳の教師《ラビ》でございます」

だがこの朝も昨日と同じように、エルサレムの街は喧噪《けんそう》に充《み》ちていた。迷路のように入りくんだ路《みち》には、過越の祭に使う蓬《よもぎ》や種なしパンや籠《かご》に入れた山鳩《やまばと》を売る行商人が店を出し、その間を肩をぶつけあいながら巡礼客たちが歩きまわった。彼等の流れは時折、城門から入ってくる驢馬《ろば》や黒い羊の群れで遮《さえぎ》られたが、そのたびごとに罵《のの》り声や叫び声が、狭い路のなかでひびいた。

時刻は既に九時だった。そしてピラトは衆議会に十時に問題の男を連れて来るように通告すると、一方、スルピチウスに可能な限り、そのイエスについて調べるよう命じていた。彼は必ずしも有能な知事ではなかったが、小心な性格のために仕事には手を抜かなかったのである。

「その男は昨夜、夜更《よふ》けにオリーブ山の下、油搾り場《ゲツセマネ》のあたりで捕えられました」

間もなく戻ってきたスルピチウスは、例の無表情な顔で報告した。

「彼は大祭司カヤパとその父親アナスに取り調べられ、朝方、衆議会員の訊問《じんもん》を受けたようです」

「一体、告発理由は何なのか」

とピラトは、ふしぎそうにたずねた。

「さきほども申しました通り、神殿とユダヤ教の冒瀆らしいのですが、私にもよくわかりません。何でも彼は昨日、神殿で商人たちの店をこわし、大祭司や他の教師《ラビ》たちを軽蔑《けいべつ》する言葉を吐き」

ピラトは少し可笑《おか》しかった。長い髪と長い髭《ひげ》をもって黒衣をまとったこの国の宗教家たちは、いつもピラトには自惚《うぬぼ》れ強く胸を張った雄鶏《おんどり》を連想させる。この傲慢《ごうまん》な雄鶏たちは一寸《ちよつと》した侮辱にも耐えられない。その怒った様子が眼に見えるようだったのである。

「それから……自分を神の子と宣告したのだそうです」

「それなら、その男は狂人だろう。しかし、商人や職人たちは何と言っている」

「まちまちです。ある者は無関心ですし、ある者は秩序を乱す者は罰すべきだと言っていますし、ある者は……」

そしてスルピチウスは急に口を噤《つぐ》んだ。沈黙がしばらくの間続き、大きな窓からは春の光と一緒に街の喧噪がながれこんでいた。官邸の下で乞食《こじき》だろうか、大声で歌を歌っている者がある。

「その、ある者は何と言っている」

ピラトは眉《まゆ》をしかめてもう一度たずねた。問題の男自身については彼はほとんど関心はない。宗教に狂信的なこの国には、預言者だの救い主《メシヤ》だのと自称する乞食のような連中が掃いて捨てるほどいるのである。問題の男もそんな乞食と同じにちがいない。うす汚い衣をまとい厚い皮のサンダルをはき、袋のなかにパンとオリーブの実を入れて、村から村へ歩きまわり、会堂《シナゴーグ》で話をするような連中。今のピラトに関心があったのは、民衆たちの感情だった。衆議会の要求を入れたため民衆の憤激を買う場合だって、各派が分裂した国ではよくあることだ。

「ある者は……」

なぜか恥ずかしいことを言うように、スルピチウスは唾《つば》をのみこんだ。

「その男は……羊のようにやさしく、驢馬のように皆によく尽してくれた人だった、と申しております」

「羊のようにやさしく……」

「病気の老婆《ろうば》がいれば、その老婆に一夜つきそってやり、苦しんでいる女がいれば、その女の話をいつまでも聞いてやり……癩者《らいしゃ》たちとも寝起きをして……」

羊のようにやさしく、驢馬のように皆に尽すというユダヤ人の言葉がピラトの頭に少しひっかかって消えた。それなのにこの国では羊や驢馬を虐待《ぎゃくたい》する。ピラトは、山のように重い荷を背負わされて主人に鞭《むち》うたれながらエルサレムの街を歩く驢馬を、この国で幾度も見た。山のように重い荷を背負わされ、鞭で叩《たた》かれながら……。

「もう、いい」

執務室を部下が出ていったあと、ピラトはこの問題の処理方法をしばらく考えてみた。結局、それはユダヤ知事が手など出さぬほうがよい愚劣な出来事に思える。ひょっとすると大祭司カヤパや衆議会が、エルサレムに滞在している自分を当惑させるために考えた罠《わな》かもしれぬ。陰険な彼等はよくそうした方法で、知事の評判をローマ当局に悪くさせ、一方、反ローマ的な感情をもっている民衆の人気を得ようとするからだ。

ピラトにとっては実際、迷惑な話だった。なぜ、その男はよりによって、自分が来ているエルサレムで、そんな騒ぎを起したのであろう。大祭司たちに不満ならば、その不満は別の日に別の場所で吐けばよい。その場合は、事は自分にまで運ばれない。ピラトはこんな時にカイザリヤからエルサレムに来て、くだらぬ問題に巻きこまれたのが不快だった。

さっきから聞えていた歌が急に消え、窓の下に別のざわめきがする。

「参っております」

スルピチウスが、今度はあきらかに困惑した顔で知らせにきた。

「衆議会の議員たちが、男をつれて参りました」

「中に入れと言うがいい」

するとこの糞真面目《くそまじめ》な表情が、ふたたびスルピチウスの顔に浮んで、

「ユダヤ人たちがここに入ることは禁じられております。また彼等も異教徒の家には入らぬと申しております」

ピラトはやり切れぬ気持で首をふって、窓に近づいた。ひんやりとした室内から露台に出ると、熔《と》けた錫《すず》のような強い光が彼の額を射た。ニザンの月とはいえ、夕方と夜以外はエルサレムの太陽はまぶしかった。

露台の下は陽の照りつけた路である。路にそった建物の黒い影に一列に黒い男たちが並んでこちらを見あげている。いずれも黒服をまとい、黒い帽子をかぶり、不吉な

烏《からす》のようだ。その帽子の下からいかにも暑くるしい長髪がはみ出ている。この同じような顔をした連中たちは、いずれもユダヤ教の僧侶《そうりょ》で、しかも議員たちだった。ピラトはローマ式に片手をあげて、

「皇帝がこの国を祝福されるように」

と言ったが、黒い列は動かなかった。

眼が光に馴《な》れるに従って、一列に並んだその議員たちの背後に枯枝のように立っている男が見えはじめた。最初、いかめしく威厳を保とうとしている黒服の議員たちにくらべて、そのみすぼらしさしかわからなかったが、やがて、手を前で縛られているのが眼にうつった。前で縛られた手も、引き裂かれた服から出た足も、ひどく痩《や》せこけている。

突然、この時、妙な想像がピラトの頭に浮んだ。

(女か子供のような体つきをしている。胸毛など一本もない、白い胸なのにちがいない)

ローマ人であるピラトは自分もそう立派な体を持っていないのに、貧弱な肉体の持主を軽蔑する気持があった。そしてその軽蔑の気持に、なぜこんなみすぼらしい男を議員たちが摑まえて騒ぐのかという疑惑もまじった。

「なぜ、こんな男を連れてこられた」

議員たちの体が動いた。ピラトの質問に侮辱を感じ、そうやって不満を表明しているのである。真中の一人が大声で答えた。

「彼が何かをしなければ、我々はここに連れては来ぬ」

「では、何をした」

すると、あらかじめ準備していたように、列の左右にいた議員が順々に声をあげた。彼等の声は鋭い矢のように、まぶしい陽光を切って一つ一つ露台まで飛んできた。

「第一に、この男はローマ皇帝を侮辱し、民衆たちに税を納めるなと言った」

「そしてまた、彼は民衆を煽動《せんどう》して、エルサレムも皇帝も亡《ほろ》びる日が来ようと言った」

両手を前にくくられた男はくたびれた眼で虚空《こくう》の一点をじっと見つめている。撲《なぐ》られたのか頰に血の痕《あと》がある。自分を弾劾するその言葉に、他の罪人たちのように弁解の声もあげぬ。

議員たちの挙げた告訴理由をピラトはそのまま信ずる気はない。第一、今日まで衆議会は表面上はローマに服従するふりをしてはいたが、それはその方が、現状においては都合がよいからであり、カイザリヤに駐在するローマ駐屯軍に太刀打ちできぬことを知っているからにすぎぬ。税金をローマ皇帝におさめたくないのは、むしろ、この陽差しのなかでさえ、黒い帽子を頑としてぬがないこれら議員の方なのである。

（なにを企《たくら》んでいる）

疑心はさきほどよりもっと強くピラトの心に拡《ひろ》がった。彼は少し後ずさりをしてスルピチウスをふりかえったが、自分の職務以外には決して口を出さぬこの部下は、真正面を向いたまま身じろぎもしなかった。

「本当にお前は、そう言ったのか」

白い路におちている真黒な影――その影のなかに手を前に縛られ、じっと立っている瘦せた男にピラトは声をかける。被告に同情したからではない。男の弁明から議員たちのひそかな企みを知ろうと思ったからだった。

だがこの時も、男は何も答えなかった。

「彼は、あなたたちに怯えている」

ピラトはあわててそう言った。すると真中の議員が嘲《あざけ》るように、

「そうではない。彼は自分の罪を認めているのだ」

「では私は、この男と二人で話をするが、いいか」

ピラトの推測通り、この申し入れはあきらかに一列に並んだ黒服の議員たちに動揺

を与えた。黒服の議員たちはたがいに顔を見あわせている。ユダヤ教の彼等は、異教徒であるローマ人の家には入りたがらぬ。スルピチウスはうまいことを先ほど自分に教えてくれたとピラトは瞬間、思った。

「あなたたちが、ここに入るのが厭《いや》なら、私がその男と話をする間……」

ピラトは快感を感じながら、ゆっくりと宣言した。

「あなたたちは、その陽差しの中でいつまでも待たれるがよい」

それから知事は、ローマ式に姿勢を正しくして、うしろをふり向くと執務室に消えていった。

ひんやりした石の椅子《いす》に腰をおろし、彼はこれは罠にちがいないとあらためて思った。衆議会はエルサレムに来たユダヤ知事をこの出来事の巻きぞえにして、評判を落そうとしているのだ。狡猾《こうかつ》な彼等は、昨夜、監察官がここに来たことも、そして今ジェリコに滞在していることも、みんな熟知しているから、自分が過越《すぎこし》の祭のエルサレムで起ったいざこざを収拾できぬようにしているのだ。

槍《やり》をもった兵隊が二人、足音をたてて部屋に近づいてきた。足音に顔をあげたピラトは、被告が手を前にくくられたまま、スルピチウスと立っているのに気がついた。撲られたのか男の唇のあたりも少しはれている。そして黙ったままピラトの顔を見あげた眼は、疲労のため、くろく隈《くま》どられ、辛うじて体を支えているようだった。

「何をしたのだ」

椅子に腰かけたままピラトは、わざと優しく訊《たず》ねた。

「もう、ここには衆議会の議員たちはおらぬ。怯《おび》える必要はない。何をした」

それから彼は返事をまっていたが、返事は返ってはこなかった。ピラトはスルピチウスを眺め、この被告がある者たちから羊のように優しい人だったと言われているのを思いだした。

「お前は病人たちに付きそってやり、捨てられた女の話を聞いてやり、癩者たちを治そうとしたそうだな。私はそれを知っている。お前は、それを衆議会で言ったのか」

しかし、痩せた男は縛られた手首を少し動かしただけだった。手首の縄のあとが赤黒かった。一匹の蠅《はえ》がこの執務室に飛んできて、その男の汗の浮んだ額のまわりを飛びはじめた。

「私が……お前を助けてやろうとしているのが、わからないのか」

次第にピラトは自分がいらだってくるのを感じた。彼をいらだたせるのはこの男の疲れきった、しかし哀《かな》しそうな顔だった。その顔に似たものを、彼は頭の隅で思いだしていた。

「わたしを……」

しずかに男は呟《つぶや》いた。

「わたしを……あなたもだれも……助けることはできぬ」

自尊心を傷つけられてピラトは口を噤《つぐ》んだ。いらだちの代りに怒りがこみあげてきたが、彼はようやくそれを自制した。衆議会の企みをこの男の返事から嗅《か》ぎとるまでは、冷静に訊問《じんもん》を続けねばならなかった。

「ではお前は、あの議員たちの言う通り民衆を煽動したのか」

「わたしはただ、一人一人のかなしい人生を横切り……それを愛そうとしただけです」

「皇帝は長く続かぬと言ったのか」

「皇帝よりも、エルサレムよりも、ローマよりも、長く長く続くものがあると言ったのです」

ピラトは首をふった。蠅が羽音をたてて壁にとまり動かなくなった。

「なにがローマより長く長く続く」

「その人たちの人生にわたしがふれた痕」男はしずかな声で呟いた。「私が一人一人の人生を横切って残した痕。それは消えないと言ったのです」

軽蔑《けいべつ》した眼でピラトは、この痩せたみじめな男を椅子から見おろした。今しがた部屋を飛びまわっていた蠅のように、わけのわからぬことを呟く乞食たちが、このユダヤに何と沢山いるのだろう。そんなくだらぬ男のために、今、自分は忍耐してやらねばならぬ。

「私にはお前を助けねばならぬ義務はもともとない。お前はそんなに偉い男ではない。みなに何かを吹きこむどころか、みなに迷惑をかけている。衆議会は怒り、あの連中と関係のない私までをこのくだらぬ出来事のために巻きこんでいる」

「わたしはあなたも巻きこむでしょう。あなたもわたしを知ったのだから」

ピラトは困《こう》じはてて、スルピチウスにたずねた。

「何処《どこ》の育ちなのだ、この男は」

スルピチウスは書類をかかえたまま、即座に答えた。

「ガリラヤでございます」

この言葉を聞くと、ピラトは椅子から立ちあがって、露台にゆっくり歩いていった。陽の照る路《みち》で一列に並んだ黒い帽子の議員たちは、まだ二人、三人とかたまって、何かを相談しあっていた。

「聞かれるがいい」

とピラトは、助かったように叫んだ。

「あなたたちは間違っている。あの男はガリラヤの出であり、ガリラヤ人ならばユダヤ知事の私より先にヘロデ王のもとに連れていくべきであろう。ローマ皇帝は分国の王の権利を尊重されている」

一人になった時、ピラトはほっとした。煩《わずら》わしいことからやっと逃れたという救われた気持だった。衆議会が自分を巻きこもうとした愚劣な出来事を、ヘロデ王に押しつけたからである。

気質的にピラトはヘロデ王とは合わなかった。ヘロデ王は表面はユダヤ知事である自分を立ててはいるが、心中どういう侮蔑の気持をもっているか、ピラトもうすうす感じていた。ピラトもピラトで、小心ゆえの律義《りちぎ》な性格から、眼の下の肉のたるんだ王に嫌悪《けんお》と劣等感とのまじった感情を抱いていた。両者は共にこの過越の祭のエルサレムに来ていながら、一昨日も今日も挨拶《あいさつ》の使いさえ送っていない。ピラトは街の東官邸に住み、ヘロデ王は西のダビデ門に宿をとって、知らぬ顔をしているのである。

だが、窓の外の陽差しが昼にむかって強くなるにつれ、このほっとした気持に一抹《まつ》の不安がまじりはじめてきた。ピラトはその不安が何処から来るのか突きつめようとしたが、自分でもよくわからなかった。

(俺はどんな時でも、決して安心できたことがない。いつも、そうだ)

自分の神経質な、そして臆病《おくびょう》な性格を彼は憎んだ。がその性格は今日まで長い間、官吏として勤勉に勤めてきた間に育ち出来あがったものである。憎んでもそれは、暗い宿命と同じように変えられるものではなかった。

不安な部分を体の中から探しあてるように、少し肋骨《ろっこつ》の下のあたりを押してみた。その時、彼は自分の不安がどこから来たのか、ようやくわかった。

夢のなかで自分をじっと見ていた哀しげな母の顔と、今の男の顔とが、頭の奥底で重なっているのである。この二つはどこにも関係がないのに、どうして自分のなかで一緒になっているのだろうか。セイアヌスの邸《やしき》の床をふきながら自分を辛《つら》そうに見あげたあの母親の哀しげな表情と、今の男の血痕《けっこん》のついた静かな表情にどうして一致するものがあるのだろう。

「スルピチウス」

彼は大声で隣室にいる部下を呼んだ。だがいつもは姿を見せるこの部下の返事はなかった。

「スルピチウス」

ふたたび叫びかけて口を噤《つぐ》んだ。今、蘇《よみがえ》った母の思い出に負けて、煩わしいことにもう一度巻きこまれるべきではないと考えたからである。その時、いつもと同じように、母親はこの部屋の何処からか、じっと彼を哀しそうに見つめていた。そして母親のそばであの男も、疲れきった姿で立っているように思われた。

(俺に何の関係がある)

彼はそう呟き、露台に出て気分を晴らそうとした。

議員たちの去った白い路には、うずくまっている体の大きな男のほか誰もいない。だが街のほうからは相変らず、騒がしい人声や金属を打つ音や家畜の鳴き声が聞えていた。たった一人、路に残っていた大きな男は、突然、露台から自分を見おろしたユダヤ知事に怯えたように頭をさげた。

「そこで何をしている」

とピラトはわざと、きびしい声でたずねた。

「ここには何も見物するものはない。衆議会に頼まれて来たのか」

男は首をふって、足早に歩きだしていた。

「それともお前はイエスの仲間か」

答えずに、逃げるように男は影のなかに姿を消した。

この時ピラトは、街のほうからさっきとは違った騒ぎを耳にした。それは煙のようにこちらに近づいてきていた。笑い声や女たちの高い叫びもまじっている。官邸の入口に立っていた二人のシリヤ兵は不安げに路のほうに進み、ピラトの命令を聞くため露台の方に顔をあげた。子供たちが三、四人、叫びながらこちらに走ってきた。かなりの人数の足音が、石畳路を踏んでいる。そしてその先頭にピラトはふたたび、黒服に黒い帽子の議員たちの大きな体を見た。

今度はあの男は奇妙な恰好《かっこう》をさせられていた。赤いマントを着せられ、葦《あし》の葉を手に持たせられているのである。そしてその頭にはこの地方の何処にも生えている茨《ラタブ》を巻きつけられ、黄色い歯をむきだした若者たちに背中を押されていた。

「ヘロデ王は、あなたにこの男を送りかえされた」

と議員は笑いながら、露台のピラトに叫んだ。

「この男のすべての裁決を、敬うべきユダヤ知事に——委《ゆだ》ねる、とそうヘロデ王は言われている」

笑い声がこの道化師のような恰好をした男の周りから起った。議員たちがどんなに得意になっているか、周りのうす汚いユダヤ人たちがどんなに嬉《うれ》しがってこちらを見ているか、ピラトには痛いほどわかる。

「知事の職権には関係のないことだ。その男に政治上の罪はない。政治上の罪がない以上、あなたたちが決める問題であろう」

「だが、我々には死刑決定の権利はない。それはあなた自身が我々と協定して決めたことではないか」

「それほど衆議会は、この男の死刑を求めるのか」

「求めるからこそ、二度もここに連れて来ている」

「だが、なぜ死刑を要求する」

「幾度もそれは説明した。この男が民衆を煽動《せんどう》し、あなたの皇帝を侮辱し、税金を払うなと……」

　笑い声がまた起った。ユダヤ人たちは露台のピラトと路の議員たちとの問答を、まるで羊の売買を見るように面白がって見まもっていた。子供たちだけがその間、あの男の周りに寄って、その赤いマントを引張ったり、体を押したりしている。人間は大人も子供も、こういう時どんなに残酷になるかをピラトは知っていた。

（お前はなぜ、ここに戻ってきた。なぜ、私にまたつきまとう）

　ピラトは議員やユダヤ人たちだけではなく、強い陽差しの中で眼をつぶったまま身じろがぬその男に、そう問いたかった。

(お前が何もしなかったことは、知っているが……それは、私のここでの生活には関係のないことだ。なぜ、私まで巻きぞえにする)

陽差しのなかで議員たちとの対話は際限なく続き、いつまでも同じ迷路を往復していた。

「この男を弁護する者はいないのか。この男から助けられた者はいないのか」

議員は両手をあげ、やり切れぬという態度を見せて、最後の切り札を出した。

「あなたがそうまで言うなら、我々はジェリコの監察官のところに行く」

笑い声のなかに、ピラトはさきほど一人この塔の下にうずくまっていた体の大きな男の姿を見つけた。その男はこの時、顔をそむけて人かげのなかに姿を消した。

「兵士」

ピラトは槍《やり》を交叉《こうさ》させてユダヤ人たちの前に立ちはだかった兵士に、被告をつれてくるように命じた。

石の椅子《いす》に腰をおろして、男の連れてこられるのを待ちながら、ピラトは昨夜の宴会のあとと同じようなひどい疲労を感じたが、その疲労のなかになぜか哀しみがまじっていた。

(自分の職務に忠実であろうとするだけだ)

それが嘘《うそ》であることを知りながら、彼は自分に言いきかせた。

(知事として、エルサレムに騒ぎを起させぬようにすること……それは義務だから)

ふたたび亡霊のように、あの男がこの執務室の入口に立たされていた。赤いマントを着せられ、痩《や》せた手に葦の葉を持たされている。

沈黙のなかで、ピラトは男が自分をじっと見つめているのを感じながら黙っていた。

「私にはどうすることもできぬ」

ピラトは疲れた声で言った。

「おそらくお前は死なねばならぬだろう。お前が助けた者たちは、どこに行ったのだ」

男はピラトを眺めつづけた。

「民衆とは、そういうものだ。だが、なぜ戻ってきた。なぜ、私を巻きぞえにする。私は安心してエルサレムからカイザリヤに戻りたかったのに」

「わたしは……一人一人の人生を横切ると申しました」

「それでは、私の人生も横切るつもりか」

「そうです」

「そして私の人生にも、お前の痕《あと》をつけるのか」

セイアヌスの邸で床をふいていた夢のなかの母。それがまた幻のように浮んだ。

「だが私は、お前を忘れることができるぞ」

彼は恨みをこめて男にではなく、この時、また心に浮びあがった母の顔にそう言った。

男の体が少し動いた。そして低いがはっきりとした確信のある声が、ピラトに答えた。

「あなたは忘れないでしょう。わたしが一度、その人生を横切ったならば、その人はわたしを忘れないでしょう」

「なぜ」

「わたしが、その人をいつまでも愛するからです」

驚いてピラトは顔をあげた。その時、窓の下の群衆の喚声が、合唱のように一つの言葉を繰りかえしはじめた。

「ジェリコに行こう。ジェリコの監察官のところに行こう」

男をそこに残して、ピラトはふたたび露台に出ると、手をあげてユダヤ人たちを制した。

「過越の祭の日、一人の政治犯に恩赦を与える権限が私にある。その権限によって……」

彼がすべてを言い終らぬうち、議員がその答えを奪った。

「バラバを」

そして群衆もそれに応じた。

「バラバを、バラバを助けよ」

ピラトはふりむいて、道化師のような恰好をした男に言った。

「私はお前を見棄《みす》てねばならぬ」

それからふたたび露台よりも暗い室内に戻ると、もう一度、小さな声で呟《つぶや》いた。

「私はお前を見棄てる……」

それを口にした時、彼はずっと昔、心のなかで自分を育ててくれた母親に同じ言葉を言った日のことを思いだしていた。

「私は一人の人間のために、全体の騒ぎを起したくはない。それが知事というものだ」

兵士たちが男を連れ去ったあと、塔の下で騒ぎは少し続いたが、やがて急に静かになった。その静けさのなかで昼すぎまでピラトは執務室にずっと腰かけていた。何でもないではないかと彼は自分に言いきかせた。今日まで知事として彼は何十人かのユダヤ人の死刑執行を許して来たし、考えてみれば今日も、それと同じことにすぎないのだった。

正午。エルサレムは一時間の祈禱《きとう》に入る。神殿も街も死にはてたように静かになる。あの男は今、どこに連れていかれたのか。ピラトは、時間がこのすべてに覆《おお》いかぶさり、灰のように積って、すべてを消してくれるだろうと考えた。それは彼の生き方であり、今日まで時間が苦しみを消すことを知っていたからだった。また起ってきた胃の痛みを感じて眼をつぶり、スルピチウスが入ってきたのにもしばし気づかなかった。

「さきほどの男の死刑執行書を持ってまいりましたが」

スルピチウスは、表情のない顔で言った。

「署名して頂けますか」

Ⅸ　ガリラヤの湖　〈巡　礼　五〉

ガリラヤ湖畔のティベリヤの町で、思いがけなく日本人巡礼団の一行に出会った。

夕暮ちかく、予約した小さなホテルに着くと、きれいに花壇を作った玄関の前に二台の貸切バスが停っていて、鶴《つる》のマークの入った日航のバッグを肩にぶらさげた日本人たちが、車からおりた私たちを遠くから、ふしぎそうに見つめていた。

ロビーには彼等のトランクや風呂敷《ふろしき》包みが並んでいる。それをアラブ人のボーイに次々と運ばせている若い青年に、

「いつ来られました」

戸田が話しかけると、彼は眼鏡ごしにびっくりしたような眼をして、

「一昨日、アテネを廻って、こちらに来たんです」

それから、埃《ほこり》と汗とでよごれきった我々を調べるように見まわしてから、

「あの……巡礼旅行ですか、あなたたちも……」

とたずねた。

フロントで宛行《あてが》われた部屋に我々が入ったあとも、廊下から日本語がたびたび聞えた。男の声でたがいに部屋番号を聞きあっている。

「日本の巡礼団は多いの」

そうきくと、戸田はうすくなった頭髪の中に指を入れてもみながら、

「この二、三年ね。日本も金持になったということが、浦島太郎の俺にもわかるさ」

彼がかなり消耗した顔色をしているので、晩飯まで寝ることを奨《すす》めた。

戸田を一人で眠らせるため、部屋をそっと出た。玄関で、写真機を肩にぶらさげたり、ベレー帽をかぶった巡礼団の男たちが散歩に出かけようとしているところだった。言葉をかわすと、エルサレムからテル・アビブに戻り、地中海にそった国道を利用してこちらに来たと言う。

別れて湖のほとりまでおりた。昼すぎまでは晴れていた空が翳《かげ》り、湖も冷たげに見える。対岸のゲルゲザのあたりは灰色にかすんでいる。

波が小さな桟橋にぶつかり、漁船がそこに一隻《せき》、横づけになっている。毛糸の丸い帽子をかぶった漁師が二人、船と桟橋との間を働き蟻《あり》のように往復している。桟橋から少し離れたレストランで何組かの客が腰かけていたが、彼等はレストランが持って

いる貸モーター・ボートの順番を待っているらしく、鉛色の湖の真中のあたりで二隻のモーター・ボートが水族館の海豚《いるか》のように離れたり近寄ったりしながら互いに戯《たわむ》れていた。

ホテルに戻ると、戸田はまだ口をあけて眠っていた。毛布から出た首の火傷《やけど》の痕《あと》がさっきより赤黒かった。そのそばに腰をかけ、私は彼も年をとったな、としみじみ思った。そして彼が年をとったことは、私もまた同じだということだった。やがて部屋が少しずつ暗くなり、窓の向うの湖にはもう漁船もモーター・ボートも消え、次第に暗紫色に変っていく。

「晩飯はどうする」

うす眼をあけた彼にたずねると、首をふってもう少し眠ると答えた。

食堂はほとんど日本人巡礼客が席をしめて、遠慮した私が隅に坐《すわ》ろうとすると、リーダーらしい白髪の学者風の人が自分の隣の椅子《いす》を指さして、

「どうぞ、あんた、坐んなさい」

と誘ってくれた。くれた名刺には神学博士、牧師という肩書きが印刷されていて、それが私を当惑させた。

「あなたの小説は」彼は苦笑を洩《も》らしながら、「一冊、読んだことがありますな」

その本は私が生活のために書きなぐったもので、人に読んだとは言われたくない作品だったから、今、彼の洩らした憐《あわ》れむような微笑の意味がよくわかった。

スープが全員に運ばれると、熊本氏は(それが彼の名だった)席から立ちあがって、皆のために食前の祈りをはじめた。頭をさげ、それを聞く巡礼客たちの顔と彼のひくい押しつけるような声のなかで、私は気恥ずかしさを感じ、ずっと昔、まだ惰性で教会に出かけた頃の自分のぎごちない感情を思いだした。

「あなたも巡礼されとるのですか」

スープを飲みながら、熊本氏はたずねた。

「いや」

返事につまって、私は昔の友人に再会するためエルサレムに一寸《ちょっと》寄ってみたのだと説明した。戸田の名を口に出すと牧師の表情が白けたようになり、

「戸田さんの論文は多少見たことがあります。私たち頭の古い者にはどうも馴染《なじ》めませんな。独断的すぎませんかな」

巡礼客のなかには若い男女やグループで来た主婦が多かった。一人だけ黒眼鏡をかけて杖《つえ》を持った中年の男が、若い学生風の青年に助けられながら食事をしていた。

「あの林さんは眼がみえんのです」と牧師は平気で彼を指さして、「それでもこの聖地にどうしても来たいと言うて、一緒に加わったわけです。それが本当の信仰だ巡礼だ、と私は皆に言うとるのですが」

それから彼は向い側にいる学生たちに、葡萄酒《ぶどうしゅ》を飲む時は必ず口をナプキンでふくように、コップに唇の痕がつくからと教えた。

「あんたも、昔、洗礼を受けられたそうですな」

私が小さな声で、もう教会に行かなくなって久しいと答えると、牧師は黙ってパンをちぎりはじめた。

うす陽が時折、古綿のような雲間から洩れることがあったが、その瞬間を除いては湖は昨日と同じように陰気な鉛色をおび、波さえ白く立っている。我々を乗せた二台の貸切バスはホテルを出ると、ティベリヤをすぐ通りぬけ、湖畔にそってイエスがたびたび訪れたカペナウムの町の跡に走った。

戸田が昨夜、微熱を出して今日一日外出できぬ。朝食の折、食堂でまた顔を合わせた熊本氏に何気なくそのことを話すと、自分たち巡礼団に加わらないかと言ってくれたのである。

湖にそれでも漁船が二、三隻、出ている。波に浮き沈みしながら漁師が網を投げているのが見え、巡礼団の男女はしきりにカメラを窓に向けて、その光景を撮りはじめた。

「イエスの頃ペトロたちも、あのようにして漁をしていたのですな」

運転席ちかくに腰かけた熊本氏は、マイクを口にあてて皆に話しかけた。

「ガリラヤ湖は別名、琴の湖《うみ》とも言うとります。湖の形が琴に似とるからでしょう」

席一つ前に、昨夜、夕食の時に出会った盲目の林さんがいて、そばで青年が何かを耳もとに囁《ささや》くと、両手を杖の上においたまま、何度もうなずいている。耳をすますと、青年は彼に湖の様子や小舟が出ていることを教えているのだった。

「湖は南北二十キロ、東西十二キロ、今日などは静かですが、一度、突風が吹くと、ひどく荒れることはマタイ、八章二十四節にも書かれとります」牧師は、またマイクを口にあてた。「ガリラヤ湖はイエスが公生活の舞台にされた場所で、数々の奇蹟《きせき》をなされたことは、もう申しあげるまでもない」

左側にはほとんど樹《き》のない山が迫っていて、山の斜面に鈴をつけた山羊《やぎ》の群れが草をはんでいる。

「昔、この岸にはマグダラとかベツサイダとかカペナウムという村が並んでおったことも、皆、聖書で知っとられるでしょう」

湖畔には丈たかい長い髭《ひげ》のような葉をつけたユーカリの林が続く。イスラエル人の運転手は、熊本氏が手をあげるたびに車の速度をゆるめてくれる。

「このあたりがマグダラだが、今はもう何も残っとりません」

人々がバスの窓に顔を押しつけるようにして、陰気な湖と岸に茂っている樹々をじっと眺めた。

「イエスはここで、悪霊《あくりよう》に憑《つ》かれたマグダラのマリアを治されました」

また写真機のシャッターを押す音や、八ミリをまわす虫の羽音のような響きが左右で聞える。

「イエス、ガリラヤの湖辺《うみべ》を歩み給《たま》うに、二人の兄弟、即《すなわ》ちペトロと呼ばれるシモンとその弟アンデレアとの網うてるのを見て――二人は漁師なりき――彼等に向い、我に従え、我汝等《なんじら》をして人を漁《すなど》る者とならしめんと曰《のたま》いしかば、彼等、直ちに網をおきて従えり」

湖から吹く風は少し寒く、私たちは弟子ペトロとイエスとが初めて出会ったという場所に建てられた小さな石造りの聖堂の蔭《かげ》に、風をさけてかたまっていた。離れたところで、やはり観光に来た外人の夫婦たちが不思議そうな顔で我々日本人を見ていた。

老眼鏡をかけて牧師は時折、ハンカチで鼻をかんだ。そして、重々しい声で聖書の次の言葉を朗読した。

「イエス、ここより進みたまい、また他に二人の兄弟が父と共に舟にて網を繕うを見、これを召し給いしに彼等ただちに網と父とをおきて従えり」

時々、咳《せき》をする者はあったが、皆は黙ってその声を聞いている。重々しい熊本氏の声を聞くと私は昔、教会に通った頃のことをまた思いだす。教会ではなぜか、聖書を読む時、司祭も信者もあの鼻のつまったような声を出すのだ。

（本当ですか）

私は、ペトロやアンデレアたちがここに居あわせたならば、彼等にそう訊《たず》ねてみたい衝動に駆られた。あなたたちは皆、そのように直ちに網を置いてつき従ったのですか。「我に従え」とイエスに言われた時、あなたたちは一度もためらわなかったのか。ためらいだけではなく、自信のなさを感じなかったのか。

レインコートの襟《えり》をたてて少し寒い風を防ぎながら、私はその時、私のことと「十三番目の弟子」の主人公のことをまた嚙《か》みしめていた。自分の分身であるあの歯の欠けた嘘《うそ》つき男なら、決してこの時、イエスのあとをすぐは従わなかったろうと思う。

彼なら、きっとそんなことを自分に命じるイエスに不安を感じ、自信のなさから逃げだしたにちがいない。ねずみならばどうだろう。おそらく泣きはらしたような眼に迷惑そうな色を浮べ、当惑して返事もしなかったかもしれぬ。それなのに本当にペトロやアンデレアたちは何の躊躇《ちゅうちょ》もみせず、網をおき、父を棄《す》てて、イエスのあとを従《つ》いていったのだろうか。

「イエス、あまねく、ガリラヤを巡り」熊本氏は朗読をつづけた。「諸々《もろもろ》の会堂《シナゴーグ》に教え、天国の福音をのべ、すべての病、すべての患《わずら》いを癒《なお》し給いければ……」

その箇所で私はそっと、皆のなかにまじって杖の先に両手をおきながら顔をあげている黒眼鏡の林さんを窺《うかが》った。さきほどバスのなかで私は牧師から聞いたのだが、彼が盲目になったのは、戦後、大阪の製鉄工場で働いている時、誤って溶鉱炉から吹きだした火を眼に当てたためだそうである。林さんがこのイエスの奇蹟物語を聞きながら、自分の見えなくなった眼についてどのような思いをめぐらしているのか、私には想像できるような気がした。

朗読がすむまで、巡礼団の人たちは冷たい風のなかで辛抱づよく身じろがなかった。熊本氏の重々しい声に静かに耳傾けている皆のなかで、私は自分一人が余所者《よそもの》のような違和感を感じたが、しかしその違和感は、今、始まったものではなく、昔、中学生の頃教会にまだ足を運んでいた時さえも、いつも胸のどこかにあったようである。その頃から私の心にはペトロやアンデレアが、網をおき、直ちにイエスに従ったことを疑うような何かがあったのかもしれぬ。

「さあ、戻りましょう。ここにいて風邪をひくといかん」

朗読がすむと、熊本氏は鼻を大きくかみながら、バスを指さした。ユーカリの林のそばに我々の貸切バスが辛抱強く待っている。さきほどから不思議そうにこちらを眺めていた外人夫婦が熊本氏に何かをたずねると、熊本氏は明治風の英語を、しかしかなり流暢《りゆうちよう》に使って質問に答えた。

「日本にもクリスチャンはたくさんおるか、と外人が聞くもんだから」

バスに乗りこんでから、熊本氏は得意そうに皆に教えた。

「数は少ないが、こうして巡礼にくるほど、皆、熱心だと答えときました」

湖は相変らず鉛色で、舟の影も見えなかった。風に路《みち》の片側の斜面にはえた草がゆれている。それを見ながら、私は一昨日と昨日、戸田と私が通過した熱気のこもったユダの荒野が別の世界のような気がしてきた。

「ガリラヤは、もっと暑いのかと思っていました」

「いや、夏はティベリヤの町でさえ湿気でむっとしましてな」と米国にいた頃、向うの牧師たちと二度イスラエルを訪れたという熊本氏は、「イエスの頃はマラリヤのよく発生する場所だったようです。イエスが奇蹟で治された病気の大半はマラリヤでしょうが……」

私は聖書に出てくるイエスの奇蹟をどう解釈するか、と彼に訊ねようとしたがすぐ口を噤んだ。どのような返事が戻ってくるかは想像できたからである。私は、バスの真中の席で隣の青年の説明にうなずいている盲目の林さんにまた視線を向けた。

実は昨夜、ベッドで寝ころびながら、戸田に今、口に出しかかった質問をしたのである。

「イエスがこの湖の周辺をまわり始めたのは三十年の秋からだが、たった一年後にはもう、ここから去ったんだよ」

戸田は私がウイスキーの水割りを渡そうとすると、首をふった。

「その一年の間……彼は長血《ながち》の女や盲《めくら》の男たちを、奇蹟で本当に治したのだろうか」

汝等は徴《しるし》と奇蹟を見ざれば信ぜず。暗い酔いを感じながら、うろ憶《おぼ》えのイエスの言葉を思いだしていた。だが徴や奇蹟を見ずに信じるだけの心は今はもうない。私も結局は徴や奇蹟のほしい俗物や弱虫に属していたのだ。

「奇蹟？」毛布を首にずりあげて戸田は、また自信ありげに答えた。「奇蹟などイエスの生涯にはなかったさ」

「それなら……聖書のあの奇蹟物語は、なぜあるんだ」

「俺は奇蹟物語を読むたびにね、ガリラヤの人々がこのイエスに求めたものが、奇蹟だけだったのだなと思うな」

「どういう意味だ」

「ガリラヤの住民たちはイエスから愛などという眼に見えぬものよりも、現実的な奇蹟のほうをほしがったんだよ。びっこを治してくれ、熱病で死にかかった子供を生きかえらせてくれ、盲人の眼を開いてくれ……それ以外をイエスに求めなかったということだよ」

私は眼をつぶって、戸田の言う通りだろうと思った。私だって、もしその時、イエスにめぐりあっていたならば、彼等と同じ気持になっただろう。だが心にひっかかるものがあって、

「ノサック神父さんなら、そう考えなかったろうよ」

「そうかね」戸田はむきになった。「あんただって、あの奇蹟物語を本気で信じてはいないくせに。華やかな奇蹟物語はね、あとでイエスを神格化するために、各地の伝

承を聖書作家が織りこんだものだ。だがその奇蹟物語の隙間隙間《すきま》に、人々や弟子からも見棄てられたイエスの話が突然出てくるだろ。それが事実だよ。本当のイエスの姿さ、イエスがもし力ある業を見せたとするなら、なぜ一年後に彼は皆から見棄てられ、ガリラヤを追われたのか、考えてみろよ」

「それはどこに書いてある」

　私は手をのばして、トランクの上においた聖書をつかんだ。

「ヨハネ、六章六十七節……」

　戸田は、私が頁《ページ》をめくる前に眼をつぶったまま呟《つぶや》いた。

「この後は弟子たち、多く去りて、最早《もはや》イエスに従わざりき。マタイ、十一章二十一節。開いてみろよ、イエスが自分を見棄てたガリラヤの町々を歎《なげ》く声が書かれているだろ」

「君はね、この湖畔でもイエスが現実に無力だったと言いたいんだろう、君は」酔いのため、私は少し意地悪い声を出した。「君の言う通りなら、イエスはナザレでも生活破産者。荒野でも馬鹿《ばか》にされた。サマリヤでも見放された……そう言いたいんだろうな」

　熱があるのか、それとも面倒臭いのか、毛布で火傷《やけど》の痕《あと》のある首を埋めたまま戸田は昨日のように反駁《はんばく》しようとしない。

「変ったな。……寮にいた頃、誰かに信仰があれば奇蹟もある、と言っていた君を思いだすよ。……イエスに奇蹟を求めて無駄だった思い出が、君にあるみたいだぜ」

私は酒の酔いで友人としても言ってはならぬ言葉をうっかり口に出してしまったが、小説家の悪い癖で、誰かの言葉の端々から相手の心の秘密につい触れた時の、ある種の悦《よろこ》びを感じていた。今、彼はガリラヤの住民とイエスの関係に托《たく》してそれをふと洩《も》らしたような気がしたのだ。戸田の過去にも、この湖畔の盲人や跛《びっこ》と同じように、奇蹟がなければどうにもならぬ心の痛手があったのかも知れぬ。その痛手から彼は懸命に祈りもし、イエスの力ある生涯を見つけようとしたのだが、事実のイエスは何もできず、奇蹟もなかったので……。

「失敬。……忘れてくれ」

急に黙りこんだ戸田に詫《わ》びを言って、ベッドから起きあがり、部屋の窓に顔を近づけた。窓硝子《まどガラス》に暗い灯とくたびれた戸田や自分の姿がうつっている。私だって同じことだった。私だって、このふやけた性格を一挙に覆《くつがえ》してくれるような奇蹟があったならば、もう少し、ましな信仰を持てたかもしれなかった。私はノサック神父にもう一度会いたいと思った。

（その後は弟子たち、多く去りて、最早イエスに従わざりき）

イエスは力ある業を行えず、そのため去っていった弟子のなかに戸田がおり、私がおり、そして、あのねずみもまじっている。ノサック神父は私たちにあの秋の日、ガリラヤの奇蹟について語ったが、その頃、ねずみはもう収容所に連れていかれ、その収容所のなかで、ねずみもまた現実には決して起らない奇蹟を求めただろう……。

心配していた雨滴がフロント硝子に小さな染《し》みをつけはじめた。曲りくねった坂路を満員バスは喘《あえ》ぐような音をたてて上っている。私たちは今、曇った空の下をそれほど高くない山に向っていた。

「皆さん」

さきほどから温和《おとな》しく腰をかけてパンフレットと地図とを調べていた熊本牧師は、急に立ちあがってマイクを口にあてた。

「ここが皆さんの見たい見たいと言うとられた山上の垂訓の山です。そしてまたイエスが御自分を慕って集まった群衆の飢えを憐《あわ》れまれ、七つのパンと魚とを無数にふやされた場所でもあります」

黒く濡《ぬ》れた路は、岩石の多い坂道からゆるやかに曲って頂上の修院で終る。岩かげに集まった山羊《やぎ》の群れが雨をふくんだ風に怯《おび》え、首にかけた鈴を鳴らして悲しそうな声で鳴いている。

「あそこに着いたら」熊本氏は一同に注意した。「修院の庭のなかの聖堂に走ってください。雨のあがるまで、少しそこで休憩するのも悪うないでしょうから」

バスをおりた我々を、ユーカリや楡《にれ》の樹《き》々《ぎ》が雨滴から防いでくれた。少し烈《はげ》しくなった雨の音をそれらの樹々の葉に聞きながら、私たちはそれぞれハンカチやビニールを頭にのせて、円型に作られた聖堂まで駆けていった。林さんだけがあの青年に手を引かれて少し遅れた。

聖堂は無人で、ベランダから、ガスに煙った湖の一部だけが俯瞰《ふかん》できた。対岸も、我々がさっき訪れたカペナウムやベツサイダの跡も、霧の膜に覆《おお》われて見わけがつかぬ。聖堂を囲む庭には雑草と菊に似た小さな花がわびしく孤独に雨に濡れている。誰かが叫んだ。

「聖書を持ってこられた方は、マタイ伝、十五章二十九節を開いてくださあい」

牧師は上衣《うわぎ》のポケットをさがしはじめ、

「困ったな。老眼鏡をバスにおいてきたようだ。飯坂さん、頼むよ。読んでくれ」

頭の禿《は》げかかった人が、牧師のかわりに頁をめくって朗読をはじめた。

「イエス、山に登りて坐《ざ》し給いけるに、夥《おびただ》しき群衆あり。唖《おし》、盲人《めしい》、足なえ、不具者、そのほか多くの者を伴いて彼に近づき、その足もとに放しおきしに、イエス、これらを癒《いや》し給えり。されば群衆は唖の物を言い、足なえの歩み、盲人《めしい》の見ゆるを見て感嘆し……」

皆のかげで、私は本能的に黒眼鏡をかけた林さんの背中をさがした。林さんは皆と同じように首を垂れて仲間の一人が読む声を聞いている。もしあなたがその時、盲人《めしい》を治されたように、今、この瞬間、林さんの眼も見えるようにしてくださるなら……あなたをもう一度信じますよと私はイエスをからかった。聖堂の屋根から流れる雨が音をたててベランダの手すりを濡らし、風が時折、霧を移動させて庭の奥にある林の影を一瞬見せ、すぐ隠していた。

「同じマタイ伝、五章一節もな」熊本氏は飯坂さんに命じた。「そこも読んでくださいよ」

「幸いなるかな、心貧しき人。天国は彼等のものなればなり。幸いなるかな、柔和な人。彼等は地を得べければなり。幸いなるかな、泣く人。彼等は慰められればなり」

時折、少しだけ湖の一部がガスのなかから姿を見せる。イエスが訪れたという湖畔のカペナウムやベツサイダの町の跡。カペナウムには発掘されたユダヤ教の会堂《シナゴーグ》の石壁がほんの少し残っているだけで、ベッサイダは草に埋もれ何ひとつなかった。林さんの眼も治せぬイエスが、生前それらの町々で唖を治し、足なえを歩かせ、盲人《めしい》を見えるようにしたとは思えなかった。

霧のなかで、山上の垂訓の朗読はまだ続いている。それを聞きながら私は自分の「十三番目の弟子」の原稿を書き続ける時がきたら、この湖畔でのイエスの姿をどう摑《つか》もうかとぼんやり考えた。

三十年の秋から、この湖のまわりをイエスはごく少数の弟子たちと歩きまわった。背も低く、年よりはひどくふけて疲れきった顔は痩《や》せこけて、くぼんだ眼にはいつも悲しげな光があった。彼等は湖畔の一番大きな町であるティベリヤを何故《なぜ》か避け、北側にあるカペナウムやマグダラのような押し潰《つぶ》されたような灰色の町や、魚の臭《にお》いのこもった貧しい部落だけを訪れていた。

彼が話をするのは、教師《ラビ》たちや町の有力者が集まる会堂《シナゴーグ》ではなかった。ごみが捨てられ夕陽がそこに少しうつる汚水の水溜《みずたま》りの残る町はずれで、はじめはその話を聞いてくれる相手も女や子供たちぐらいなものだった。彼はむつかしい律法《トーラ》の解釈はなにもせず、誰にでもわかる譬話《たとえばなし》をひくい声で話した。

教師《ラビ》たちの教えるようなことを彼はひとつも触れなかった。律法《トーラ》を毎日厳しく守ることも律法《トーラ》を毎日唱えることも強要しなかった。律法《トーラ》や安息日《サバート》を厳守しないものは、神の怒りや裁きに触れるとも言わなかった。彼はただ神はさびしがりで、人間が自らを慕ってくれるのを待っているのだと言った。神は、本当は母を必要としない学者や祭司たちや人生に自立できる善人を求めているのではなく、泣きじゃくりながら歩いている人間を母親のように探しているのだと語った。

女たちはやがて、独りぼっちの老人や盲や唖を連れてきた。老人は杖《つえ》に体を支え、不具者はうずくまったままイエスの話を黙って聞いていた。

「幸いなるかな、貧しき人よ。神の国はその人のものだから」と彼がはっきりそう言った時、女たちは毎日の辛《つら》い生活を思いうかべ、眼に泪《なみだ》をにじませた。「幸いなるかな、泣く人よ。その人は慰められるから」と彼がまた語った時、女たちは毎日の辛い生活を思いうかべ、眼に泪をにじませた。「幸いなるかな、泣く人よ。その人は慰められるから」と彼がまた語った時、老人や不具者は自分たちの見棄《みす》てられた人生を噛《か》みしめて眼をしばたたいた。

夕暮、話がすむと、イエスたちは小舟に乗って姿を消していく。間もなく人々は彼等が対岸のダルダラで、見棄てられた癩者《らいしゃ》や熱病の病人の群れと寝起きして彼等を看病していることを知った。湖畔の町や村では、これらの不治の病気にかかった者は町から遠いダルダラの谷に隔離されることになっていた。熱病の患者たちは岸辺の茂った葦《あし》の葉のなかに作られた小屋で、癩病人たちは癩者の谷に集まって、息を引きとるまで暮していたのである。

「でも間もなく」とイエスは、確信あるもののごとく語った。「神の国がやってくる。その時、盲は見え、跛は歩き、我々はもう泪を流すことはないだろう」

そう宣言した時の彼の顔はいつものようにくたびれたものではなかった。その眼はかがやき自信に充《み》ち、その声は力強かった。

次第に彼の周りには女や老人や病人だけではなく、男たちも集まってくるようになった。男たちと言ってもティベリヤに住む金持や地主や教師《ラビ》たちではなく、漁師や人々から嫌がられている収税吏や憐れみをこう乞食《こじき》たちだった。一つの部落からイエスが別の村に戻っていくと、そこにも人々が待つようになった。

湖畔の人々は、神の国がもうすぐやって来るというイエスの話を期待に充ちてふれまわった。長い間、このガリラヤの貧しい土地には、対岸の狐色《きつねいろ》の山をこえて一人の預言者が悦びの知らせ——福音を伝えにくるという言い伝えがある。人々はその言い伝えを思いだし、それをイエスの話に結びつけた。そして期待は夢とまじりあい、次第に春の雲のように膨れあがった。

この時になり、はじめてティベリヤに住むユダヤ教サドカイ派やパリサイ派の教師《ラビ》たちは、不安を抱きはじめた。彼等もまた、年よりはふけて見えるこの背のひくい男の言葉をエルサレムの衆議会に報告するため、ひそかに群衆にまじって話を聞いた。教師《ラビ》たちはイエスの話が現実には無力であり、その無力がいつかはさらけ出されることにすぐ気がついた。イエスは、結局、愛しか語っておらぬ。人々に実現不可能な愛しか命じておらぬ。愛がこの現実の世界で、どんなに無力かを、指導者である教師《ラビ》たちは長い歳月の間によく知っていた。彼等はただイエスに対する幻滅の感情を、人々に刺激しさえすればいいと思いついた。

「見るがいい。イエスは本当に癩者を昔の体にしただろうか、足なえを歩かせたろうか」

彼等は人々の耳に口を寄せて、そっと囁《ささや》いた。

「イエスが本当の預言者なら、盲人の貝殻のような眼をひらく筈《はず》だ。不自由な唖の口を開かせる筈だ」

だから湖畔の人々は、イエスのそばに眼のつぶれた年寄りや子を失った母親を連れていった。だがイエスはその年寄りのそばでじっと腰かけ、泪を流している母親の手をじっと握ってやることはできたが、白く潰《つぶ》れた眼を開かせることもできず、子供を母親の腕に戻すこともできなかった。そしてそんな時、イエスは辛そうに彼等を眺めて首をふるだけだった。

「お前は……何もできぬ」と教師《ラビ》たちは嘲《あざけ》った。「お前は結局、皆の苦しみに何もできなかった。我々は人間の苦しみの意味を皆に教えたが、お前は何をしたと言うのだ。黙って手を握るだけではないか」

教師《ラビ》たちの指摘に、湖畔の人々は噂《うわさ》はたんに噂にしかすぎず、イエスに自分たちが夢のような期待を抱いたことに気がついた。

三十一年の夏が来た。ガリラヤの夏は暑く、その暑い夏がきてもイエスが言う神の国はやってはこなかった。群衆は次第にイエスから離れていった。一時は、数十人集まった弟子たちも、次々と彼を見棄てて去っていった。彼と一緒に歩くのはごく少数の者と、それに町から追われた何人かの女たちにすぎなかった。

雨足が弱まるまで我々が聖堂のベランダで飛沫《しぶき》を避けながら立っていると、修院の窓からこちらを覗《のぞ》いていた修道女が笑顔で呼びかけてきた。どうやらこちらで休むようにと言っているらしく、早速、巡礼団の二人の青年が彼女たちのさしだした二本の傘《かさ》を受けとりに樹々の間を駆けていった。

ジャムの匂《にお》いの漂っている清潔な食堂で、親切な修道女が沸かしてくれた珈琲《コーヒー》を皆、息を吹きながら飲んだ。

「弱った雨ですな」

熊本牧師は茶碗《ちゃわん》を持ったまま、一人ぽっちの私のそばに寄ってきた。

ユダの荒野やクムラン教団の廃墟《はいきょ》の暑さが嘘《うそ》のようだと答えると、

「そんなところまで、あんたたち行かれましたか」

と彼は少し口惜《くや》しそうな顔をして呟《つぶや》いた。

「しかし、それは巡礼ではないな。巡礼というのは素直に聖書の跡を歩くことです」

「素直にそのまま信じておられますか、聖書を」

先程のこの牧師の鼻のつまったような朗読の声を思いだして、少し反撥《はんぱつ》した私の声には刺《とげ》があった。

「ぼくには、それが次第にわからなくなってきたのですが……」

「ほお……」熊本氏は飲みかけた珈琲茶碗を持ちなおして、こちらをじっと見つめた。

「どこが、わからんですか」

牧師のうしろにいた眼鏡をかけた青年たちが、好奇心のこもった表情で私たちの会

話を聞きはじめた。熊本氏は私に答えると言うよりは、この二人の青年に言いきかせるという態度で、

「聖書の言葉ひとつひとつは、じっと考えればわかることです。深い意味を持っているが、むつかしいことではない」

それから彼はその同意を促すように、青年たちに視線を移した。

「しかし、実感のないこともいくつかあるんです」私も少し向きになった。「神の国が近いというユダヤ人の終末意識なんか、昔から聖書を読んでも日本人のぼくには少しもわかりません。このガリラヤでの奇蹟《きせき》だって、本気でそのまま信じている日本人が今の世の中でどのくらいあるでしょうか」

私はいつの間にか戸田の考えを鸚鵡《おうむ》のように繰りかえし、それを擁護するような気持になっていた。

「むしろ辛い病人を治したくても治せなかったイエスのほうが、我々に近く感じられるんです。力あるイエスは、ぼくには手の届かぬ遠い存在のような気がするんです……」

いつの間にか二人の青年のうしろに三、四人の男女がかたまって、我々の話に聞き耳をたてている。

「そういう学説を唱えた連中も一時はいたよ」熊本牧師は私にではなく、好奇心のこもった顔の青年たちにむいて、「君たちに、前、言うといただろう、岩波文庫のハルナックの本やルナンのイエス伝、読んだかね。しかし、もうそういう考え方は古いんだ」

「西洋人のイエスなんか、どうでもいいんです。日本人のぼくにわかるイエスのほうが……」

私は少し卑屈な笑いをつくって、この議論から逃げようとしたが、

「信仰に日本人も外人もないでしょうが……」

真面目《まじめ》そのものの顔で、牧師は更に畳みかけてきた。

「どうもよくわかりませんな。この頃の聖書学者はどの人も、結局、イエスを自分たちの人間的な次元に引きおろして考えようとする傾向がある。つまりイエスを卑小化して知識として摑んどるだけだ。これは信仰じゃないね」

牧師が私だけではなく戸田を皮肉っていることを私はすぐ感じた。そして信仰じゃない、と言う牧師の言葉が戸田の痛いところをついていることもたしかだった。

「今の聖書学者は自分の足を食う章魚《たこ》ですな。自分で聖書を食って聖書の本質的なものを見失っている。信仰とはね、あんた、素直に謙虚に神の言葉を受け入れることで

すよ」

「そうだと思います」

だが、それが自分にできたらどれ程よいだろう。燃えつきた蠟燭《ろうそく》のように疲れきったノサック神父の姿。自分は両親が信じていたものを一度も疑ったことはありません、とあの人は寮生に語っていった。だが人間には素直に信じられる種族と、ねじくれた心をどうにもできぬ種族との二種があるのだと、いつの間にか私は考えるようになっている。癩院でベースとベースの間にはさまり患者の前で立ちどまってしまった私。ノサック神父の思いやりを刑事の脅しでふみにじった私、その私には愛などという言葉よりエゴイズムという言葉のほうが、修道女の敬虔《けいけん》ぶった顔より代々木の温泉マークで私と寝た女の顔のほうが、はるかに信じられるのだ。

「聖書のなかでわかるのは、素直に謙虚にイエスに従った弟子よりも、彼を見棄てた連中のほうでして……」

私は熊本牧師と周りの巡礼団の人を笑わせようとして冗談めかした声を出したが、牧師は表情を崩さなかった。笑ったのは、彼のすぐそばにいる眼鏡をかけた二人の青年だけだった。

「奇蹟だけを求めてイエスに叱《しか》られた男や、自分の地位を守るためにイエスを裁いた卑怯者《ひきょうもの》のピラトのほうが……かえって聖書のなかで生きて見えるんです」

「なぜ」

「ぼくもまた、その一人だからでしょう」

私は二人の刑事に囲まれて、ノサック神父を見棄てた自分の姿を思いだしていた。あの時の自分とピラトと何処《どこ》が違うというのだろう。引出しに放りこんだ「十三番目の弟子」の歯の欠けた嘘つきの男。そのような男は一人もイエスの弟子のなかにいなかったと言うのか。泣きはらしたような眼をして、結局は修道士をやめてしまったねずみ。そのねずみのほうが私には今、聖書に出てくる信仰のつよい百卒長やカナの役人よりも、もっと近い存在になってきている。

「しかし、そういう理解の仕方は」牧師は珈琲茶碗を眼鏡をかけた青年の一人に渡して、「何の役にもたたん」

「なぜですか」

と私ではなく青年がたずねると、牧師は即座に、

「そういう見方は、自分の弱さを甘やかし、正当化するためだけのもんだ……」

さっき笑わなかった周りの四、五人が、この時はじめて声をたてて笑った。熊本氏だけが顔をくずさず不機嫌な表情を保っている。

私は気まずい思いで立っていた。牧師の言うことはひとつひとつ正しかったから、その相手に自分の気持を説明する時、戻ってくる答えが何かも、私ははじめから想像できた。

「雨が弱まってきましたよ」

この場の白けた空気を和らげるように誰かが言ってくれた。なるほど庭のユーカリや楡《にれ》の林にはまだ乳色のガスが濃く漂っていたが、樹々《きぎ》の間から小鳥の鳴き声が急に聞えはじめた。

「そろそろバスに連絡してください」

熊本牧師は助かったというような顔をして、私のほうを見ずに皆に指図した。

ホテルに戻ると、戸田のメッセージがフロントにあずけてあって、元気になったから散歩に出ると走り書きがしてある。

夕方近く、廊下に出発の支度をする日本人の声が聞えてきた。彼等はバスのなかで夕食をとり、今夜、イエスの故郷ナザレに泊るのである。

礼を言うためロビーにおりると、熊本氏は巡礼団の青年たち二、三人と運転手をまじえて何か相談をしている最中だったが、もう機嫌をなおしてくれていて、

「日本に戻られたら、まあ、私の教会にも寄りなさい。これも御縁なんだから」

それから思いだしたように、ロビーの柱の蔭《かげ》においた自分の手さげ鞄《かばん》をあけて一冊の本をとりだすと、

「少年向きのイエス伝だが……イギリスの聖書学者の書いたものを訳したもんです。旅行中の暇な時でも眼を通してください」

雨はあがっていた。路《みち》はまだ濡《ぬ》れている。巡礼団を詰めた二台のバスが走っていくのを私は玄関で見送った。たった半日、バスを共にしただけなのに、窓からなつかしげに会釈《えしやく》してくれる女の人もいれば、手をふってくれる青年もいる。黒眼鏡の林さんの横顔もそれらの男女にまじって見えた。彼等は戸田に言わせると本当ではない聖地をこれから次々と廻るのだろうが、しかし彼等と私とのどちらが本当の巡礼をしたかと言えば、それは明らかだった。

バスが見えなくなったあと、急に空虚になったロビーに戸田の帰りを待ちながら腰かけ、熊本氏からさっきもらった本を膝《ひざ》の上においてこの旅行も結局、意味がなかったなと考えた。明日、明後日とこの旅を続けたとしても、それはもう大体わかってしまった、現実に挫折《ざせつ》したイエスの姿を私は繰りかえして見るだけだろう。その足跡をいくら追ったところで、結局は戸田のようになるだけで、私が少しだけ彼の考え方に

心ひかれたとしても、それは熊本氏が言ったように自分の弱さを甘やかすため、自分の似姿をイエスに見ようとしただけのことかもしれぬ。

「明日、エルサレムに戻ろうかしらん」

ホテルに戻った戸田に、私はそう告白した。戸田の靴は雨と泥とに濡れていた。

「飛行機の席、とれるかな」

「そうするか」戸田は少し驚いた顔を見せたが反対はせず、「重要な場所はもう残っていないからな」

「これから何処に行くつもりだったの」

「ガリラヤの北方の高地。イエスがここを追われてそっちをさまよったんでね」

彼は思い出したように、

「ねずみのことは、どうする。さっきフロントの連中と雑談をしていたら、ゲルゼン収容所にいた男がここで働いている」

「ねずみを知っている人？」

「わからん。彼は夜勤だから、今夜七時頃、出勤してくるそうだ」

晩飯の時、種なしパンというまずいパンが出た。過越《すぎこし》の祭が明日から始まるので、ユダヤ人たちは皆このまずいパンを食べるのだそうである。

「あんたが今日、連れていかれたカペナウムの町の跡は」

そのまずいパンを齧《かじ》りながら、戸田の頬に例の皮肉っぽい微笑が浮んで、

「本当かどうかわからんさ。とにかく発掘されている会堂《シナゴーグ》もイエスよりずっと後のものだし、そのそばのペトロの家、これは出鱈目《でたらめ》だから……」

「そんな事実を知って何になる。事実を知らないであそこに巡礼した人たちのほうが、ずっといいよ」

「がっかりしたのかね」しかし戸田の頬に、微笑は消えていなかった。「だから戻る気になったんだろ」

「そうじゃないさ。しかし、あの牧師が言っていたよ」

私は溜息《ためいき》をついて、

「今の聖書学者は自分の足を食う章魚に似ているって。聖書を食って聖書の本質を見失っているって」

するとはじめて、戸田の顔に自尊心を傷つけられたような険のある色が浮び、

「牧師や神父には何とでも言わせておくがいいさ。しかし、俺は自分の聖書の読みかたを間違っているとは思っていないな」

「だろうよ。君は昔から、自分が納得したことには強情だったからな」

私は彼の気持を和らげるような言葉も言わず、しばらくの間、黙って食事を続けていた。

「ようそう、馬鹿馬鹿《ばかばか》しい」と戸田は急に笑いをつくった。「子供じゃないんだ。おたがい人生の失敗を非難しあったってどうにもならん」

「本当だな」私も苦笑してうなずいた。「ぼくも旅の疲れが出ているのかもしれん。年だよ」

食事がすんで食堂を出ると、フロントに立っていた中年の従業員が、指をまげて戸田をまねいた。

横に茶色い制服を着た瘦《や》せた年寄りが、咳《せき》をしながら不機嫌な顔で立っている。

「彼は、あの時のことを話したがらないのです」

フロントの事務員は肩をすぼめて、すまなそうに我々に言った。それでも戸田は強引にねずみの名を口にしたが、年寄りは首をふり同僚に何かを呟《つぶや》くと、フロントからロビーの方に去っていった。何百人もの囚人が詰めこまれたバラックでは、隣にいる男が何をしていたか関心もなかった。みんな、その日その日を生きのびるだけで精一杯だったと言っただけである。

「テル・デデッシュのキブツに行くといいですよ」

事務員は手にした黒いボールペンで、壁にはったイスラエルの地図の一点を示した。

「ここにはゲルゼン収容所にいた人たちがかなりいますからね。しかしたいていのユダヤ人は、当時の思い出を忘れたがっているんじゃないですかな」

その代り彼は、その収容所にいた彼の親類のことを話してくれた。親類は一九四三年にノイエンガム収容所からゲルゼンに廻されたが、貨車をおりて他の囚人とバラックに行く途中、最初に眼にしたのはブランコ台のように立てられた木に、雨に曝《さら》されてぶらさがった細長いものだったという。蓑虫《みのむし》のように襤褸《ぼろ》にくるまったものは、ここから逃亡しようとして絞首刑《こうしゅけい》にされた囚人たちの死体だったのである。

「乗らないか、車に」

ホテルの外には雨のあと土の匂《にお》いが新鮮に漂っていて、闇《やみ》のなかに戸田の喫《す》っている煙草《たばこ》の火口が赤く点滅していた。

「どこに行くの」

「コラジンの村、コラジンはイエスの話に耳をかさなかったガリラヤの村の廃墟だよ」

「本物かね」

「残っているのはイエス以後の村の跡だが、場所は本物。行くかね」

エンジンをかけた彼のそばに、黙って腰をおろした。走り出した車のヘッドライトが、濡れた路の一部分や貧弱な街路樹や、その街路樹のそばを走って逃げる一匹の野《の》良猫《らねこ》を浮びあがらせる。

「明日、エルサレムに戻るか、それともテル・デデッシュのキブツに行くか、どうする。キブツはここから二時間ぐらいだが、あんたの好きなようにするさ」

「キブツに行くよ」

私は疲れていた。疲れは旅のせいだけではないようで、人生、何を追いかけても結局は同じような気持が胸に漂っている。

「でも、ねずみのことは結局わからんかもしれんぜ」

と戸田は言った。

「だろうな、でもそれでもいいんだ」

「なぜ、あんたはねずみにそう興味をもつ」

私の人生には、毎日、共に暮しても、心に痕跡《こんせき》を残さぬ相手もいたし、たった一度、出会っただけで消し難い思い出を与えた人間もいた。そしてまた、その時は何も感じず、その後も忘れてしまっていたのに、長い歳月の後、急に気になりだす者もいる。

ねずみは今、私になりつつあるのだ。あの泣きはらしたような眼をした貧弱な修道士が……。

「変な話さ」と私は車の窓を指でなでながら、ひとりごちた。「この年齢になると、イエスに従った十二人の立派な弟子よりも、イエスを見棄《みす》て去った弟子たちのほうが気になってね。結局、ねずみもぼくもその駄目な弟子に似たもので……君もそうじゃないか」

右側のガリラヤ湖も左側の山も闇につつまれて、車のライトだけがカーブするガードレールを黄色く浮びあがらせる。

「暗いな」

「ああ、暗いよ。お先真暗だ。コラジンは聖地じゃないから、誰一人訪れなどしない。そんなところに行くのは俺たちだけだ」

雨のなかで聖書の一節を読む牧師や、それに耳傾けていた林さんたち巡礼団の姿を私は噛《か》みしめていた。今頃、バスのなかで熊本氏はマイクを口にあてて重々しい声を出し、皆は遠いナザレの灯を眺めているかもしれぬ。人はすべて聖地を巡礼するのに、我々だけがこの夜イエスを見棄てた町の廃墟に向っている。

「なぜ、章魚《たこ》が自分の足を食う結果になったんだろう、君の場合は」

ハンドルを握っている戸田の横顔を見ながら、私はわざと陽気な声で訊《たず》ねた。訊ねながら愚かな質問だなと思った。なぜ信ずるようになったかと聞かれても、本当に答えられる者は一人もない。なぜ信じたかを言うためには、その人間の人生の始まりからすべてを語らねばならぬ。そしてなぜ信ずることをやめたかという問いも、同じようなものだった。

「さあねえ、どうしてだろう」

だが戸田は、私のつくった調子にあわせたのか、同じように陽気に、

「聖書には色々な謎《なぞ》があってね」

「そうだろうな」

「第一、無力だったイエスと……」彼は一瞬、口を噤《つぐ》んでから、「生きている時は何もできなかったイエスのために、なぜ弟子たちが後半生あれほど身を捧《ささ》げたのか、俺にはまだ解けないんだ」

「聖書にはそのわけ、書いてないのか」

「イエスの復活という形でしか書いてないさ。だが復活を除けばどこにも書いてないさ。イエスを見棄てた弟子のほうにあんたは気をひかれると言ったが、どんな弟子たちも結局は、みんなイエスを見棄ててるさ。その連中が……イエスの死んだあと、ど

うして立ちなおったんだろう。復活って一体なんだろう」

「弟子の思い出が、イエスやその言葉を美化したんだろうか。それともイエスを見棄てたという後悔のためかな」

だが戸田は、例によって私の疑問を否定した。もし思い出だけなら洗者ヨハネだって弟子たちから同じように美化されている筈《はず》だ。あの頃、荒野にいたあまたの強い預言者たちは、それぞれ信仰の対象になった筈だ。だが彼等は一人としてそうならなかった。それは学問的にも立証できる。ただ現実に無力で何もできず、皆から見棄てられたイエスだけが弟子たちの信仰の対象になった……。

「これでも俺、この国に来て随分、勉強したんだよ」戸田の声には、私もうなずける苦いものがこもっていた。「だがいくら勉強しても、この謎だけは解けん」

私は自分と彼との間に流れた長い歳月を思いうかべた。長い歳月は結局、我々を出発点に戻しただけかもしれぬ。

「これは聖書の一番、大きな謎だよ」彼はハンドルを持ったまま、吐きだすように言った。「俺が事実のイエスを探れば探るほど、そのイエスは、みじめな、見すぼらしい男だった。たしかだよ。そのイエスが、どうして神の子と見られたのか」

さっきホテルの食堂での戸田の傷ついた顔を思いうかべた。近頃の聖書学者は自分の足を食う章魚のようなものですと熊本牧師は非難したが、その言葉は本当だった。

「馬鹿だね、俺も」

戸田は自嘲《じちょう》するように呟いた。

「日本人でありながら、日本人のほとんどが関心もないイエスに……こう、一生をふりまわされて、時間を浪費してしまった」

「同じ穴の狢《むじな》だよ、こっちだって」

「エルサレムの部屋にね……文庫本の東海道中膝栗毛《とうかいどうちゅうひざくりげ》が一冊あって、それを時々読む。もしあの頃イエスなどと知りあわなかったら……自分だって弥次喜多《やじきた》のような日本人らしい人生を送れたのにと思う。ああいう生き方を理想にしたかもしれん」

「あの学生寮に住んだのがいけなかったんだ。君もぼくも」

それから二人は沈黙したままヘッドライトの行方を眺めていた。寮生たちの汗くさい体臭がこもった廊下。銃剣術をやる部員の声が校庭から聞える畳の部屋。欠けた雑炊茶碗《ぞうすいぢゃわん》をならべた食堂。あのなかで、我々は燃えつきた蠟《ろう》のように疲れた顔をしているノサック神父や、泣きはらしたような眼をしたねずみに出会ってしまった。たしかにそれは戸田の言うように、日本のほかの学校の学生たちとは違った生活だった。

「ここ」

戸田は車を停め、エンジンをかけたまま先にたって車をおり、石の散らばっている路《みち》を歩きはじめた。二千年近く前の小さな村の廃墟は、もう枯草に覆《おお》われた石の残骸《ざんがい》だけになっていた。イエスはこの村にも来て、結局は人々から追われたのである。

「そんなイエスなぞ……」

戸田の危なげな足どりのうしろを従《つ》いていきながら、私は冗談めかした声をかけた。

「もう、おたがい忘れたっていいじゃないか。これ以上、ふりまわされることはないぜ。まだ生きる歳月は残っているんだから」

「そうだな」

「そうさ」

〈群像の一人　五〉

X　蓬売《よもぎう》りの男

過越《すぎこし》の祭が来た時、ズボラは糞《ふん》の門と呼ばれているエルサレム城壁の出口の一つに驢馬《ろば》をつないで、商売《あきない》をはじめた。祭の日にユダヤ人が種なしパンと共に食べる蓬《よもぎ》を売るのである。

糞の門は名前の通り不浄の門で、市民たちの排泄物《はいせつぶつ》を入れた桶《おけ》をここから毎朝、運び出す。門から蛇行《だこう》する白い花崗岩《かこうがん》質の道はケデロンの谷に通じてはいたが、そこに隣接した擂鉢《すりばち》型のゲヘナの谷では街の塵埃《じんあい》を一日中燃やしているので、赤黒い炎が遠くに見え、すえたような臭《にお》いがここまで漂ってくる。糞の門のあたりをうろつくのはズボラと同様、貧しいうす汚い連中ばかりだったから、同じ門でもたとえばヘロデ門や金の門にくらべると商売には不向きな場所なのであるが、そこには縄張りというものがあって、ズボラのような浮浪者同然の男は、ここ以外に露店を出すことを禁じられていたのである。

この夕暮、蓬を売っているのはズボラ一人ではなかった。人間というよりは襤褸《ぼろ》切れのような老婆《ろうば》もそばに蹲《うずくま》って、歯のぬけた口で何かを呟《つぶや》きながら籠《かご》のなかの蓬をかきまぜていた。それから片眼が白い貝殻のように潰《つぶ》れた男が、種なしパンを地面の上においていた。ズボラは老婆に声をかけたが耳が遠いらしく返事もしないので、片眼の種なしパン売りと客の少ないことをたがいに呪《のろ》いはじめた。

もっとも生来、怠惰な彼は、今日一日何かを食える僅《わず》かな金さえ手に入れば、それで仕事は終えるつもりであった。城外に住む多くのユダヤ人浮浪者と同じように、彼にはきまった家もなければ家族もなく、眠るのは町の東にあるオリーブ畠《ばたけ》であり、持物は門のそばのユーカリの樹《き》につないだ驢馬一頭であるが、この驢馬がこれまたズボラと同様に臆病《おくびよう》で狡《ずる》くて、その上、体のあちこちの毛が剝《は》げ落ちて皮膚病を病んだ老人のようである。

今まで暖かかった温度が次第に落ちてきたが、街は祭の前のこととて、まだ騒がしい。空は少しずつ貝殻の内側のような色に変ってきて、間もなく太陽が落ちる時刻である。ジェリコやエマオの街道から続々と集まってきた巡礼客たちは、オリーブ山のあちこちに天幕を張り、物を煮るための火を燃やしている。その黒い炎と炎の間に、彼等のつれてきた羊の群れが乳をながしたように動いているのが見える。

「この馬鹿《ばか》」

ズボラは自分の驢馬を怒鳴りつけた。彼の驢馬は見境もなく尿《いばり》をしはじめ、その尿がこちらに細い渓流のように流れてきたからである。

驢馬を叩《たた》くと、この家畜は気の滅入《めい》るような声で泣く。ズボラはこの動物の鳴き声を聞くたびに理由《わけ》もなく生きているのが嫌になる。そんな時彼は、街に住む連中を呪い、家もなく、毎日、野宿する我が身を呪うのだ。呪ったところで人生どうなるわけでもない。

「預言者をお前は見たか」

と片眼の男は、唾《つば》を吐きながらズボラにたずねた。ズボラが首をふると相手は、昼すぎベタニヤの方向から一人の預言者が、金の門から街に入ったと話をしはじめた。

「あれは救い主《メシヤ》だと言う者もいた」

それを聞いてズボラが惜しいことをしたと思ったのは、昼どき、ズボラは神殿の壁のそばに驢馬をつないで、いぎたなく昼寝を貪《むさぼ》っていたからである。

預言者と称する人はこうした過越の祭に、時折ユダの荒野の方角からエルサレムに上ってくる。なかには手を振ってくれる連中に、一握りの金をばらまいてくれる預言者もいる。

「金をもらえたか」

と彼は少し妬《ねた》ましそうに片眼にたずねると、片眼はその人は何もくれなかったと唾を吐きながら答え、ズボラを安心させた。ユダヤ人でありながらズボラもこの片眼の男も信仰心は薄く、少なくともズボラに関する限り、神よりも自分とこの愚鈍な驢馬を食べさせてくれる金のほうが有難かったし、その怠惰な性格は、神殿で祈りを捧《ささ》げることより、日蔭《ひかげ》で昼寝をするほうを選ばせた。

「どんな預言者だ。肥《ふと》って立派な衣を着ていたか」

ズボラの質問に、片眼は馬鹿にしたように、

「手も足も痩《や》せこけた男だ。弟子の数も少ない」

と地面に唾を吐いた。唾は彼の厚い唇からしばらく切れず、糸のように垂れさがっていた。

その唾を見ながらズボラは、一年前にそんな預言者にこのエルサレムで出会ったことをふと思いだした。その人は今、片眼のパン売りが言ったように、腕も足も細くて頰のこけた顔をしていた。多くの預言者やユダヤ教の教師《ラビ》たちが、顎鬚《あごひげ》をいかめしく生やして雄鶏《おんどり》のように胸をそらせているのに、この人はまるで長い旅から埃《ほこり》まみれの足を曳《ひ》きずりながら戻ってきたように、疲れ果てた顔と悲しそうな眼を持っていた。

彼は神殿にちかい辻《つじ》やヘロデ門のそばで説教をしていたが、耳傾ける者は少なく、時折、子供たちがその衣を引張ったり、悪戯《いたずら》をしかけた。たまりかねた弟子が（その弟子がこれまたズボラや片眼のパン売りと同じように、惨《みじ》めな姿をしていた）彼等を追い払おうとすると、この人は首をふり、子供たちの頭に手をおいて話しつづけた。

その人は翌日も翌々日も、このエルサレムにとどまっていた。と言うのは、汚水と羊の糞でよごれた市の石畳路や職人通りで、彼が説教をしている姿をズボラはまた見たからである。ズボラは女や子供のほかにほとんど耳傾ける者がないのに、疲れきった顔で話を続けているこの人が愚かに見えた。その時、

「俺は病気だ」

と咳《せき》をしながら一人の年とった乞食《こじき》が、この人に近寄って言った。

「夜になると、この胸が石を入れられたように辛《つら》い。俺には誰一人世話してくれる身寄りもいない。息子は疫病《えきびょう》で死んでしまった。お前が本当の預言者ならば、この辛さを奇蹟《きせき》で治してくれないか」

するとその人は悲しそうに乞食を見つめ、枯葉のような色をしたその手を握った。女たちはもちろん、ズボラも一瞬息をのんで次に来るものを待っていた。街は騒がしかったが、ここだけは妙に静かだった。その人が奇蹟を今、行うのではないかと皆は

思ったからである。

「私はあなたの病気を治すことはできない」

その人は辛そうに首をふった。

「でも私は、その苦しみを一緒に背負いたい。今夜も、明日の夜も、その次の夜も……。あなたが辛い時、私はあなたの辛さを背負いたい」

それから彼は何かを言ったが、その小さな声はズボラにはよく聞きとれなかった。乞食は裏切られたように罵《ののし》り、集まっていた女たちもこの言葉に失望したように去っていった。預言者である以上、この人は何か奇蹟を行うのではないかと期待していたのに、何もできなかったからだった。

ズボラだけはしばらく、一人ぽっちで立っているこの預言者をじっと眺めていた。それから彼も到底、一銭ももらえそうもないのにがっかりして、驢馬と一緒に去った。

その次の日も、ズボラはまたこの人の姿を見た。

それは夕暮まであれほど人の声や家畜の声で騒がしいエルサレムの市が一瞬、静寂になる時刻だった。それは神殿に教師《ラビ》や祭司たちが煙のように吸いこまれ、祈りを唱える時刻であった。それはまた、ゲヘナの谷に住んでいる癩《らい》病人たちが、一日に一度だけ糞の門の前まで来て、身寄りから食べものを受けとることを許される時でもあった。

癩者たちは城壁から一定の間隔をおいた場所で鈴を鳴らす。城壁の上から、家族たちは食べものを入れた包みを放ってやる。それは市政をあずかるエルサレム衆議会の決めた規則であり、それを犯せば、その者は癩者から汚された者として神殿には入れなくなるのである。教師《ラビ》や祭司たちは、癩者をヤハウェの神の怒りに触れたものと皆に教えていたからである。

街全体が静まりかえったこの夕暮、癩者のふる鈴だけが、見棄《みす》てられた者の恨みをその跡切《とぎ》れ跡切れの音にこめて城壁の外で鳴っていた。ズボラは門の内側から、襤衣《らんい》をまとい松葉杖《まつばづえ》をついた癩者たちが一列に並んで立っている姿を眺めていたが、彼はそれらの人間が不幸になったのは運命だとぼんやり思う。病気はその連中の運命であり、貧乏は自分の運命だった。そして運命のちがう者がたがいに何をしても始まらないと言うのが、ズボラの今の感情だった。

その時である。城壁から見物していた者たちが急に騒ぎはじめた。一人の男が静かに門を出て一列に並んだ癩者の方に近づいていったからである。夕暮の光がケデロンの谷を照らしていて、その男は光を受けて一本の黒い棒のように歩いていく。癩者たちもその姿をじっと見ている。

「汚れた者に近寄るな」

城壁の人々はその男に声をはりあげて叫んだが、彼はまるでその声が耳に届かぬようだった。そこに行き、

「汚れた者は神殿に入れぬのを、知らないのか」

と、男はふりかえった。ズボラはその時、彼があの人であることに初めて気がついた。

「神殿よりも、もっと尊いものがあるのに……」

その人は挑むように、こちらに向って大声で言いかえした。西陽がその顔に真黒な影を作って、どんな表情をしているのか、さだかには見えなかった。

ズボラは驢馬と共に毎日の寝場所にしているオリーブ山まで戻ってみたが、そこは過越の祭に集まってきた巡礼客たちで溢《あふ》れていた。

彼等は天幕を張り、火をたいていたし、子供たちがその天幕のまわりを走りまわり、羊の群れがあちこちで鳴きつづけていた。ズボラは自分の寝場所を奪った彼等を罵りながら、アブサロムの墓まで戻った。それは昔たてられた蟻塚《ありづか》のような大きな墓で、言い伝えによると、その一つがアブサロムと名のった預言者の墓なのだと言う。驢馬

をそこにつなぎ墓のかげに襤衣を敷き、いつものようにそれに包《くるま》って眠った。ニザンの月の空は澄み、星は大きく光り、彼の驢馬はしばらくの間、愚かしい哀《かな》しい声で鳴きつづけたが、やがて丘のほうの焚火《たきび》も消え巡礼客たちも静まると、主人のそばで眠りはじめた。

真夜中、ズボラは何かの気配に眼をさました。足もとの道を松明《たいまつ》を手に手に十人ほどの人間が歩いている。道はアブサロムの墓の真下にあったから、ゆれる松明の炎がまるで生きもののように移動するのもはっきり見える。その進む方向はオリーブ畠の持主が油を絞るゲッセマネだった。

ズボラはあくびをして、驢馬がすぐそばにいるのをたしかめると、ふたたび襤衣にくるまって眠った。

翌朝、空はいつものように晴れわたっていた。彼は蓬を取りにヨシヤハの野に出て袋に充分つめこむと、驢馬の背に乗って糞の門まで出かけた。

老婆は昨日と同様そこに蹲っていたが、片眼の種なしパン売りの姿は見えない。

「あいつは何処《どこ》に行った」

とたずねたが、この聾《つんぼ》の女は返事をしなかった。

陽は容赦なく照りつけはじめ、ズボラはユーカリの木蔭《こかげ》に後退した。通りすぎる者の数は少なく、蓬は一向に売れず、そして彼の愚鈍な驢馬はまた糸のような尿を地面に流しはじめた。

「これが俺の毎日だ」

怠け者のくせに不平だけは人一倍多いズボラは、驢馬の尿を見ながら金持を呪い、わが身の毎日を呪った。だが呪ったところでそれが変ることのないことは、ズボラ自身が一番よく知っている。貧乏なのは癩者になるのと同じように運命であり、この運命を神殿の神も覆《くつがえ》すことはできぬ筈《はず》だった。

片眼の男がこの時、汗をかきながら戻ってきた。

「預言者が捕えられた」

と彼は今、街で耳にしてきたことを話しはじめた。

預言者は昨夜、衆議会の命令で油搾り場《ゲッセマネ》で眠っているところを捕縛されたのだと言う。

その話を聞いたズボラは、自分が昨夜眼をさました時に見た光景を思いだして、それを相棒に語った。

「騒ぎはなかったか」

と片眼の男はたずねた。

「騒ぎはなかった。俺はあのあと何も聞かなかった」

とズボラは答え、

「あの預言者は、何も悪いことをしていない」

と自分の意見をのべた。すると片眼の男も、衆議会がなぜあんな手も足も細い痩せて力のない男を、人数を繰りだして摑《つか》まえたのかわからないと呟《つぶや》いた。ズボラはあの人が乞食や女たちを失望させた時のことを思いだし、捕縛されたのは彼が預言者らしく振舞わなかったからかもしれぬと考えた。

昼ちかく、四月だというのに陽の光は強く、城壁の影がくっきりと黒く地面に落ちている。ちょうど門から出てきた教師《ラビ》に、片眼の男が預言者はどうなったかとたずねた。すると、黒い帽子の下から編んだ栗色《くりいろ》の毛をたらしたこの教師《ラビ》は、その男はピラトの官邸に連れていかれたと教えた。老婆は相変らず襤衣のように蹲り、ズボラの驢馬は蠅《はえ》を追い払うため、耳と尾とをしきりに動かしている。

「その預言者は、何も悪いことをしていない」

と片眼が意見をのべると教師《ラビ》は二、三歩歩きかけたのを急にやめて、怒った表情を浮べ、

「お前は、あの者の弟子か」

とたずねた。

片眼の男は首をふり、うつむいた。ズボラも何か怖《おそ》ろしくなって黙っていた。教師《ラビ》を怒らせるということは神殿を侮辱することになり、場合によっては商売さえできなくなるからだ。

教師《ラビ》の姿が陽炎《かげろう》のもえた白い路《みち》の向うに消えると、二人は別に口に出したのではないのに同時に立ちあがった。

「俺は街に行って見てくる」

と片眼は言い、ズボラはそのあとに従《つ》いて行こうとして、あわてて驢馬のいるのを思いだし、その背にまたがった。

糞《ふん》の門から街に入る道はダビデの建てた大神殿の西壁にそっている。西壁を途中で左に折れるとそこから石段がつづき、左右に、動物の穴のような入口を持った職人たちの家が並んでいる。その暗い入口のなかで細工物を作ったり家具を修繕している男たちの姿が影のように見える。石段を降りると、そこから門にシリヤ人の兵士が立っているピラトの官邸を仰ぐことができる。だが官邸にたどりつくためには、しばらく果物や鳩《はと》やオリーブの果実を並べた市場を通りぬけねばならない。そこは人々がいつも雑踏していて、その騒がしい声が遠くまで聞えるほどだった。

驢馬をつれているので、ズボラは片眼の相棒から遅れてしまった。彼がこの獣の尻《しり》をしきりに叩《たた》いて石段をやっとおりかけた時、別な方角から人々の走ってくる足音を聞いた。

「死刑だ」

とその一人が叫んで、駆けていった。

「死刑があるぞ」

ピラトの官邸――アントニア城塞《じょうさい》の前には、あちこちの路から走って来た連中が集まっていて、背のびをしたり飛びあがりながら中の光景を見ようとしていた。そのくせ、彼等には一体何が起ったのか事情もよくわからず、漸《ようや》くのみこめたのは、一人の預言者が衆議会に摑まりユダヤ知事のもとに連行されたということだけだった。背後から無理矢理に押されて前列の者が前に出ようとすると、長槍《ながやり》を持ったシリヤ人の兵士が即座に立ちふさがった。陽光がその兵士たちの皮の胸当てと長槍に鋭く反射して、群衆はそれだけで威圧された。

ズボラは驢馬を木につなぎ人垣のなかにもぐりこむと、人々の肩ごしに中を覗《のぞ》きこもうとした。既に片眼の男はどこかに消えて、ズボラはあの人が捕縛されたことは知っていたものの、それがどんな理由からかさっぱりわからなかった。この街の暑さと人いきれで周りの者たちが次第にいらだっている。

「来た」

人垣のなかで誰かが叫んだ。獅子《しし》の顔を彫刻した官邸の入口から、裾《すそ》の長い黒服を着た老人が五人あらわれた。衆議会の議員たちである。彼等は年とった雄鶏のように重苦しい顔をして、まず異教徒の家に足を入れたことを悔むように、唾《つば》を地面に吐いてから一同の前列に立った。それから入口の真上にある小さな露台にローマ風の服装をした小男があらわれ、不安気に皆を見おろすと片手をあげて挨拶《あいさつ》をした。それが知事のピラトだった。だが誰も応ずる者はいなかった。ユダヤ知事は過越《すぎこし》の祭の間、このエルサレムに滞在しているのである。

「幾度も調べたが、あの男に何の罪も認めぬ」

黒服の議員たちは、両手を差しのべて怒鳴りかえした。

「われわれユダヤ衆議会は、有罪とみとめた。そうではないのか」

議員たちはピラトにではなく、集まった者に向ってそうたずねた。群衆の中から、そうだと叫ぶ一つの声がひびいた。それを合図のように、あちこちからこれに応ずる者が三人、四人と出てきた。やがてこれらの声の興奮に酔いはじめた見物人の多数が、

「そうだ、有罪だ」

と声をそろえだした。ズボラも初めは何もわからず、黙っていたが、左右のすべての顔が同じように熱狂した表情で、同じように大口を開いて叫びはじめると、最初は面白半分で、やがては自分の叫び声そのものに気を昂《たかぶ》らせ怒鳴りだした。

「では、どちらかを選べ」

露台の上でユダヤ知事は、群衆の声に怯《おび》えたように一歩さがり、

「あの男を救うか、それとも今、牢《ろう》にいる熱心党《ゼロテ》のバラバを救うか。過越の祭には罪人の一人に恩赦を与えねばならぬ」

「バラバを」

と議員は答えた。全員はもうそれが動かし難い結論のように、バラバを、バラバをと絶叫した。ズボラはこの時は小さな声で、バラバをと言った。

不意に、露台から知事が姿を消した。消すと同時に二人のシリヤ兵士が現われた。陽にきらめく胸当てをつけたその兵士に左右をはさまれて、あの人が項垂《うなだ》れながら現われた。朱色のマントを着せられ、葦《あし》の葉を手に持たされ、道化者のような恰好《かっこう》である。彼は官邸の暗い入口から、まぶしい光の下に出て、その容赦のない陽光と見物人の好奇心のこもった視線の前に身を曝《さら》した。沈黙を破って、人ごみのなかから失笑が

起り、それが大きな笑い声に変った。その人の頬にひとすじの血がながれているのを見た前列の青年が、マントの朱色と頬の血に興奮して唾を吐きかけた。

「この男だ、神殿よりも尊いものがあると言ったのは……」

青年は自分の暴行を弁解するように、皆をふりむいて叫んだ。ズボラはいつかの夕暮、この人が城門を出て、禁じられた癩者《らいしゃ》の方に近寄った時、城壁からそれをとめようと叫んだ一人がこの青年だと気がついた。

「この男だ、神殿よりも尊いものがあると言ったのは……」

「十字架にかければいい」

とそれに、もう一人の声が応じた。

「この男は病気を治すと偽って、皆をだまし歩いた」

「ゴルゴタにつれて行け」

シリヤの兵士は槍を立てて、興奮して近寄ろうとする数人のユダヤ人をさえぎった。それを見ると、群衆は兵士には叩きつけられぬ憎しみをこの朱色のマントを着せられた男に集中して、口笛を吹き、声をあげた。小心なズボラは怯えて尻ごみをした。

石畳の路をその人が突きとばされた。それから彼は二人のシリヤ兵士にはさまれて、罵声《ばせい》を左右から受けながら歩きはじめた。家々から子供や女が姿をあらわし、剝《は》げた壁にそって一列に並びながら、この次第に大きくなっていく行列を茫然《ぼうぜん》と眺めた。騒ぎに家畜の声がまじり、それらの声に、街の臭《にお》いと午後の烈《はげ》しい陽光が溶けあった。ズボラは皆のうしろから行列を追いながら、曲り角に、いつぞやあの人に胸の苦しさと生きる苦しさを訴えた乞食《こじき》が口をあけて立っている姿を見た。

「これは何ということか」

と乞食は周りの者にたずね歩いたが、周りの者は、この老人を嘲笑《ちようしよう》し、お前はあの男の父親だろうとからかっていた。行列がとまると、いつの間に用意したのか、木の大きな十字架が四人の若者たちの手で運ばれてきた。そして赤いマントを荒々しく剝ぎとられて、あの人は細い両腕でその倒れてくる十字架を受けとめた。

「背負え」

その人は足をふみ滑らせながら、不器用に十字架を背負った。今まで力仕事をしたことがないと見え、重みを支えるだけで精一杯なのだが、その不器用な支え方が皆の怒りをそそって、周りの罵《ののし》りはますますひどくなった。

さきほどは面白半分で人々の声に合わせて叫んだズボラは、この時、怖れを感じて、行列から離れ、壁にそって立っている女や子供のなかに逃げこんだ。この人が何をしたのか全くわからなかったが、自分の見た限り、十字架にかけられるほどの罪人とは思えない。しかし彼は今日まで自分の考えに全く自信がない男だったし、この光景を怯えながら凝視している女たちを見ると、自分も口をとざしたまま立っているのが一番いいと思う。怒り狂っている群衆に逆らう勇気は毛頭ない。逆らったため皆から罵られたり撲《なぐ》られたりするのは、ズボラには嫌だった。

背負った十字架の重みで、その人は体を折れ釘《くぎ》のように曲げた。汚水の流れる石畳を一歩一歩、歩きはじめる。細腕を十字架の横木に抱くようにからませ、右足を出してから左足をふんばる。縦木の端が石畳にあたって、ズボラの驢馬の鳴き声のような音を出した。

背後から見ると蓑虫《みのむし》に似ていた。自分の体よりも大きな蓑を背負いながら、一歩一歩地面を這《は》う時の蓑虫に似ていた。その蓑虫をつかまえるように、子供が飛び出そうとすると、母親は急いでその子を引き戻した。両側の家々の壁に並んだ女たちは、眼前の光景を恐怖と諦《あきら》めの眼で眺めていたが、それは彼女たちのどうすることもできぬ男の世界の出来事だったからである。

五十米《メートル》も行かぬうちに、その人は突然膝《ひざ》をついた。背負っている十字架が彼の肩から滑り落ちて、横木が大きな音をたてて壁にぶつかった。一瞬、周りの者たちは騒ぐのをやめ、盲人のように眼をつぶった犠牲者が、必死の力で立ちあがる様子をじっと見つめた。それは街の郊外にあるローマ人たちの闘技場で、力尽きて打ち倒された奴隷《どれい》が、四肢を震わせながら立ちあがろうとするのを見る時の気持とよく似ていた。

「かつげ」

壁に倒れた十字架をかかえながら、誰かが叱《しか》りつけた。漸く身を起したその人は血だらけの顔をあげ、その十字架を長い間眺めていたが、細い腕をやっとさしのべた。蓑虫がふたたび路を這いはじめ、安心した群衆は悦《よろこ》びの叫びをあげたが、もう誰もがこの蓑虫の処刑の理由を忘れていた。大切なのはこの見世物が中断しないことであり、そしてすべての者たちが彼を罵っている以上、その見世物は正当なのだという気分になっていた。

午後の陽が更に強くなると、狭い石畳の路には行列につき従う群衆の汗や体臭がこもる。人々は肩をぶつけ、いらだちながら歩いた。行列は幾度かとまったが、それは五、六歩、歩いては、罪人が体を曲げたまま荒い息づかいで休むからである。ズボラも壁にそってそっと歩を進めながら、その人が十字架の下で死人のような顔をこちらにむけ、舌で唇をしきりに舐《な》めているのを見た。

「この預言者は奇蹟《きせき》も起せん」

道にそった家の窓から首を出して、肥《ふと》った男が下に向って叫んだ。奇蹟どころか、十字架をかついでいる彼が普通の者がやれることも出来ぬ力の弱い男だと、今は皆が気づいている。奇蹟を起せぬ預言者はペテン師だった。

城門までの距離はまだかなりある。道はあと二度、曲らねばならず、城門の向うには荒地と貧弱な埃《ほこり》だらけのオリーブのはえた岩だらけの丘が見えるのだが、その花崗《かこう》岩《がん》の突出した丘は死人の頭蓋骨《ずがいこつ》のような形をしているので「されこうべ《ゴルゴタ》」と呼ばれていた。それは死刑場で、去年も二人のサマリヤ人がそこで十字架につけられたのである。

行列の先頭にいた議員が黒服を蝙蝠《こうもり》のようにひろげながら、シリヤの兵士に話しかけた。この進み方では時間がかかって仕方がないと言っているのだが、兵士は肩をすくめて自分の責任ではないと首をふった。

「お前を助ける者はないのか、弟子たちは何処《どこ》に行った」

肩を波うたせているその人に、議員はからかうようにたずねた。

「弟子たちもお前を棄《す》てたのか。仕方がない話だ」

返事はなかった。議員はやりきれぬというように周りの者を眺めまわして笑い、周りの者からもそれにこびる笑い声が起った。ふたたび十字架が石畳路に鈍い音をたてた。十字架が過ぎ人々が過ぎた路には、汗と血とが点々と染《し》みをつけていた。空は少し翳《かげ》ったが貝殻の内側のように鈍い白色で、相変らず街の上にひろがっていた。

（どうして、この人のあとを俺は従《つ》いていくのだ）

壁を伝いながらズボラは、急に自分がこの陰惨な行列のあとを怯えながら何故《なぜ》ついていくのかと思った。残酷な見世物を他の連中と同じように見たいという好奇心も確かにあった。だが、それだけではなかった。そのくせそれだけでないものが何かは、ズボラにもわからない。過越の祭の日に生贄《いけにえ》の羊が殺されるのを見る時の、あの憐憫《れんびん》と残忍な好奇心とのまじった気持——それとやや似た感情をズボラは今、この血のまじった汗をたらし、もがくように足を動かしている罪人に感じる。もちろん、彼を助けようという気はなく、憐《あわ》れと思う心はあっても、手を差しのべる勇気はとても起らなかった。

第二回目の曲り角で、ふたたびその人はよろめいた。十字架からその体が滑り落ちるようになって、彼は片膝をつき、それからもう一つの膝をついた。駱駝《らくだ》のように両膝をついたまま、もう動かなくなった。あと一つ石畳路を曲れば、そこからは門が見え、門の向うにはこの苦しみのすべてが終る死の場所が白く拡《ひろ》がっている筈《はず》だった。

群衆はこの時、途方にくれた。罪人がもう精も根も尽き果てたことは、誰の眼にもあきらかだったし、と言ってこの男を街のなかで処刑するのを放っておくわけにはいかない。彼等は家々の屋根の上にひろがる鈍い白っぽい空を見あげた。二人の議員は日《ひ》蔭《かげ》に集まって、汗をふきながら何かを相談していた。

「手を貸してやる者はいないか」

やがて議員は石畳路をうずめた見物人たちに声をかけたが、当惑したユダヤ人は尻《しり》ごみをしたまま黙っていた。

「金はもちろん、払う」

誰も応ずる者がないので、議員は老いた山羊《やぎ》のような眼で、周りの者たちをじっと探った。その視線をまともに受けて、二、三人の男とズボラがあとずさりをして背後の壁に背中を押しつけた時、

「お前」

山羊のような眼をした議員は、手をあげて彼を指さした。

「お前」

気の弱い笑いを浮べてズボラが首をふると、議員はひくい声で繰りかえした。

「お前」

と、ズボラのそばで母親に手をつながれていた男の子が、その口まねをした。

「お前」

その間、みんなは石のように黙っていた。女たちだけが何か哀願するように、ズボラの顔をじっと見つめている。

「そうすれば銀貨三枚をやろう」

議員は手を黒服のなかに重々しく入れて、金を取り出す恰好をした。今度はシリヤの兵士が十字架に手をかけてズボラを大声で呼んだ。

横木の半分にズボラは身を入れた。横木は大石のような重さで彼の肩胛骨《けんこうこつ》にのしかかった。十字架の下で両膝をついたその人が、この時、ズボラを辛《つら》そうな眼差《まなざ》しで見あげた。血まみれの顔のなかで、その辛そうな眼はズボラに礼を言っているように見える。ズボラだけが今、この地上で自分を助けてくれるただ一人の人間だった。ズボラはあわてて視線をそらせたが、その時突然、彼の耳にその人がかつてあの乞食に言った言葉が聞えてきた。

「私はあなたの苦しみを一緒に背負いたい。今夜も、明日の夜も、その次の夜も……」

「立て」

シリヤ兵の怒鳴り声に、その人はふたたび折れ釘のように体をまげて立ちあがった。

そしてズボラとは反対側の横木を、余力をしぼって背負おうとした。その足がもがいていた。二人は重い荷を引く家畜のように、同時に体を前に出した。

XI テル・デデッシュのキブツ 〈巡 礼 六〉

翌日も雨で、夕暮にはテル・デデッシュのキブツに到着するため、我々の車は北方の高地の路《みち》を走り続けたが、まもなく舗装のない泥路に車体も窓もひどく汚れていった。灰色に濁った空が山々の上に拡《ひろ》がり、林は乳色のガスに覆《おお》われている。通過する幾つかの部落も靄《もや》のなかで死んだようである。昼すぎメロンという小さい沼のそばを通ったが、沼の水面に雨が陰鬱《いんうつ》に降り続け、葦《あし》とパピルスと呼ぶ水草の茂ったなかで蛙《かえる》の群れだけが嗄《しわが》れた声で鳴いていた。しかしこの悪路が戸田の説明によると、三十一年の秋、ガリラヤを追われたイエスとその弟子たちがさまよったであろう路なのである。

「みじめだったろうな、イエスたち一行は」

私は泥に汚れた窓から、人ひとり歩いていない部落や静寂な雨の額縁にとじこめられた貧しい畠《はたけ》を眺めながら、ここを通過したイエスと僅《わず》かな弟子たちの姿を思い描いた。彼等は湖畔の村々と同じように、ここの貧しい部落にも背のまがった老人や、赤ん坊をだいた女たちや、マラリヤの熱病にくるしむ男や、鈴を鳴らして遠くから物乞《ものご》いをする癩者《らいしゃ》を見ただろう。部落の家で宿を乞うても一間しかない泥の家には泊る場所もなく、畠や林のなかで夜をあかさねばならなかっただろう。そして数少ない弟子たちのなかにも、昨日ひとり今日ひとりと、脱落する者もあったにちがいない。おそらく弟子たちも、イエスの説く理想にはついていけぬような気がした筈《はず》である。愛がこの現実ではどんなに無力かは、ガリラヤで彼等はたっぷり見たからである。

「だろうね」と戸田は、私の空想にうなずいて、「実感があるよ、この時のイエスの言葉は。狐《きつね》にさえも穴がある、空の鳥にも巣がある。それなのに、わたしには枕《まくら》するところもない」

「この高地の何処《どこ》あたりをさまよったんだ」

「ツロやシドン、そしてピリポ・カイザリヤ。聖書はどうも具体的には書いていないが」曇った車の窓を、布でごしごしとふきながら戸田は、「書いていないのは、それだけこの土地の人々にイエスたちが迎えられなかったためだろうね」

「彼が自分は死ぬかもしれんと思いだしたのは、この旅の途中だろうか」

「そうかもしれん。そう思うよ。たしかにこの北方の旅で、幾度かそれを暗示するような言葉を彼は口にしはじめているから」

「どんな言葉だったっけ」私は膝《ひざ》の聖書をめくった。「君はよく憶《おぼ》えているね」

「そうだね。たとえばルカ伝の、わたしにはこれから受けねばならぬバプテスマがある……。それを受けるまで、わたしはどんなに苦しい思いをするだろう」戸田は抑揚のない声で呟《つぶや》いた。「思えば、わたしの人生は人々に仕えられるためではなかった。人々に仕えるためだった。だから多くの人々のため、間もなく自分の命を棄《す》てねばならないかもしれぬ」

「ああ、あの言葉か」

一握りの弟子に、この言葉を遂《つい》に告白した疲れはてた男。その時はきっと今と同じように雨がふり、その雨に濡《ぬ》れながら、彼はその言葉を口にしたにちがいない。弟子がその時、顔をあげて訊《たず》ねる。イエスよ、でも、何のためにあなたは死なねばならぬのですか。


夜になって、テル・デデッシュのキブツに着いた。疲れた。

このキブツも闇《やみ》のなかではロデバル・キブツと同じ匂《にお》いがする。一昨日、一木一草もないユダの荒野をすぎたあと、ロデバル・キブツで私は湿った大地と植物の匂いを胸いっぱい吸いこんだが、ここでも、門に足を踏み入れた時、頭上に風にゆれるユーカリの葉ずれの音を耳にした。果樹園から漂ってくる消毒薬と白い花の匂いもすぐ嗅《か》いだ。昔、読んだトルストイやツルゲーネフの小説に出てくるロシヤの荘園はこんなものではないかと、ふと思った。

戸田が事務所に交渉に行っている間、私は肩を拳《こぶし》でとんとんと叩《たた》きながら、暗い木立の遠くから流れてくる人々の声を聞いた。キブツのどこかで、今夜、集会をやっているらしい。

闇のなかで土を踏む足音がして、戸田の声が私の名を呼び、そのそばでもう一つの大きな影が、

「シャローム」

そう言って手を差しのべてきた。眼鏡をかけたその人の厚い手はかたくて、長い間ここで労働をやっていたなとわかる。

「いい時に来たと、言っているよ」戸田は通訳をして、「今夜はキブツの家族たちが食堂で過越《すぎこし》の祭を祝っているんだって。ぜひ、見ろと、この人、言うんだがね」

正直いって、くたびれていたから、できることなら身体《からだ》を洗わせてもらったあと、トランクに入れてあるウイスキーを咽喉《のど》にながし、横になりたかった。

「そうね」そのくせ、私はつくり笑いを浮べながら、「断ると悪いだろう。途中で抜けだせるかしらん」

我々の承諾の返事を満足そうにうなずいた事務所の男につれられ、ロデバル・キブツの夜と同じようにユーカリの樹《き》の下を、灯をともした船のように点在する小さな家々の間を歩いた。

「滅多に見られんものな」戸田は慰めるように、「イスラエルにきたんだからさ、過越の祭ぐらい覗《のぞ》くのも悪くはない」

大きなプレハブ造りの食堂の入口から、たくさんの人々のざわめきや笑い声が聞えてくる。入口に入ると、広い食堂のざわめきがぴたりとやんで、粗末な食卓にずらりと整列した大人と子供の顔が驚いたようにこちらに向いた。事務所の人が彼等に私たちのことを説明すると、

「シャローム」

小学生のように、皆は口をそろえて挨拶《あいさつ》した。友情ごっこの演技のようなこの挨拶は私を気おくれさせたが、彼等もあとはこちらにはもう無関心で過越の祭の行事をつづけている。

栗色《くりいろ》の髪に白いリボンをつけた少女たちが、次々にヘブライ語の祈りを唱えている。

それはユダヤ人が、むかしモーゼに連れられて放浪の旅をつづけた「出《しゅっ》エジプト記」の聖句である。何世紀にもわたって過越の祭のたびに彼等はこれを唱え、祖先の放浪と苦労を偲《しの》んできたという。まず一人の少女が立ちあがって長い句を唱えると、別の少女がそのあとをうけつぐ。朗読は初めは好奇心をそそったものの、やがて旅の疲れが急に背や足に出て、次第に眠くなりはじめる。すぐそばの老婆《ろうば》が皺《しわ》だらけの手を組みあわせ眼をつぶっているので、彼女も居眠りをしているのかと思ったが、歯のない唇のなかで少女の声にあわせて呟いているのだった。事務所の人は眼鏡を指でもちあげながら少女の言葉をもう一度戸田に囁《ささや》き、戸田がそれを日本語で私に伝えてくれる。

なにゆえにわたしを棄てられる
わたしの歎《なげ》きの言葉を聞かれないのか――

それは「出エジプト記」の歎きの言葉である。今度は、雀斑《そばかす》だらけの別の少女が、恥ずかしそうに「イザヤ書」の一節を跡切《とぎ》れ跡切れにつけ加える。

もう彼はみにくく、威厳もない。みじめでみすぼらしい
人々は彼を蔑《さげす》み、見棄てた
忌《い》み嫌われる者のように、彼は手で顔をおおって、人々に侮《あなど》られる
虐《しいた》げられ、苦しめられたけれども、彼は口を開かない
屠《ほふ》り場にひかれていく仔羊《こひつじ》のように
また毛を切る者の前に黙っている羊のように口を開かない

「収容所でのユダヤ人の姿がこれでしたよ。我々はいつもこの聖句を収容所で唱えていたのです。過越の祭にはその思い出のため、このキブツで朗読するんです」

眼鏡ごしに事務所の人は私たちを見つめてから囁いた。

「ゲルゼンの収容所に、あなたもいたんですか」

戸田をとびこえてそう日本語でたずねたが、言葉の通じぬ彼は困ったように肩をすぼめた。

神よ、わたしの声に耳傾けてください
わたしの願いを避けて身を隠さないでください

わたしを心にとめて答えてください
ああ、わたしは苦しみのため……弱り果てていて

雀斑だらけの少女は、時折、暗誦《あんしょう》につまると照れくさそうに親や友だちの顔を見ては、虫のくった歯を見せて笑いながら朗読をつづけた。眼の前にパンを盛った籠《かご》や葡《ぶ》萄酒《どうしゅ》やオレンジがおかれている。きっと何日も前から彼女たちは、今夜のために母親に手伝ってもらいながら、この言葉をよく意味もわからず憶えたにちがいないと思う。だがすぐそばの老婆は、眼をつぶり手を膝の上にのせて、その言葉を口のなかで何かを嚙《か》みしめるように繰りかえしている。

こうして過越の祭の行事が半ば終った時、私と戸田とはここで作ったという葡萄酒の瓶《びん》を一瓶もらって、事務所の人につれられ外に出た。雨がやっとやんで、食堂の青白い灯がユーカリの葉に影をつくって、何匹かの蛾《が》がよごれた窓硝子《まどガラス》にへばりついている。

「話ついているの、ねずみのこと」

戸田と肩をならべると、私はたずねた。彼は少し不機嫌に、

「折角、過越の祭をたのしんでいるのに嫌な思い出も聞けんよ。明日でもいいんだ

ろ」

小さな雨滴が頬にあたり、空を見あげるとユーカリの葉ごしに暈《かさ》をかぶった不恰好《ぶかっこう》な月が、あぶら虫が逃げるように雲にかくれていく。それを見て私は、なぜか急に夜の新宿を思いだした。仲間の作家やジャーナリストと酒をのんで帰る途中、こんな月を見た記憶が幾度もあった。あの連中は今、この時刻、何をしているだろう。

(遠くまで来たな)

連れていかれたのは兵舎のような長い木造の建物で、内部に入るとセメントと枯草の匂いがする。二段ベッドが蚕棚のように壁に並んだ部屋が幾つかあって、その一つが今夜の私たちの宿舎だった。

「すみません、こんなところしかない」

事務所の人が恐縮してあやまるので、

「でもゲルゼンの収容所よりは、はるかに立派ですよ」

冗談のつもりでそう私は言ったのだが、この日本語の意味がわかったのか彼は急に眼鏡をきらりと光らせ、そのまま部屋を出ていった。

窓の向うにまた雨の音が細かく聞えはじめた。窓に一寸《ちょっと》よりそってみたが、集会はもう終ったのか前面の黒々とした林だけが浮びあがって、キブツは静寂につつまれている。セメントと埃《ほこり》の匂いのする部屋で氷もなしに紙コップに入れたウイスキーは味けなく、ただ酔いを手足に拡がらせるために飲んでいるという感じだった。

「なぜ死のうと思ったんだろう」

「誰が？」

「イエス」

暗い電燈《でんとう》の灯の下で、まるで昔の寮の誰かのことを話しあうように、イエスのことを私たちはぼそぼそとしゃべっていた。そう、あの男はいつの間にかこの旅行の間に、もう二千年前に生きた人間ではなく、我々より先に出発した誰かのようになってしまっていた。

「そんなこと、教会であんたも」戸田は面倒臭そうに答えた。「耳にたこができるほど聞かされたろう。もっとも、我々の罪を彼がすべて背負ったのだという教会の解釈は、ポーロがひねりだしたもんだが」

「事実はどうなんだ。イエス自身その点について何か言っているのか」

「言っているさ。友のために命を棄てるほど大きな愛はないって」

「友とは誰だ」

「さあね」相変らず投げやりな口調で戸田は、「おそらくあいつは……結局、自分がなにも助けられなかった湖畔の病人や娼婦《しょうふ》や老人たちのことを、いつも考えていたんだろう」

「自分が死ねば……その連中に何か役に立つと思ったのか」

戸田が紙コップを凝視したまま急に黙りこんでしまったので、細かい雨の音が部屋の静かさと夜の長さを急にふかめた。少し酔った私の頭のなかに、さっきの雀斑だらけの少女の恥ずかしげな顔と彼女の跡切れ跡切れの朗読がゆっくり甦《よみがえ》ってくる。事務所の人はあの歌は収容所のユダヤ人の姿を偲ばせると言ったが、それはまた最後のあの男を私に思いださせる。

もう彼はみにくく、威厳もない。みじめでみすぼらしい
人々は彼を蔑み、見棄てた
忌み嫌われる者のように、彼は手で顔をおおって、人々に侮られる
虐げられ、苦しめられたけれども、彼は口を開かない
屠り場にひかれていく仔羊のように
また毛を切る者の前に黙っている羊のように口を開かない

「嫌だな、この雨の音」

　私は突然、昔読んだ短篇《たんぺん》のことを考えた。あれはカンボジアの小さな町で、その雨にとじこめられ小さなホテルに泊っていた観光客の老夫婦の話だった。見るところは何処《どこ》もなく、雨にとじこめられた退屈のあまり、町の外のニッパの葉で屋根を葺《ふ》いた小屋でうつされているブルー・フィルムを見にいった。ほかに何もすることがなかったからである。小屋には客はほとんどなく、すり切れたその画面が乾いた音をたててまわっていた。三十年ほど前のパリのどこかの部屋で、からみあっている青年と女との体がスクリーンにうごいている。その青年の肩には大きな痣《あざ》がある。みじかい退屈なフィルムだった。

　雨のなかを老夫婦はホテルに戻った。雨が窓を叩いている。寝ましょうかと妻が言い、ああと物憂《ものう》げに老人は答えて服をぬぎはじめた。裸になった彼のうすい肩に、さっきのフィルムで女をだいていた青年と同じ痣があった。

「だれの小説だい」

　私の話に耳傾けていた戸田は顔をあげた。暗い電燈の灯に照らされた彼のくたびれた首にも、老人の肩の痣を思わせるような赤黒い火傷《やけど》の痕《あと》がある。

「憶《おぼ》えてないよ。もうずっとずっと昔に読んだんだから」

ふるいブルー・フィルムに若い日の自分を見つけた老人とその妻、歯の欠けた「十三番目の弟子」。そしてねずみ。私はこの小説に歳月の悲しみを感じる。そして今、この年でようやくわかったことは、そうした人間の人生はガリラヤ湖畔でイエスが出会った盲人や娼婦や年寄りの人生と変りないということで、この連中は正常位で妻と寝る男や教会を決して裏切らぬ聖人ではないということだ。

翌朝、雨は降ってはいなかったが、空は鉛色の雲に覆《おお》われ、ぬれたユーカリの樹が、時折、身ぶるいでもするように雨滴をおとしていた。そのユーカリの樹の下をくぐって朝食をとりにいくと、湿った食堂はがらんとして、作業服を着た四、五人の男たちが隅の席で煙草《たばこ》をふかしていた。彼等は昨夜、私たちに笑顔をつくって、「シャローム」と声をかけてくれた人たちだろう。キブツの連中の大半はもう食事をすませて仕事に出かけたのか、セルフ・サービスのテーブルに珈琲《コーヒー》がきたなくこぼれ、冷えた茹《ゆで》卵《たまご》やヨーグルトの瓶や黒パンが乱雑に食べ残されている。このキブツでとれた胡瓜《きゅうり》や卵をぎごちない手つきでとっている我々を、彼等は隅からじっと見ていた。

事務所の人が、あのユーカリの林を通り抜けてきたらしく、雨滴に光った肩を手で払いながら顔を見せ、

「寒くはなかったですか。よく眠れましたか」

私たちの皿に視線をやりながら、声をひそめ、

「収容所にいた人たちを五人集めておきました。あの人たちがそうです。何でも聞いてください」

それから彼は、雨にぬれた眼鏡をふいて、

「コバルスキをかなり知っている医者がいるんですが、その人は今日残念ながらカイザリヤに出かけています」

そう言いながら背後を一寸ふりかえり、うつむいたまま食堂から去っていった。

また雨が降りだしたのか、窓の外から砂のこぼれるような音が聞えはじめた。戸田がスプーンを弄《もてあそ》びながら、ヘブライ語でみんなと会話をかわしている。会話のなかにソニーとかトヨタという日本語がまじるので、言葉はわからなくても内容は漠然と想像できる。男たちは戸田に質問し、その返事に微《そ》笑したりうなずいたりしている。陽にやけた皺だらけの顔が、三十年前は頭を剃られ、パジャマのような縦縞《たてじま》の服を着せられた顔だったのだと私は急に思った。バラックを背景にして、感情の動きを全く喪《うしな》った白痴のような顔。それはエルサレムのユダヤ人虐殺《ぎやくさつ》記念館に——蠟燭《ろうそく》の煤《すす》でくろく汚れた壁に並んでいた写真で私が見た、収容所の囚人たちの顔だが。幸福と同じ

ように、人間は苦痛もやがては忘れることができるのだ。この人たちの今の顔から、骸骨《がいこつ》さながらの収容所の時代を見ぬくことはできない。

A

「憶えていますか、彼の顔」

「ぼんやり憶えていますよ。瘦《や》せて貧弱な男だったからね。区分けの時、よく助かったもんだとふしぎでした」

「区分けと言うと……」

「収容所に着くと、向うの将校が待っていて、労働に耐えられる組と耐えられん者とに分けるんです。聞いているでしょうが、労働できぬ年寄りや病人はそのままガス室行きです。それから生き残った労働組だって、毎朝、点呼の時、顔色を調べられました」

「点呼の時、ですか」

「そう、朝の点呼でバラックから這《は》いだして中庭に全員整列すると、親衛隊の将校が列と列との間を歩きまわる。こいつが立ちどまり、じっと顔色を点検して、ゆっくり指揮棒を動かすともう終りでね、強制労働に耐える力がないと思われ、列外に出されるんです。そのあと、責任者が号令をかける。第一労働中隊、並足、二、三、四、二、三、四、最前列、横隊注意。皆は動きだす。やかましく楽隊が鳴ります」

「収容所では点呼の時、楽隊も鳴らしたんですか」

「ドイツ人のやることって変ですね。なぜ、あんな時、楽隊を鳴らしたんだろう。今でもあの馬鹿馬鹿《ばかばか》しい吹奏楽を夢に見ることがあります」

「労働に耐えられぬ人は……」

「そのまま列外に残ります。そして二度と我々のバラックには戻ってきません。しかしその男が姿を消しても、誰も何も言いませんでした。言うことが禁じられていたんじゃない。あの頃は誰が死んでも、我々はもう何も思わなくなったんです」

「顔色が悪い人は、生き残れなかったんですか」

「だから警備兵やS・S隊員の前では、疲れた男、病気もちと思われぬために皆、何でもしたもんです。地面に落ちたガラスを拾って、毎日、髭《ひげ》もそりました。不精髭をはやしていたため、病人と思われて、医師から石炭酸を注射されて殺された囚人が、我々のブロックにいましたからね。同じブロックに、昔、音楽家だったという老人が、少しでも若く見せかけるために、調理場の煙突から煤を掻《か》き集めて、白髪《しらが》を黒くそめ、作業に行く時は痩せ細った脚で大きな歩調をとって歩いていましたよ。でも、結局、この老人も点呼の時、列外に出されたが……」

「列外に出されると、必ずガス室行きだったでしょうか」

「ガス室とは限りません。銃殺される場合もあるし、医者のモルモット代りにさせられる時もある。我々はそれを回教徒になるとか、石鹼《せっけん》になると呼んでいました」

「彼等が死体の脂《あぶら》から石鹼をつくったり、髪で衣料を作ったことは知っていましたか」

「皆、知っていました」

「コバルスキも結局、同じように石鹼になったんですか」

「それはどうもよく憶えてないんです。なにしろ列外に出された者は多かったですからねえ。ただ記憶にあるのは……我々囚人はあの頃、ふしぎな勘ができていて、仲間の一週間後の運命がわかるんです。そう、作業場でどんなに元気よく見せかけていても、そのうしろ姿で奴《やつ》がもう長く生きまいとわかるんです。彼を見た時、そう思った記憶はあります」

B

一九四二年の二月の上旬、雨の強い日に私が医務室の掃除に出かけると、白衣を着た彼が注射器や薬品を硝子板《ガラスいた》の上にならべていて、隅の椅子《いす》に栗色《くりいろ》の髪をした痩せこけた素足の少年が腰かけ、仔犬のような不安げな眼で、入ってきた私を見つめました。私は、なぜこんな少年が医務室にいるのか不思議に思いましたが、それは収容所では、到着早々、十三歳以下の少年や老人や病人たち、労働不可能な男子たちを「暖炉室」つまりガス室に行かせることになっていたためです。

コバルスキは自分と視線が合うと、怯《おび》えた表情をしてあわててうしろを向きました。その彼の表情で、今日この医務室で何が行われるかをすぐに感じました。我々はS・Sの医師が、この医務室で労働不可能の年寄りや子供に、人体実験を時々行うことを噂《うわさ》で知っていたからです。

靴もはかぬ少年は、痩せてよごれた足で貧乏ゆすりをしていました。隣の診療室は、まだ誰もおらず、私は黙ったまま掃除をはじめましたが、コバルスキもものを言わなかった。一度、鋭い金属的な響きがしたのでふりかえると、コバルスキが床に落したアルミ製の盆を急いで拾っていました。

　掃除が終りかけた頃、診療室を歩きまわる靴音を聞きました。コバルスキについて記憶しているのはこれだけです。

C

「コバルスキは医務室で働いていたのですか」

「ええ、そうですよ」

「肉体労働はやらなかったのですか」

「あの時は、私たちみんな生きるために自分の持っているものを全部、利用しました。金時計を匿《かく》していた者は警備兵にそれをやって、回教徒になるのを見のがしてもらったし、指輪を持っている者はその指輪で楽な作業に廻してもらったんです」

「何を持っていたんです、彼は」

「知りません。でもあの男は臆病《おくびょう》なくせに小狡《こずる》いところがあって、都合のいい時は修道士だったことを利用し、都合の悪い時はそんなものに無関係なように使いわけをしていました。彼が労働中隊にまわされず医務室に行けるようになったのは、警備兵のなかで一応、基督《キリスト》教徒の者に頼みこんだのではないですか」

「じゃ、他の囚人から妬《ねた》まれたでしょう」

「だから彼は、バラックの労働監督《カポー》の機嫌もとっていましたよ。私は彼がほんの少しだが、医薬用のアルコールを労働監督《カポー》にわたしていたのを目撃したことがあります」

「生きるために、他人のことは構っていられなかったわけだ」

「そうです……あなたはタウデッシュ・マデイ神父の話は聞いたことがありますか」

「知りません」

「マデイ神父はゲルゼン収容所で生き残ったユダヤ人は皆、忘れないでしょう」

「どういう方ですか」

「彼はユダヤ人ではなくポーランド人でしたし、基督教の神父でしたが、進んで仲間の一人の身代りになったんです。囚人のなかにはもう生き続ける力もなくなって自殺する者もいました。夜になると、突然バラックの戸をあけてだれかが外に走り出す。そして電流の流れている鉄条網にしがみつく。十日に一度ぐらいはそんな自殺者の吼《ほ》えるような叫び声を聞きました。そんな叫び声を耳にしても、バラックに残った私たちは何も言いませんでした。脱走者も出ました。脱走者が別のブロックから出るとすぐわかりました。警備兵が追跡用の犬を放つからね。悲鳴のような鋭い犬の鳴き声が闇《やみ》の遠くから聞え、ああ脱走者が出たと思ったものです。その時も別にどういう感情もありませんでした。他人の運命はもう自分とは次元のちがった別の世界の出来事でした。

脱走者は、翌日、点呼の時、全員の前で絞首刑《こうしゅけい》になるか、囚人から飢餓室と呼ばれている地下室に連れていかれるんです。ここに入れられると、餓死するまで食物も水も与えられない。

そのマデイというポーランドの神父はね、一人のユダヤ人脱走者が飢餓室に連れていかれた時、急に親衛隊の将校の前に進み出て、こう言ったんです。あの人と私とは同じ棚のベッドにいるが、彼には妻も子供もいる、自分は神父だからそんな身内も家族もいない、自分を身代りにしてあの人を許してください」

「あなたは、それを見ましたか」

「はい。あの時は、最初、何だかわからなかったんです。脱走したのはまだ若い男で、雨に濡《ぬ》れた地面に立たされて泣いていました。労働監督《カポー》がいつものように号令をかけて、労働中隊は次々と彼のそばを黙ったまま通過した時、なかから一人の男が出て親衛隊の将校のそばに寄っていきました。皆、びっくりしましたが、マデイ神父だということもすぐわかりました。背が低く、いつもこわれた眼鏡の弦《つる》を糸で耳にかけていましたからね。泣いている人のほうを指さして将校に何かを話していました」

「それで、どうなりましたか」

「私たちはなにが何だか、事情がわからなかった。労働中隊は動きだしているし、ゆっくり見る暇はなかったからです。神父が将校に何を頼んだかは、その夕方、作業から戻って初めてわかりました。彼が若い男の命乞《いのちご》いをして、その代りに彼が飢餓室に入れられたことも知りました」

「みんな、何と言っていましたか」

「何も言いませんでした。いつものように黙っていました。しかし、その夜、私たちのバラックで一人の仲間が急に、昨夜あなたの聞かれた祈りを唱えるように皆に奨《すす》めたんです」

「どの祈りでしょう」

「人々は彼を蔑《さげす》み、見棄《みす》てた。忌《い》み嫌われる者のように、人々に侮《あなど》られる。虐《しいた》げられ、苦しめられたけれども、彼は口を開かない。昨日、食堂で我々が唱えたあの祈りです」

「みんな、それを唱えたのですか」

「たくさんの仲間が唱えたのを憶《おぼ》えています」

「コバルスキも、その一人だったでしょうか」

「わかりません」

「その出来事のあと、彼も死んだのですか」

「いや、時間が経《た》ってからでしょう。あれからしばらくして彼は医務室をやめさせられ、労働中隊に入れられたんです。実際、何をやらせても無能だったから、医師も腹を立てて追いだしたと思いますよ。労働中隊に来れば来るで、あの貧弱な体には労働は無理ですから、作業の間、細い腕で大きなスコップを不器用に動かし、警備兵に怒鳴られたり蹴《け》られたりしていました。正直、そのために他の囚人まで迷惑することが多かったんです。一人一人の作業量は決っているのに彼だけが捗《はかど》らず、私たちはいつまでもバラックに戻してもらえぬこともあったんです。こんな言い方をするのは気の毒ですが……彼が姿を消した時、皆は、ほっとしたと言えないこともないんです」

「コバルスキは、朝の点呼で指名されたんですか」

「そうです」

「その時、彼の姿を見ましたか」

「警備兵が無理矢理に列から引きだしたんです。もがいて、どうしても出ようとしなかったもんですから。でも、ほかの人だって皆、そうでした。なかには尿をズボンに垂らす人だっていたんです」

「マディ神父のおかげで助かった若い男は、その後どうなったのです」

「その若い男はやっぱり……一カ月後、連れていかれました。二度とバラックに戻りませんでした」

烈《はげ》しくなった雨のなかを宿舎まで戻った。雨のせいか、部屋には乾草《ほしくさ》とセメントの匂《にお》いが朝よりつよく漂っている。しめったベッドに腰かけ記憶が消えぬように、さっき聞いたねずみの話を書きとめている間、戸田は皺《しわ》だらけの古毛布に仰向《あおむ》けになったまま、天井をぼんやり眺めていた。

屋根から流れる雨音がうす暗い部屋をかえって静かにして、インクの出の悪いボールペンが紙を動いている。書いているうちに、今まで灰色の膜に覆《おお》われていたねずみの姿が少しずつ形をとりはじめ、あの泣きはらしたような眼が遠くから、この私の手の動きを不安そうに見ているような気がしてくる。

「何、考えている」

ノートから顔をあげて天井をぼんやり眺めている戸田に、私は声をかけた。

「あの頃の一人一人のこと」戸田は物憂げに、「寮にいた連中の……」

「ねずみが死んだ時、君は二等兵だったろう。ぼくは心臓脚気《かつけ》で即日帰郷になり、寮で次の赤紙待ちだったが」

「ああ、千葉県の高射砲部隊で、毎日、土掘りばかりさせられていたさ」

「室戸はその時、もう結核が悪くなって死んでいたね。ノサック神父はもう信州の外人収容所に引張られていた」

記憶の積層から、またあの寮の食堂が浮びあがってくる。寮生の半分がもう姿を消し、居残った病弱者も毎朝早く川崎の工場に出かけていた頃のことで、空襲は頻繁《ひんぱん》になったが、なぜか不思議に私たちの大学のあたりはまだ火災をまぬがれていた。敵機が攻撃してこないのは、彼等が自分たちと同じ宗教を信じているこの大学を焼くのを、わざと避けているのだという学生もいた。

ある日、工場から戻ってきた私たちが、すっかり埃《ほこり》だらけになった食堂で配給の芋を焼いていると、ノサック神父が突然、姿をあらわした。

「おいしいですか」

何もつめていないパイプを嚙《か》みながら、小さな芋を嚙んでいる私たちをしばらく眺めていたが、やがて黒い自分のズボンのポケットから林檎《りんご》を一つ出し、近くにいる寮生の前においた。

「ひとつしかない」

と神父は、わざとおどけた身ぶりをして、

「あとで籤引《くじびき》をしてください」

私たちは口を動かすのをやめ、弱い笑い声をたてた。

「さよならを言いに来ました」

と彼は椅子から立ち上って、皆の顔を見まわした。

「明日、遠くに行きます」

どこにですかと誰かが訊《たず》ねると、松本に近い土地です、とパイプをいじりながら彼はうつむいて答えた。

暗い灯がその時うつむいたこの神父の顔に、一瞬だけだが悲しげな表情を浮びあがらせた。それで我々は、何が起ったのかをすぐに了解した。私のまぶたの裏にも雪に覆われた山国の収容所のバラックが現われて消えた。

「私のことを……忘れないでください」

そう言って彼は無理に微笑して、はっきりと一つの言葉をそれにつけ加え、食堂を出ていった。

「戦争が終るまで……近いです」

大きな姿が食堂から消え、やがて遠くから彼が寮を出ていくギイという玄関の戸の軋《きし》む音が、沈黙している我々の耳にかすかに伝わってきた。(そのギイという玄関の戸の音は、まだ外が真暗で、疲れきった寮生が寝床のなかから毎朝聞いた音でもあった。それを耳にするたびに私たちは、ああ神父が聖堂にミサをたてに行くなと思いながら、まだ眠い眼をつぶったものだ)我々は長い間黙っていたが、やがて一人が立ち上り、別の男もそのあとを追って、それぞれ部屋に引きあげていった。あの時、だれ一人として口を開かず、不機嫌な表情をして食堂を出ていったのは、もう何を言ってもむなしいのだ、という気持が共通してあったからかもしれない。

翌日も工場に出かけなければならなかった私は、ノサック神父が連れていかれるのを直接目撃しなかったのだが、病気で寮に残っていた者の話によると、昼過ぎに迎えの私服が二人、修院の前にしばらく待っていて、やがて小さな古いトランクをさげたノサック神父と、もう一人の神父が姿をあらわし、誰一人見送る者もなくそのまま消えていったそうである。

その寮生の話を、彼をとり囲んだ我々は、昨夜と同じように黙って聞いていた。誰一人として質問したり口をはさもうとはしなかった。話を聞き終ると、昨夜と同じように不機嫌な表情をして自分たちの部屋に戻っていった。

（ノサック神父が、もしゲルゼン収容所にいたら……どうだったろう）

私は我々の舎監とさっき話に聞いたマデイ神父との間に、どこか共通したものを感じていた。一人は燃えつきた蠟《ろう》のように憔悴《しょうすい》した顔をしていたし、もう一人はこわれた眼鏡の弦《つる》を糸で耳にかけている。ノサック神父がゲルゼン収容所に入れられたならば、あるいは誰かの身代りに自分の命を捧《ささ》げたかもしれぬ。神父にはたしかにそんなところがあった。

「マデイか」と私は溜息《ためいき》をついた。「こわれた眼鏡の弦を糸でかけた人か」

「どうした」

「その神父はなぜ、そんなことができたんだろう」

「なぜって……」戸田は、私が考えていたのと同じことを口に出した。「イエスの死を真似《まね》ようとしたんだろう」

「じゃ、イエスの死がもし頭になかったら……彼はそんな行為をしなかったかな」

「だろうね」

「イエスの復活とは、人間がそういう愛の行為を受けつぐということかしらん」

「ああ」

戸田が素直にうなずいたので私は意外な気がした。だが、うなずいたあと、戸田は天井を向いたままぽつりと呟《つぶや》いた。

「だけど、その神父は死んでも……当の若い男は結局は助からなかったんだろ。我々の現実も、何も変らん。そういうもんだろ」

ノサック神父がやっと手にした牛乳を室戸は口にせず、結局は死んでしまった。マデイ神父が身代りになった若い男も、結局は収容所から消えてしまった。そして収容所のなかにはマデイ神父のような人種とねずみのような人種がいる。マデイ型の人間は、一日にたった一つしか与えられぬコッペ・パンを疲れた友人にそっと渡し、処刑されかかった若い男を救うために身代りになる。だが、ねずみ型の人間は……ねずみ型の人間は、どうもがいてもそんな真似はできぬ。世界には、イエスがどうしても見棄てる人間がいるのかもしれぬ。窓の外の雨は砂の流れるような音をたてて、物憂く降りつづいている。コラジンに行く山道は暗かった。

「エルサレムに戻るか」と私は諦《あきら》めた声を出した。「今、出発すれば、夜着くだろうね」

「着くよ」

「飛行機の切符、とれるかしらん」

「さあ、過越の祭のあとで団体客が多いから、明日は無理だろうな。二、三日、エルサレムで疲れをとったらどう」

戸田が事務所に宿泊費を払いに行っている間、私は乱れた二人のベッドを片づけ、窓によって切れ目のない雨空を見あげ、陽気な声を出してみた。

「たった数日の旅行で……何もかもが変る筈《はず》はないさ」

と、飛行機のことや、やがて自分が戻る日本での今までと同じような埃によごれた生活が、頭に浮んだ。その生活の埃のなかでは、もうねずみのことも曖昧《あいまい》になっていくだろう。

車に乗る時、事務所の人が厚い堅い手を差しだして、

「役に立ちましたか」

と真顔で聞いてくれた。

「今度、来られる時は、ゆっくりキブツを見てください。コバルスキを知っていた医師のイーガルさんはあなたたちに会えなくて、きっと残念がるでしょう」

XII　百卒長

〈群像の一人　六〉

陽がのぼるにしたがって、群衆はバルコニーの下に集まってきた。群衆はヘロデ王から再びここに送りかえされてきたあの男と、熱心党《ゼロテ》のバラバとを交換してくれと要求している。さきほどやっと三人の衆議会議員が官邸に入ることを許され、今、ピラトとその問題について折衝している最中だった。

波のうねりのように、群衆の叫び声がここまで押しよせてくる。百卒長は廊下に直立してピラトの護衛に当っていた。髪には白いものが少しまじっていたが、頬には若い頃、決闘で受けた傷痕《きずあと》が赤黒く残り、短剣をおさえた右腕は陽にやけてまだ大木の根のように太い。オレンジ色の陽がさした中庭を凝視した彼の姿勢には、受けた命令を忠実に守ろうとする意志がはっきりあらわれていた。

「バラバを釈放しろ」

高い石灰石の塀《へい》のむこうで誰かが叫んだ。群衆のなかから悪戯《いたずら》な若者たちがこの中庭の塀近くまで来て、無遠慮な声をあげているのだ。続いて二、三人の笑い声が聞えたが、すぐそれは別の方向の数多くのユダヤ人たちの大きな唱和に消されてしまった。

「バラバ、バラバ、バラバ、バラバ」

だが百卒長は腕さえ動かさなかった。はりつけたようなその表情の奥で、彼はこの地下につながれているバラバの髭《ひげ》だらけの大きな顔を思いだしていたのである。彼にはこの反逆者にたいして別に個人的な敵意はない。むしろ、エルサレムの南方、一木一草だにない茶褐色の砂漠のむこうマサダの丘で、ローマの兵士を苦しめたあの青年の勇気に男らしさを感じていたぐらいである。実際、奴等《やつら》はよく闘ったと、戻ってきた彼の同僚さえほめたたえていた。乏しい武器を使い、その武器がなくなると、丘をのぼってくる敵に石を投げてまで抵抗したバラバとその一味。そのような男を、百卒長は同じ軍人として軽蔑《けいべつ》する気にはなれぬ。捕えられて官邸の地下牢《ちかろう》につながれてからも、バラバの毅然《きぜん》たる態度に友情に似たものさえ抱いている。柱に縛られ二十回の鞭打《むちう》ちをうけた時も、バラバは血と汗を体一面にながしながら、挑むような眼でピラトに抵抗しつづけていた。百卒長はその時、ピラトのそばに直立していたが、眼には一度も憐《あわ》れみを乞《こ》うような光は浮ばなかったと思う。

「バラバを釈放し……」

高まっては低くなるユダヤ人の唱和は、今度は別のことを要求しはじめた。

「あの誘惑者《メシス》を殺せ、あの誘惑者《メシス》を殺せ」

百卒長は、さきほどユダヤ人のヘロデ王の宮殿から、痩《や》せこけた体に緋色《ひいろ》のマントを着せられ茨《いばら》の冠をかぶらされて、群衆の嘲笑《ちようしよう》と罵声《ばせい》をあび、よろめき戻ってきたあの男の姿を思いだした。軍人である百卒長は、男にしては薄いこの男の肩や胸、針金のように細い手脚に不快感を起したが、個人的な嫌悪感《けんおかん》はなかった。

彼もあの男について、少しは聞いていた。ガリラヤの城塞《じようさい》に駐屯させられていたシリヤの奴隷兵《どれいへい》がエルサレムに戻ってきて、こんな話をしたことがあるからだ。「その男は力もなく、みじめそのものだったが、優しさが体にあふれていた。祭司や教師《ラビ》たちのように、他国の人々を見くだすこともなく、どんな人間にもなつかしそうに話しかけ、子供たちを可愛がり病人を看《み》とり、老人や寡婦《かふ》を慰めていた」と。今、捕縛されている男について聞き知っている知識はそれだけだったが、彼はそれ以上の関心も興味も持ってはいなかった。むしろ、そんな男はこの世では女のように、毒にもならぬ代り、薬にもならぬ存在だと思っていた。

だが今、その男がユダヤ人たちの手で捕えられ、誘惑者《メシス》として裁かれている。すると百卒長は、この男には人々から憎まれる別の面があったにちがいないと思った。話によれば、この男はエルサレムで、ユダヤ人が何よりも崇《あが》めている神殿と律法《トーラ》とを侮辱したため群衆の憤激を買ったというのだが、なぜそのような馬鹿《ばか》げた行為をやったのかも理解できなかった。

廊下の扉が開いて、長衣を着たピラトの秘書があわただしくこちらに向ってきた。片手で短剣を押えたまま、そちらに体をむけた百卒長に、

「一緒に来てくれ」

と秘書は、ひどくくたびれた声を出した。

「バラバの牢の鍵《かぎ》は持っているか」

百卒長はこの時、個人的な思念をすてて、命令に忠実に従う軍人に戻っていた。彼はローマの兵士であることを誇りに思い、上司の命に服し、部下をも従わせることに生甲斐《いきがい》を感じる男だった。

小さな入口から螺旋形《らせんけい》に作られた石段を足早におりながら、百卒長は、時々、秘書のほうをふりかえった。ここにはもう、波のうねりのような群衆の声も聞えなかった。

赤みをおびた敷石が一面に敷かれた地下室には、何処《どこ》からか水のながれる音がする。石柱に槍《やり》をたてかけ、部下が二、三人しゃがみこんで骰子《さいころ》遊びをやっていたが、百卒長を見るとあわてて立ちあがり、柱の一つ一つに黒い像のように直立した。

「バラバ」

秘書は片手で足にまつわる長衣を引きあげながら、その柱の奥にある黒い入口に向って声をかけた。すると暗がりのなかに影がうごいた。

「ユダヤ知事ピラトは、過越《すぎこし》の祭にユダヤ人の死刑囚の一人に恩赦を与える権限を持っている。ユダヤ人の衆議会は、別の囚人を処刑することでお前の釈放を要求しているが、お前はそれを受けるか」

灰色の影が暗がりのなかを歩きまわっていた。それは百卒長にローマの劇場で飼われている獣のことを思いださせたが、その獣のように髭だらけの一つの顔が、やがて暗がりのなかにあらわれた時、

「あけてやれ」

と秘書は、百卒長に命じた。

ゆっくりとバラバは敷石の上に出ると、背をのばした。両手にかけられた鎖をにぶい音をたてて動かし、秘書をじっと見すえた。汗で鋼鉄のようにひかったその厚い胸板や肩から腕に盛りあがった筋肉は、死さえ弾《はじ》き飛ばす力がみなぎり、百卒長に若かった頃の自分の肉体を思いださせた。その年齢の頃、自分は死がこわくなかった。死がこわくなったのは髪に白髪がまじりはじめてからである。戦いで死ぬことを望むの

は若者の特権だが、老いた者には醜い孤独な死しか待っていない。この若者は俺のように醜い孤独な死など考えたことがないだろう、と百卒長はバラバの裸体を見て寂しかった。

「お前は死は免れるが、そのかわり」

と秘書は感情のない、くたびれた声で告げた。

「ここを出る前、二十回の鞭打ちは受けねばならぬ」

沈黙を守りつづけていたバラバは、相手を小馬鹿にしたようなうす笑いをこの時浮べて、疲れた秘書の顔を眺めた。

「過越の祭に……面倒は起してもらいたくないのだ」

秘書は自分に弁解するように呟《つぶや》くと、バラバは声を出して笑った。だが彼はすぐ両手を百卒長の方に差しだした。柱のそばに直立していた兵士の一人が、急いで壁にかけた皮鞭《フラジエラム》を手にとった。自分をくくろうとする兵士を体で押しのけて、バラバは先日の鞭打ちの傷痕が入り乱れて残っている背中をこちらに向けた。

鞭の先にはスコルピオスとよばれる金属の玉がつけられている。第一撃が大きなバラバの背に鋭い音をたてて当ると、その首から肩にかけて青みをおびた筋がふくれあがった。彼は呻《うめ》き声もたてなかった。鎖で縛られた両手を握りしめて懸命に耐えていた。百卒長はこの若者が秘書に憐れみを乞わぬことを願った。二撃、三撃で血が飛び散って柱に点々とした染《し》みをつけた。背中の肉が破れたのである。間もなくバラバは片膝《かたひざ》をつき、両手のなかに頭を入れて身もだえたが、かすかな声もたてなかった。

「もういい」

秘書は顔をそむけ、片手をふった。

「気絶させてはならぬ。歩けるだけの力は残しておけ。血まみれのまま表門から群衆のなかに追放するのだ。ユダヤ人は我々の恩赦と共に、我々のきびしさをも知るだろうから」

二人の兵士が、バラバの両手を支えて曳《ひ》きずるように出口の石段に連れていった。曳きずられながら、バラバは更に挑むような嘲《あざけ》るような眼でこちらをふりかえった。あの眼には生ぐさい若さがある、しかし若さのうつくしさがある、と百卒長は秘書のそばに直立しながら思った。

バラバが消えたあとの地下室は急に空虚になった。遠くから聞えてくる水の流れる音が、かえってその空虚感をふかめている。百卒長は赤みをおびた敷石の上を歩き、柱に飛び散った血痕《けっこん》を見つめた。娘の唇のように赤いその血の痕は、バラバの肉体の若さを示している。百卒長には自分の体内にもうこの朱色のような若い血はなく、にごった赤黒い血しか流れていないような気がした。

石段を駆けおりるようにして戻ってきた二人の兵士に、どうだったか、とたずねると彼等はこう答えた。血まみれのバラバが官邸の門から追い出されると、騒ぎたてていたユダヤ人の群衆は突然、静粛になり尻《しり》ごみをするように、よろめいてくるバラバを凝視していた。バラバは彼等に物も言わず、足を曳きずって何処かに去っていった。

そうだろう、と百卒長は心のなかで頷《うなず》いた。あの若者が群衆を軽蔑した気持が、なぜかよくわかるような気がする。柱にこれほど真紅の血を飛び散らした若者が、軽薄な叫びをあげる群衆と手を握る筈《はず》はなかった。

その想像通り、百卒長がふたたび中庭にそった通廊に戻った時、そこには強い陽光と静けさが支配していた。気まずい気持で群衆は一人去り、二人去り、引き上げていくらしかった。くたびれた表情で秘書が一人中庭に立っていた。

「だが彼等は、蠅《はえ》のようにまた昼すぎに集まってくるだろう」

と秘書はつぶやいた。

「なぜでしょう」

「群衆はいつも見世物を楽しむ。あの男の処刑が次の見世物だ」

「我々に関係ありませぬ。ユダヤ人の神殿や律法《トーラ》を冒瀆《ぼうとく》したからと言って、それはローマへの反逆にはなりますまい」

「罪状はどうでもよい」

秘書は、いつになく地位をこえた質問をする百卒長を、とがめるように足をとめた。

「我々はこの街でユダヤ人が騒ぎを起すことを好まぬ。騒ぎを鎮《しず》めるために、だれかの死が必要なら殺さねばならぬ。衆議会は、あの預言者が反ローマの反乱を企てていたと言った。もとより我々はその訴えを嘘《うそ》と思うが、やむをえまい」

それから彼は、あの男をバラバの牢に入れるよう命じると、知事の部屋にくたびれたように戻っていった。

扉があいて、バラバと同じように手首をくくられたあの男がうなだれながら出てきた。ヘロデ王の宮殿でわざと着せられた道化師の緋色のマントを肩にかけ、茨の冠をかぶったその体は、百卒長がさきほど見たバラバの鋼鉄のような肉体とちがって、病人のように青白く、枯木のように細く醜かった。頰から唇につたわる血を、彼は舌で犬のように舐《な》めた。

黙ったまま、この男とならんで百卒長は廊下を歩いた。昨夜から一睡もしていないらしく、男は時々足のもつれるような歩きかたをして肩で息をしていた。

「疲れているのか、十字架が運ばれるまで二時間ある」

昼には、この地方ではいっさい仕事をしない。この男の体を打ちつける十字架をシリヤ人の奴隷が運んでくるまで、市民たちは昼食と昼寝とをむさぼる。女を抱く者もいるだろう。

「お前もその間、横になるがいい」

それからあとの嫌な仕事を考えながら百卒長はそう呟いた。死刑囚を四人《クワテルニユウム》の兵士につきそわせ、刑場まで連れていくのは自分の役目だ。死刑囚が息を引きとった時、その死をたしかめるのも仕事のうちだ。そのために百卒長のことを人は「死の確認者《エザクトル・モルティス》」と呼んでいる。

「今はもう眠ることだ。お前の眠りだけが何もかも忘れさせてくれる」

男は百卒長のこの言葉に足をとめた。そして、黒ずみくぼんだその眼に突然、砂漠で水を見つけた旅人のような悦《よろこ》びの光が走った。まるでこんな優しい言葉をはじめて聞いたようだった。

百卒長はその嬉《うれ》しそうな顔を見て、この男はまるで人間の愛に飢えきっているのではないかと思った。渇《かつ》した囚人が一滴の水さえも必死で舌に受けるように、この男は百卒長のなに気なく言った言葉をむさぼり味わっているのだ。

そんな男がどうしてあと二時間もたてば、筆舌に尽しがたい苦痛を味わわねばならぬのか、百卒長にはまだ理解できなかった。それを決定した知事ピラトや秘書たちが会議をひらく厚い扉の執務室は、彼が足を踏み入れることのできぬ場所だった。百卒長のすることは、そこから下される命令に忠実に従うことであり、それを彼は破る意志はなかった。

囚人を前にたてて石段をおりると、槍をもった二人の兵士が敷石を音たてて駆けよってきた。男を荒々しく引きたてようとする彼等に、

「放っておけ。牢に入れることはない」

百卒長は首をふって、この男のうすい肩と細い腕とを顎《あご》で示した。バラバの肉体とはあまりにもちがうこの非力な手で、男が自分たちに反抗できる筈はなかった。反抗だけではなく二時間後、シリヤ人の奴隷が運んでくる大きな十字架を、この細い腕で支えきれるとさえ思えなかった。

さきほどバラバの背中から赤い鮮血の飛び散った柱に犬のようにつながれ、赤みをおびた敷石に肉のおちた腰をおろし男はみじろがなかった。百卒長も部下と同じように壁にもたれ、十字架が運ばれてくるまでの二時間をここで待つことにした。

昼すぎの静寂が邸《やしき》を包んでいた。昼食をゆっくりとったピラトはローマ人の習慣で

午睡につき、秘書も書類をかかえて自分の部屋に退く時間である。いや、この邸だけではなく、エルサレムの町も、今、四月の陽差しとけだるさのなかで眠っている。朝には人々の集まっていた路《みち》も広場も今は建物の黒い影だけを地面に落し、一匹の犬がそこを横切るほかは、死に果てたように空虚な筈である。

壁にもたれた百卒長は長い間、その姿勢を保っていたが、やがてかすかな音を耳にして、つぶっていた眼をあけた。そしてうずくまったあの男の背中が、小きざみに震えているのに気がついた。

(怖《おそ》ろしがっている)

百卒長はしばらくの間、男をじっと凝視していた。バラバのあの汗で光った逞《たくま》しい背中とは全くちがった背中が震えている。同じ柱の下でバラバは傲然《ごうぜん》として鞭打《むちう》たれながらも声一つ立てなかったというのに。バラバの体には死さえ弾きとばすような若さと力とがみなぎっていたが、この男とくると、雨にぬれてつながれた野良犬《のらいぬ》のように震えている。

「眠れ」

彼はさっきとはちがって、軽蔑《けいべつ》をこめた強い声で怒鳴った。

「怖れたところで、どうにもならぬ」

そして百卒長は、いつかシリヤ人の奴隷兵《どれいへい》から聞いたこの男の話を思いだした。「あれは愛の人だ。力もなく、みじめそのものだったが、優しさが体にあふれていた。どんな人間にもなつかしそうに話しかけ、子供たちを可愛がり、みなが見棄《みす》てた癩病《らい》人や熱病患者の住む谷にばかり出かけていた」しかし優しさとは弱さにほかならぬなら、今、この男は自分の弱さを醜いまでにさらけ出しているのであり、それは勇気あるバラバを目撃した百卒長には、たまらなく不快だった。

「何を呟いている」

答えるかわりにしゃがんだまま、こちらに顔をむけた男の唇が小刻みに動いていた。はじめ百卒長は彼が自分たちを呪《のろ》っているのかとさえ思ったが、動きだそうとする兵士に首をふって耳をすました時、彼は男が自分の想像とは別の言葉を、口のなかで繰りかえしているのに気がついた。

「すべての死の苦痛を」

と男は、くぼんだ眼をとじながら呟きつづけた。

「すべての死の苦痛を、われに与えたまえ」

ユダヤ人の祈りをほとんど知らぬ百卒長は、遠い国の言葉でも耳にしたように相手を凝視したまま、この言葉を聞いた。

（すべての死の苦痛を、われに与えたまえ
もし、それによりて
病める者、幼き者、老いたる者たちのくるしみが
とり除かるるならば）
「お前は何を言っている」
百卒長は前に出て、かすれた上ずった声で、
「なんのために、そういう言葉を口にする」
しかし、この時も男は、同じ祈りを口のなかで繰りかえした。肉のそげおちたその痩《や》せた顔に、訊問《じんもん》の疲労と不眠がつくった、くぼんだ黒ずんだまぶたをかたく閉じたまま、彼はその祈りに浸りきっていた。
「もっとも、みじめな、もっとも苦しい死を……」
ふたたび、こちらに歩いてこようとした二人の部下を手で制して、百卒長はうずくまったこの男を上から見おろした。
エルサレムの午睡の時間はまだ終ってはいなかった。強い陽のあたる広場の泉の横に、腫物《はれもの》だらけの幼児をかかえた母親がぼんやりと腰をかけていた。尿と油の臭《にお》いのこもった灰色の路の壁を、盲目の老人が手でさすりながら足を曳きずっていった。そ

して癩病人たちだけの住む町の南のゲヘナの谷では、汚物と死体とを焼く黒いひとすじの煙が、空の白い太陽をよごしていた。

にもかかわらず男の閉じたまぶたに、額からの汗のながれが伝わってきた。そしてその汗は、床の敷石のさきほどバラバがながした血の上にしたたり落ちた。肩は小刻みに震えて、間もなく訪れる自分の処刑と死にたいする恐怖を示していた。この男はバラバのように、死を弾《は》ねかえす力もない。撲殺される仔羊《こひつじ》のように迫ってきた死に怯《おび》え震えている。それなのに彼は、最もみじめで最も苦しい死を彼の神に乾いた唇で乞《こ》うている。若者の血の上に落ちるこの汗の滴《しずく》と、その唇から洩《も》れる祈りの言葉とを、百卒長は今、どう関係づけ結び合わせてよいのかわからなかった。

鈍い足音が石段で聞えた時、男はそれを待っていたように顔をあげた。四人のシリヤ人の奴隷が、一本ずつ柱を運んできたのだった。ながい間、この仕事に馴《な》れている奴隷たちは百卒長に頭をさげると、男には視線もむけずに無関心を装《よそお》って、二本の柱を縄で十字にしばりはじめた。

「時間は、まだまだある」

百卒長は死を待つ間ほど囚人にとって苦しいものはないことを知っていたが、男をいたわるつもりでやさしくそう言った。

「祈りを続けるがいい」

男はうなずき、開いた眼をふたたびつぶった。その祈りを妨げないように、百卒長はそっと作業をしている奴隷たちのそばに歩いていった。奴隷たちはなれた手つきで二本の柱で十字架を作っている。それはカピタタと言われる組み方で、縦柱《スイテペス》の中央に死刑囚がまたがる支え《セディレ》が出ていた。やがてその支え《セディレ》にまたがったあの男の痩せた胸を槍《やり》で突かねばならぬ自分を、百卒長は今日ほど嫌に思ったことはなかった。

どの家の壁にも、その壁を剝《は》がした割れ目のような人間の醜い顔が一列に並んでいた。好奇心と残酷な悦びにゆがみ、ゆるんでいるそれらの顔は、行列の先頭に立った百卒長がその間をかきわけて歩くと、眼をそらすか諂《へつら》うような表情に変る。そのくせ後方では、十字架を曳《ひ》きずる音とあの男への怒号と罵《ののし》りとが絶え間なく聞えてくるのだ。広場に向う路は狭く、至るところで右、左に折れるので、行列はしばしば停止し、そのたび毎《ごと》に部下たちは見物人たちを穴ぐらのような家のなかに追いこまねばならぬ。百卒長は石灰石の白いユダヤ人たちの家々の間に、円盤のような太陽が雲の縁を金色に光らせながら出てきたのを見て、ふかい溜息《ためいき》をついた。ここからまだ広場をすぎ、城壁にそってヘロデ王の宮殿の横を通り、それから城門を出て髑髏《ゴルゴタ》の丘の処刑場まで行かねばならぬのだ。

この群衆と、このつよい四月の陽差しと、それから見せしめのためのこの道のりの長さが、十字架を肩に背負ったあの男にどんなに苦痛か、百卒長にはわかりすぎるほどわかっていた。できることならば一刻も早く、あの男を死なせてやりたかった。ただそうすれば、あの男はもうこんな肉体の苦しみと精神的な屈辱からも解放されることができるのだ。汚物や子供の尿の臭いのただよう石畳路に、囚人の曳きずる十字架の端がぶつかって音をたてる。壁にそって並んだユダヤ人たちの間から、時折腐った果物の皮や小石がとんでくる。

うしろにいた部下が、その見物人を怒鳴りながら百卒長のそばに近寄り、囚人が倒れたとそっと教えた。ふりむくと、つき添ってきた祭司たちの黒い帽子が波のように動いていて、その間に斜めにかしいだ十字架の大きな横木が、難破した船のマストのように壁にぶつかり支えられていた。

引きかえした百卒長は、横木の下を覗《のぞ》きこんだ。ぼろ布のような黒い肉塊がその下に犬のように両膝《りょうひざ》と両手をついて、肩だけで喘《あえ》ぎながら苦しみと闘っていた。どれが顔でどれが頭か、見わけさえつかぬ。石畳についたその細い両腕が血で赤黒くそまっているのが、十字架の下にさしこむ陽光で気持わるいほどはっきり見えた。

「水をやれ」

百卒長が部下に命ずると、栗色《くりいろ》の長い髭《ひげ》をはやした祭司がすぐ口を出した。

「処刑場に着くまでの間、囚人に水をやるのは禁じられている」

百卒長は聞えぬふりをして、部下の持ってきた小さな錫《すず》の壺《つぼ》を十字架の下に置いてやった。

だがあの男は両手を前についたまま、錫の壺に眼をやらなかった。眼をやるだけの力も、今はもう尽きたようだった。騒いでいた見物人たちも、黙って百卒長の次の行為を注目している。

「飲め、立てるか」

百卒長の声に囚人は肩で息をしつづけながら、泣きだしたように急に何かを叫んだ。長い髭をはやした衆議会の祭司たちが、その言葉を聞いて笑いだした。

「何を言っている」

「あの男はこう言っている」

と祭司の一人が、うすら笑いを浮べながら教えた。

「神があなたの死の苦しみを、このために……除かれるように、と」

横木に手をかけたまま百卒長は、妙な叫びをあげたこの肉塊をじっと見つめていた。

このような人間に彼はこれまで会ったことはなかった。ローマでも外国でも見たことはなかった。三時間前、彼はバラバの鋼鉄のような肉体と若さとを羨《うらや》んだが、その若さと逞しい肉体とは自分もむかし同じように持っていたものである。だが、この男のみじめさも細い両腕も、そして苦痛に喘ぎながら呟《つぶや》く祈りも彼は今まで知らず、今まで所有したこともなかった。

ようやく男がもがくようにして立ちあがり、横木の下に肩を入れた時、百卒長は、もう一度囚人が倒れれば、見物人の一人に十字架をかつがせるよう部下に命じた。

ゆっくりと、ふたたび行列は続いた。百卒長はもう先頭には立たずに片手を短剣にあてて、十字架の横に立って歩いた。そうすれば、壁の両側にならんだユダヤ人たちから、小石や果物の皮がこの男に飛んでこないと思ったからである。

薄い肩に縦木を食いこませ、背を弓のように曲げた囚人は、重荷に耐えかねてもがく驢馬《ろば》のように徒《いたず》らに足を痙攣《けいれん》させているように見えた。時折、見かねた兵士が二人、背後からその十字架を少し持ちあげてやらねば行列はこれ以上進むことは不可能だった。十字架を持ちあげてやると、石畳にぶつかる縦木の端が奇妙なひきつったような響きをあげて動いた。

見物人はさっきとはちがい怖ろしいほど黙りこんだまま、自分たちの前を大きな蝸牛《かたつむり》のように動いていく十字架を見まもっていた。囚人の姿は衆議会の祭司たちの黒い帽子にさえぎられて、彼等の眼には届かぬ。一度だけ、その見物人のなかから、「どうして、こんなことを」という女の声が聞えたが、その非難は囚人にむけられているのか、それとも疲れきった彼をなおも処刑場に連れていく者たちにあびせられたのか、百卒長にもわからなかった。

（どうして、こんなことを）

その声は、家々の上にひろがる白濁した空と太陽を見つめて歩く百卒長に、さきほどの囚人の祈りの言葉を思いださせた。最もみじめで最も苦しい死を囚人は神に乞うていたが、神は今、その願いを聞き入れて、苦痛と残酷とに充《み》ちた死への道のりを彼に与えているのだ。だが、どうして、そんなことを……どうして、そんなことをこの男が願ったのか、百卒長にはまだわからなかった。

ようやく広場に入る。広場の周りにも、それを囲む家々の窓にも、ユダヤ人の無数の顔がこちらを眺めている。そのなかには女もいた。老人もいた。母親にだかれた赤ん坊もいた。どの顔も白痴のように口をあけて、大きな貝殻を背負ったような囚人の動きを見おろしているが、誰一人として助ける者はいなかった。こいつらはどの時代にもどの国でも同じだと、百卒長は一瞬だが思った。かりにこの囚人がバラバだったとしても、彼等は白痴のように見物しているだけだろう。ふたたび、この男が官邸の地下室で恐怖の汗を床に落しながら呟いていた言葉が、百卒長の記憶に甦《よみがえ》る。もし、それによりて、病める者、幼き者、老いたる者の苦しみが、とり除かるるならば。しかし、その幼い者も老いた者も、壁にならんで口をあけて眼前のもがいている囚人の苦痛を傍観しているだけだった。

長い灰色の城壁が、そこから帯のようにうねって続いていた。その帯のようにうねる城壁と幾つかそびえている塔とを見ると、百卒長でさえも、それにそってこのまま歩きつづけることが耐えがたく苦しく思われた。

十字架は祭司たちの黒い帽子の波のなかで漂う舟のようにゆれていたが、やがてまた停止した。他人ごとのように横木の下を覗きこんでいる祭司をかきわけて百卒長は、ふたたび犬のように両膝と両手をつき肩で喘いでいるあの男に声をかけた。それはもう人間ではなく、僅《わず》かに人間の形をしている肉塊だった。

「もうすぐ」

彼は顔をあげて、城壁の端にやっと午後の陽をあびて見える小さな城門を指さした。もうすぐ、あそこまでたどりつけば、そこには木も草もない岩だらけの髑髏《ゴルゴタ》の丘がある。もうすぐ、そこでお前はすべてから解放される。もうすぐ、お前はお前の祈りを果すことができる。
その時、百卒長は、這《は》いつくばったあの男が横木の下から、血でそまり汗で汚れきった顔をもちあげ、たった今まで自分がよろめきながら上ってきたエルサレムの坂道をじっと見つめているのに気がついた。坂道の両側には、まだ去りやらぬ群衆が残っていた。その左右には屋根のひくい灰色の惨《みじ》めなユダヤ人の家々が、折り重なりあっていた。家々の窓にも、彼を見棄てた老人や女たちの姿が小さく見えた。重なった家々は、まるでそれらの老人の人生のように、よごれ、醜く古び、疲れきっていた。そしてそれらエルサレムの街の上に、昼すぎのつやのない無意味な空が拡《ひろ》がっている。それを見ながら、瘦せこけた両膝をついた男は唇だけを動かしている。その声はもう聞きとれなかったが、彼が何を呟いているのか、百卒長だけが知っていた。

城門のすぐ近くに十人ほどの女たちがかたまっていた。皺《しわ》だらけの老婆《ろうば》もいれば、白く脂《あぶら》ぎった売笑婦もまじっていた。彼女たちは衆議会で雇われた泣き女たちで、囚人が刑場に赴くまで、泣き叫びながら行列の先頭を歩いていくのである。石畳を鈍い音をたてる十字架の音も、女たちのわめき声に消えたが、難破船のマストのようなその十字架は、もう城門が眼前に迫っているにかかわらず、幾度か停止した。そのたびごとに女たちは白けた顔で泣き声をやめ、力つきた驢馬を見るように、もがいている囚人を覗きにいった。

空は相変らずどんよりと曇っている。その代りむし暑さだけはきびしく、遅れて歩いている衆議会の祭司たちも、黒い帽子をとって汗のふき出た顔をあおぎながら、早く刑を終えねば神殿での儀式に遅れるとこぼしていた。今年は過越《すぎこし》の祭の日が安息日《サバート》と前日とかさなっているため、儀式は例年より早い時刻に始まるからである。行列が動きはじめ、ふたたび始まった女たちの泣き声や、祭司たちの汗の臭いのなかで、百卒長はやがて自分がやらねばならぬ嫌な義務を心に浮べた。囚人が死にきれぬ時は、彼はその膝を鉄棒で叩《たた》いて殺さねばならないのである。

かなり長い時間をかけて城門に入った時、女たちは足をとめた。彼女たちの仕事はそれで終ったからである。地面に落ちた城門の影がなくなったこの地点から、もう死の世界が始まっていた。彼女たちは一列になって、曇った空を背景に生気なく拡がっている髑髏《ゴルゴタ》の丘を眺めた。

髑髏《ゴルゴタ》とよばれる刑場は花崗岩《かこうがん》の岩が斜面に散乱して、まるで塩でも吹いたように汚れている。生えているのは、わずか五、六本ほどの折れまがった埃《ほこり》だらけのオリーブの老樹だけである。今は祭司たちも泣き女のそばに立って、汚いものを避けるように、兵士に両手をかかえられて連れていかれる囚人と、つきそう百卒長の動きを見まもっている。兵士たちは、囚人と蓬売《よもぎう》りの男から十字架を引き離してそれを地面に放り出したが、肉の塊のように赤黒く汚れきった囚人は、両膝と両手を地面に獣のようについたまま、もう立ちあがる力さえないようだった。誰もがこの醜悪な肉体から預言者の救い主《メシヤ》の姿を感じることはできなかった。今日までここに連れられて来た多くの泥棒や人殺しよりも、それはもっと醜く、もっとみじめだったからである。百卒長は思わず眼をつぶったが、ここに来るまでこの醜い肉体が喘ぎながら呟いていた言葉を知っているのも、彼だけだった。そんな呟きを死の直前まで繰りかえす人間は、百卒長の人生を一度も横切ったことはない。ないから彼は、それをどう理解し受けとめて良いのかわからない。にもかかわらず、今、胸の底に自分でもどうしようもないものがこみ上げてくるのを感じる。なぜ、なぜ、と彼は白濁した空にむかって叫びたかった。自分の義務に忠実な彼は、この囚人を救う気持は毛頭なかったが、この男がこれほどの苦しみと惨めさとのなかで死んで行く理由もわからなかった。愛にだけ生きた人間が、なぜこんな悲惨な死にかたをするのかもわからなかった。どんよりと曇った空とよごれた丘とが、なぜその苦痛をただ無言で凝視しているのかもわからなかった。

むし暑さのなかで鈍い音が聞えた。刑場で待機していた刑吏が、地面に放り出された十字架に錐《きり》で三つの穴をあけているのである。兵士の一人が薬草の入った葡萄酒《ぶどうしゅ》の壺を、囚人の口にあてがっている。それは、このあと彼がこの三つの穴の上に両手と両足を釘《くぎ》づけにされる時の苦痛を多少でも麻痺《まひ》させるためだった。

蓬売りの男が、突然、兵士の一人に何か叫びだした。囚人と一緒に十字架をかついだ金をくれとわめいているのだ。だが兵士が困惑した顔で首をふると、男は白骨の散らばったような花崗岩の間を走って、かたまっている祭司たちに訴えにいったが、結局、彼等からも相手にされず悪態をつきながら姿を消していった。

逃げていったその蓬売りの男が、百卒長にはひどく羨ましかった。義務というものがなければ、自分もこの刑場から早く立ち去りたいと思う。年をとったものだと、彼は頭のなかでひとりごちた。今までは、囚人たちを刑場に連れてきても、こんな嫌な気分には決してならなかったし、十字架に穴をあける錐の音を、こんなに不愉快な思いで聞くことはなかった。もうすぐこの囚人は十字架に釘づけにされるが、息を引きとるまで二時間も三時間もかかるだろう。その間、じっとむし暑さのなかで死を待っているのは辛《つら》いと真実、心からそう思った……。

アルパヨは一人、城門と反対側から髑髏《ゴルゴタ》の丘をのぼった。径《みち》にかぶさった雑草や茨《いばら》が、埃で白っぽくなって足にまつわりついた。その草いきれと暑さとで、時々、立ちどまって大きな息をついたが、間もなく真下に集まっている黒服の祭司たちや泣き女やローマ兵士の姿が小さく見える崖《がけ》の上に出た時、彼は本能的に身を岩の間に隠し息をひそめた。あの連中に見つかれば、あの人の弟子ではないかと問いつめられる。それがこわくて足をすくませたのである。

あの人の姿が見えた。今、地面に転がされた十字架のそばで、あの人は一人のローマ兵士から何かを飲まされていた。それが体を麻痺させる薬草入りの酒であることぐらい、アルパヨにもすぐわかった。一口、二口、それを飲むと、あの人は辛そうに首をふって拒絶した。

（お前は、それでいいのか）

頭の奥でアルパヨは、自分ではないもう一つの声を聞いていた。声を聞くまいとして彼は耳の穴に泥だらけの指を突っこんだが、指を突っこんだ耳奥から更に絶え間ない雑音が湧《わ》き起ってくるのを感じた。

その雑音が一体何であるかを、アルパヨは気がついた。今、彼をとりまいている丈高い雑草や茨よりも、もっと生い茂った葦《あし》。その葦のなかで、熱に苦しんでいる彼が耳にした蛙《かえる》の声。耳奥の雑音はその蛙の声を彼に連想させた。あの日々、その鳴き声は、あるいは高くひびき、あるいは突然やんだが、それが聞える時も急に静寂になった時も、彼は自分の排泄物《はいせつぶつ》で汚れた小屋のなかで自分を見棄《みす》てた肉親や友人を呪《のろ》いつづけた。彼等を憎むことが、衰弱していく体を支えるただ一つの気力になったように呪いつづけた。そのくせ熱にうなされている間、咆吼《ほえ》るように叫ぶ言葉は一人で死なせないでくれという哀願だったが、そんな哀願はふたたびはじまった蛙の声にすっかり消されてしまうのだった。そして……。

そして、ある日、眼をさました時に、あの人が横に立っていた。汗をふき、水をのませ、汗をふき、水をのませ、アルパヨの手を持ち、昼も夜も、そのそばから去ろうとしなかった。ある夕方、眠りからさめた時などは、あの人が疲れ果てて泥壁にもたれ体を直立させたまま眼をつぶっているのを見たが、そのまぶたは真黒に黒ずんでいた。その黒ずんだ眼をひらいた時も、あの人は微笑《ほほえ》みかけた。

（あの人は、お前を一度も棄てなかった。だがお前は、あの人を棄てようとしている）

と、すべてこうなったのも、あの人がエルサレムに来たからだ、という弁解が心のなかですぐ起った。あの人はまだ何かができると過信していたのだ。ガリラヤの町や村でも皆から馬鹿《ばか》にされ、誰も耳傾けなくなったのに、それに気づかなかったのだ。

こうなったのも、みなあの人のせいだ。

だがその弁解が自分のうしろめたさを静めてくれぬことを、アルパヨ自身が一番よく知っていた。それでなければ彼はどうして街を去ることもできず、この丘をうろついているのだろう。生気のない曇り空の下で、灰色のエルサレムがくたびれた獣のように横たわっていた。城門のそばに先程まで立っていた祭司たちの姿がいつの間にか消えて、泣き女たちの群れだけがまだ残っている。兵士たちから少し離れて、背の高い百卒長が腕組みをしたまま一人、直立していたが、その姿がアルパヨにはひどく孤独なものにうつった。

ようやく刑吏が立ちあがって、あの人の背後から手をまわし、抱きかかえるように十字架の上に寝かせた。それから縄でその手足をしっかりと二本の木にくくりつけた。

本能的に花崗岩に顔をふせ、アルパヨは次に起る残酷な場面を見まいとした。しかし、その瞬間、彼は釘を叩きつける響きと、すさまじい悲鳴を聞いた。あの人は女のような悲鳴をあげ、身をくねらせて掌《てのひら》に錆《さ》びた釘が貫くのを耐えていた。悲鳴は、静まりかえった丘にひろがり、そして急にやんだ。顔中を泪《なみだ》で濡《ぬ》らしながら、アルパヨは顔をふせた花崗岩に額をうちつづけ、うちつづけながら、あの人はお前を棄てなかった、棄てなかった、棄てなかった、と繰りかえして言いつづけた。お前はそれなのに何もしない。何もできない、それがお前だ。

静寂が、ながい間、続いた。（エルサレムの町は、相変らず、どんよりとした空の下で過越の祭が始まるのを待っていた。まもなく塔から高らかに喇叭《らっぱ》の音が三度鳴りひびけば、大祭司カヤパが赤い長衣をひるがえしながら、群衆の先頭に立って神殿に入ることになっている）アルパヨの額がやぶれて血が泪にまじったが、彼はそれを拭《ぬぐ》おうともしなかった。

三人の兵士たちが、囚人を釘づけにした十字架をかかえ、地面に直立させると、痛みにたえかねたのか、頭上から傷ついた獣の唸《うな》り声のような呻《うめ》きが洩《も》れてきた。あらかじめ掘った穴に、その十字架を固定させている間、百卒長は腕を組んだままこの呻き声を耐えながら聞いていた。戦場でも刑場でも同じような呻き声を数多く耳にしてきた彼だが、それらの声とこの声とは、今、別のもののように思える。地下牢《ちかろう》の柱の下で、この囚人が祈っていた呟《つぶや》き――もっとも辛き死を我に与えたまえ――というあの呟きがふたたび記憶に甦《よみがえ》ってきて、百卒長は、もしこの囚人が十字架の上から、このような不合理な刑罰を与えた人間たちに、愛の言葉ではなく憎しみと怒りの言葉を吐いてくれたならば、自分の心も楽になるのにとふと思った。だが、今、十字架から切れ切れに洩れてくるのは、呪いや憎悪《ぞうお》の言葉ではなく、仔羊《こひつじ》のように従順にすべての苦痛を受け入れている切ない呻き声だけだった。

灰色の空を突きさすように直立した十字架と、そこに蝗《いなご》のように痩《や》せほそった両手を拡げて釘づけされたあの人を見た時、アルパヨは思わず、ああと叫んだ。ふたたび恐怖に捉《とら》えられて、思わずそこから逃げようとした彼は、四、五歩、走りかけて足をとめた。

（棄てるのか）この声が彼をとらえたからである。十字架の方向から眼をそらせたまま、もう自由にしてくれ、もうあの人のことを考えないようにしてくれ、と彼はその声に抗《あらが》った。あの人がいなくても俺は生きることができる。あの人がいなければ俺はもっと楽に生きることができる。

（それならば、逃げるがいい）

頭のなかで聞える声は、彼を嘲《あざけ》るように言った。

（なぜ逃げぬ。なぜエルサレムの街から去っていかぬ。そのくせ、お前は野良犬《のらいぬ》のようにあの人の捕えられた街を歩きまわり、あの人の処刑されるこの丘を汚らしくうろついているではないか）

声が嘘《うそ》を言っているのではないことは、アルパヨが一番よく知っていた。一度あの人を知った者は、あの人を棄てても忘れることはできぬのだ。だからこそ、自分の足はこの髑髏《ゴルゴタ》の丘に向ってしまったのだ。

（眼をあの十字架のほうに向けよ）

アルパヨはほてった花崗岩に指をかけて、もう一度、崖《がけ》の上から真下を見おろした。十字架の横木に両手を拡げたまま、あの人は死んでいく小禽《ことり》のように首を横にかしげていた。肋骨《ろっこつ》の浮き出たその貧弱な胸。肉の落ちた枯枝のような足。その細長い足も血まみれになり、脇腹《わきばら》にも赤いものがながれているのが、ここから見てもはっきりとわかる。むかしアルパヨを看病してくれた夜、疲れ果てたあの人は、同じような恰好《かっこう》で泥壁に靠《もた》れたまま眠っていたのだ。あれは愛を尽した者の姿だ。女に愛を出し尽して疲れ果てた男たちさえも、同じような姿で眠る。さまざまのあの人との旅の思い出が、この時アルパヨのまぶたを風のように通過していった。

幸いなるかな、優しき人よ。群衆はあの人をとりかこみ、その話に耳傾けたこともあった。幸いなるかな、悲しめる人、その人は慰めを受けん。風はガリラヤの湖からアネモネの咲く岸辺に吹き、担架にのせられた病人も、孤独な老人も、夫を失った女たちも、その声にじっと耳傾けていた。あの人はたった一つのことしか語らなかった。たった一つのことしか、しなかった。それは今、あの十字架に釘づけにされた貧弱な体が示していることだった。やがて挫折《ざせつ》がきて、あの人は湖畔の村や町から追われていった。従う弟子も次々と姿を消した。

空は相変らず生気がなく、時々、円盤のような白い太陽が顔を覗《のぞ》かせたが、すぐにその姿を消した。兵士の一人が、雨が来ればいいと呟いたが、そこにいる四人の彼の仲間も百卒長も同じ思いである。雑草のはえた門の下で、泣き女たちの群れは黒い鳥《からす》の群れのようにしゃがんだままじっと十字架を見つめ、囚人が最後の息を引きとるのを待っている。囚人が息を引きとれば、彼女たちはふたたび泣き声をたてながら街に戻り、その声によってエルサレムの市民たちは刑が終了したことを知るのである。

（長い）

と百卒長は思った。十字架が地面に立てられてから随分時間が——人生と同じように、重く長い時間が経《た》ったように思われる。囚人をこの苦痛から解いてやるためには、死のほかには何もないのに、まだ生きつづけていることは、時折、その肋骨の浮き出た胸がふくらみ、呻《うめ》きとも吐息ともつかぬ声を、紫色になった唇から吐きだすのでよくわかった。しかし蠟《ろう》よりも白くなって斑点《はんてん》のできたその顔には、既に死相があらわれていて、夕暮までには息を引きとることは確かだった。

百卒長は、自分がクルリフラジウムをしないようにと願っていた。クルリフラジウムとは、この刑場に夜が訪れてもまだ死にきれぬ囚人の膝《ひざ》を鉄棒で打ち折って殺すことである。他の罪人ならいざ知らず、今、この十字架にかけられている痩せ細った足を鉄棒で打つことだけはしたくない。骨の潰《つぶ》れるあの嫌な音をこの男の足から聞くのは、たまらなく嫌だ。

（お前は、なぜだまっている）

百卒長は時折、恨むような眼で首を垂れている囚人を見あげ、心のなかでそう話しかけた。お前はどうして怒らぬのか。お前がこれほどの苦痛をなめている時、それを凝視しているだけのこの生気のない空。その空にたいしてお前はなぜ叫ばぬ。時折、形ばかり姿を見せてはすぐ消える円盤のような太陽、その太陽をなぜ呪わぬ。なぜ我々を罵《ののし》らぬ。いや、それよりも俺は信じてはいないが、お前が信じたゆえにこの運命を与えた神に、胸に残った最後の息を集めて怒りの叫びをあげぬのか。もしお前がそうすれば、俺には少しは人生の辻褄《つじつま》が合うのだ。少なくともお前のような人間の運命に答えを出すことができるのだ。

一人の兵士が、自分の飲みものであるポスカを浸した海綿を槍《やり》に突きさし、囚人の口に運んでやった。しかし囚人にはそれを口中にふくむ力もないのか、少し唇を開いただけでそのまま先ほどと同じように項垂《うなだ》れた。ふくらんだ胸が息を吐くたびにしぼみ、ふたたび少しずつふくれていく。釘の打ちこまれた足首からはもう新しい血はながれていなかったが、こびりついた赤黒い血のかたまりに、何匹かの蠅《はえ》が飛びまわっていた。そして空から顔をのぞかせた太陽は相変らず無言でこの光景を凝視していた。

何でもいい、どんな些細《ささい》なことでもいい、何かがこの無限に長い時間をかき乱してくれればいい、と百卒長は心の底から願った。蠅のうなる音。雨をもたらさぬくせにじっとりと顔に汗をしぼり出すむし暑さ。門にかたまったまま身じろぎもせぬ泣き女たちの群れ。そして間欠的に聞えてくる十字架からの呻き声。もしこの十字架にかけられたのが、この瘦せ細った男ではなくて熱心党《ゼロテ》のバラバならば、決して自分にこのような耐えがたい思いをさせなかっただろう。あの男ならば俺にはわかる。あの男ならば十字架から獅子《しし》のように吠《ほ》え、衆議会の祭司や俺たちに嘲笑《ちようしよう》と呪詛《じゆそ》と怒りの叫びをあげて死んでいくに違いない。だがこの男とくると、地下牢でも石畳の路《みち》でも恨みの言葉の代りに、他の人間の苦しみと引きかえに最も辛《つら》く長い死を我と我が身に引きうけることを、かぼそい声で祈っていたのだ。それは人間のすることではない。それならば、人間のすることでないことを今、果そうとしているこの囚人は、本当に救い主《メシヤ》だったのかも知れぬ。

（お前は救い主《メシヤ》か）

しかし救い主《メシヤ》ならば、もっと威厳ある死にざまができる筈《はず》だと百卒長は考えた。血のりの臭《にお》いを求めて飛んでくる蠅の一匹を追う力さえ尽きて、やがてくる絶命をどうすることもできずに待っているこの囚人が救い主《メシヤ》である筈はなかった。

花崗岩《かこうがん》の岩に体を押しつけたアルパヨは眼をつぶって、あの人がいつも呟いていた祈りを必死になって繰りかえしていた。それは、あの人が訪れた町や村で病人や老人を看《み》とりながら、その手をとって呟いていた祈りである。病人のいる家の戸口や窓からその光景を見にあまたの男女がのぞき、あの人があるいは奇蹟《きせき》を行うのではないかと待ちかまえていたものだが、奇蹟は一度も起ったことはなく、病人や老人は彼に手をとられたまま息を引きとり、幻滅した見物人は時にはあの人を蔑《さげす》むような言葉を吐きながら去り、弟子たちさえも同じ失望の気持であの人を見つめたものである。そんな時、あの人はくぼんだ哀《かな》しそうな眼をしばたたきながら町を去っていくのだった。

だが、今、アルパヨは奇蹟一つもたらさなかったその祈りを呟かざるをえない気持だった。今、十字架で息を引きとろうとしているあの人とつながる方法が、何もなかったからである。けれども、この祈りを懸命に唱えていた時、彼にはあの人の今日までの哀しみが、ほんの少し――ほんの少しだけだが、わかるような気さえしてきた。

（われ、泪の谷より歎《なげ》き、叫び）アルパヨは両手で顔を覆《おお》って繰りかえした。（われ、泪の谷より歎き、叫び……）

幸いなるかな、心清き人、とアルパヨはつづけた。その人は神を見るべければなり。彼は崖下《がけした》の十字架に釘《くぎ》づけにされた枯木のような肉体に視線をやって、心清き人という言葉を嗚咽《おえつ》と一緒に吐きだした。心清き人。たしかにあの人は誰よりも心清き人だった。誰よりもやさしい人だった。そしてやさしい仔羊が今日の過越の祭のために死んでいくように、やさしかったあの人も、今、死んでいく。

雨が数滴、筋肉の盛りあがった百卒長の腕を濡らしたが、それきり消えると、ふたたびむし暑い空気のなかで蠅の音だけが鈍く聞えた。こんなに長く、緩慢な死を百卒長は今まで見たことはなかった。彼が今日まで目撃した兵士たちの死は、太陽がきらめき馬の駆けずりまわる戦場のなかで、もっと急速に荒々しい形でやってきたのだ。刑場に彼が連れてきた他の囚人たちも、十字架の上で動物のように吠え体をくねらせ、悲鳴と呪《のろ》いの言葉をわめきながら死んでいったものである。だがそれは本当の死の顔ではなく、恐怖におびえた人間が誤魔化している死であることを百卒長は知らなかった。本当の死は、今この男が受けているように緩慢に、長く苦しく訪れてくるのだ。

（俺は）と百卒長は、この時はじめて気がついた。（こんな死にかたはしたくない）戦いにはもう何度も出かけた彼だが、その時味わう死の怖《おそ》ろしさよりも、もっと違った怯《おび》えと不安が、今、彼を襲ってきた。（なぜ、わめかぬ。なぜ、この鈍感な空にむかって叫ばないのか）できることなら、彼は十字架を動かして、依然として鞴《ふいご》のような呻《うめ》き声しかたてぬ囚人の意識をゆさぶりたかった。

兵士たちも同じいらだちを感じているのか、動物のようにそのあたりを無意味に歩きはじめ、時折その顔を空にむけて額の汗をぬぐっていた。むし暑さに耐えかねたのか、刑場から城門の影のなかに姿を消した泣き女たちのおしゃべりが時折、蛙《かえる》の声のように聞えてくる。

囚人の呻きが一段と高くなったのはこの時だった。肋骨の浮き出た胸をふくらませ、囚人は今まで垂れていた首を急に持ちあげた。百卒長は最後の痙攣《けいれん》がその肉体を襲ったのかと前に進み出た。

「神よ」

かすれた大声が、紫色になった囚人の唇から突然に洩れた。

歩きまわっていた兵士たちもたちどまり、茫然《ぼうぜん》として十字架を見あげた。百卒長もまた蠟よりも白い囚人の顔が苦痛にゆがみ、唇が震えて同じ言葉を繰りかえすのを目撃した。

「神よ、なぜ、わたしを見棄《みす》てられました」

静寂がふたたびあたりを支配した後でも声は髑髏《ゴルゴタ》の丘にぶつかり、もう一度こちらに戻ってきたように百卒長の耳奥に残っていた。無限に長かった時間が今、崩れたのを彼は感じた。遂《つい》に囚人も、この生気なくどんよりとした空に、この雨をもたらさず形ばかり姿を見せる空に、この苦痛を凝視しているだけのすべてのものに、怒りの声をあげたのだ。

体内の力がぬけたような疲労を、百卒長は急におぼえた。兵士の一人がもう一度、海綿にポスカを浸して槍につけると、首を垂れた囚人の口を濡《ぬ》らしてやったが、囚人は海綿を吸わず、まだ息を引きとらぬことを示すように、間欠的な呻き声だけを繰りかえした。

疲労と共に幾分、気が楽になったのを百卒長は感じていた。この囚人も結局は、自分や他の人間たちとそう違いはなかったという思いが、今の叫び声でわかった。彼をいらだたせていたものの辻褄がやっと合ったからである。今まで長い間、彼をいらだたせていたあの単調な呻き声も、そう苦にはならなくなった。

十字架を見あげて彼は、囚人のうすれていく意識のなかで跡切《とぎ》れ跡切れに横切る思いを推し計った。自分の人生が間違っていたという屈辱が、今、この男の昏睡《こんすい》した頭に波のように押しよせているのだろうか。自分のやったことのすべてが、無意味であり無駄であったことを初めて悟ったのであろうか。そこまでは洞察しえなかったけれども、幾分かの戦いを経験した彼は、この囚人が味わっているにちがいない敗北感の辛さだけは、はっきりわかるような気がした。

「もうすぐ死ぬだろう」

刑場に来て初めて、彼は部下の兵士たちに話しかけた。

「鉄棒を使う必要もあるまい」

「死体は誰が引きとるのですか」

「この男の身内も弟子たちも」憐《あわ》れむように、彼は十字架を見あげた。「何処《どこ》かに逃げ散ってしまっている。ユダヤ人の衆議会かエルサレムの金持が始末するより仕方あるまい。どうせ彼等は同じユダヤ人同士なのだから」

だが衆議会が罪人の死体を始末するということは、今日まで滅多になかった。百卒長は今日までたびたび、棄てられた死体の下半身を山犬が食い、残った部分に禿鷹《はげたか》があさましく群がっているのを見たことがあった。

「すぐに奴等《やつら》の祭が始まります」

百卒長は、部下の軽蔑《けいべつ》したような言い方に調子を合わせてうなずいた。去年と同じように塔の上で喇叭《らっぱ》の音が高らかに鳴ると、エルサレムのすべての家々から男女の群れが、辻に眠っている襤衣《らんい》をまとった乞食《こじき》までが、路《みち》を埋めて神殿へ神殿へと向うのだ。そして街では、人間の罪を背負って殺されるあまたの生贄《いけにえ》の羊が首を切られ、血が路の石畳を赤黒くよごすのである。ユダヤ人の心や考えが、百卒長にはどうしてもわからない。

だが喇叭の音はまだ鳴らず、空は相変らず鈍くひろがり、太陽は時折、顔をのぞかせ、先ほどと同じようにむし暑さのなかで蠅の羽音が鳴っていた。一度は元気のついた兵士たちも、ふたたび憂鬱《ゆううつ》な顔をして無意味にあたりを歩きはじめ、呻き声は前よりももっと弱々しくなったが相変らず十字架の上から聞えてきた。気をまぎらわすためだに、百卒長はこの囚人のことを忘れようと努めていた。自分は今日の長かった一日、随分くだらぬことに心惹《ひ》かれたものだと思う。この囚人に出会った時から妙な関心を持ち、その祈りに感動し、彼が十字架を背負いながら街の坂路をのぼった時も尊敬のまじった期待さえ持ったのだ。この男が恨みの言葉の代りに他の人間の苦しみと引きかえに、最も辛く最も長い死を引きうけることをかぼそい声で祈っていた時、本当にそれを果すことを心の隅の何処かで待っていたのである。

だがこの男も結局、他の罪人とそう違いはなかった。幻滅と失望と気楽さとのまじった感情を味わいながら、百卒長は先程まで垣間《かいま》見たと思った別の世界が、やはり蜃《しん》気楼《きろう》にすぎなかったことを知った。

主は、永遠《とこしえ》に我らを忘れられたのか
むなしく待つことに、我らは耐えかねました
主は、永遠《とこしえ》に黙《もだ》し給《たま》うのですか

それはあの人が旅の間、教えてくれた祈りではなかった。それは異邦人たちに長く征服されたユダヤ人たちの歎きの祈りだったが、その祈りがアルパヨの疲れ果てた唇から洩《も》れていた。彼は今、あの人に代って天に訴えていたのである。

あの人の死に神が手をこまねいているとは思いたくなかった。何かが起る。何かが起らねばならぬ。最後の瞬間、この生気のない空が突然暗くなり、エルサレムの街の上に稲妻のような光が走らねばならぬ。そうでなければ、あの人の生涯は一体、何であったのだろう。

主よ、なにゆえ、遠く離れたまうのですか
主よ、なにゆえ、悩みの時に身をかくされるのですか

だが生気のない空は生気のない空だった。草いきれは、なまぐさい臭いを暑さのなかで発散していた。祈りは、その草いきれにむなしく消えていった。待ちくたびれた泣き女たちがおしゃべりをやめて、城門から黒蟻《くろあり》のように出てくると、百卒長に身ぶりで、囚人はもう死んだかと訊《たず》ねた。百卒長はゆっくりと首をふって、地面においた鉄棒を手にとった。夕暮にはまだ間があったが、彼はこれを使うことで、あまりに長い苦痛から死の休息へ囚人を解放してやろうかと、ふと思ったのである。クルリフラジウムは、陽の当る間には執行することは禁じられてはいたものの、男にたいする憐れみが義務に忠実な百卒長の心をふと動かしたのである。同意を求めるように、彼は泣き女たちのいらだった顔を見つめ、その視線を部下に移した。

その時、遠くから、はっきりと喇叭の音が鳴りひびいた。市民たちに神殿に赴くことを促す喇叭の音は、ながく響くと急にやんで深い静寂をつくった。その静寂のなかで百卒長は、囚人が突然叫ぶ声を耳にした。

「すべては……」

二番目の喇叭がまた長くひびいた。囚人は最後の力をふりしぼって項垂《うなだ》れていた顔を持ちあげると、醜い瘦《や》せこけた体を弓のようにそらした。

「すべてが御心《みこころ》のままに……わたしをあなたに委《ゆだ》ねます」

それから、さっきよりもっと深い静寂が、この丘全体に拡《ひろ》がった。

「死にました」一人の兵士が、百卒長に告げた。「それを使うこともありませぬ」

百卒長は鉄棒を地面に棄てた。静寂のなかで地面にぶつかった鉄棒が鈍い音をたてて転がった。百卒長は部下が怪しむほど長い間、十字架の下にじっと立っていた。幾度かの戦いで鍛えた筋肉の盛りあがった腕を胸に組んだまま、彼は彼自身が直立する十字架の一つであるかのように、そこに釘づけされた囚人と同じように、身じろがず立っていた。

「死体は放っておきますか」

兵士の一人が彼を促した。

XIII　ふたたびエルサレム

〈巡　礼　七〉

「この夜、最後の食事のあと、イエスたちはケデロンの谷をおり、オリーブ山に戻った。山というよりは丘に近いその麓《ふもと》には、ゲッセマネという油を搾《しぼ》る場所があって、そこで毎晩、彼等は野宿をしていた。

夜はふけていた。四月のエルサレムは夜になると急に気温もさがる。弟子たちはイエスの苦しそうな表情から、なにか不安な気持を持ちはじめたが、しかし、何が今からはじまるのかは、まだわかっていなかった」

熊本牧師からもらった「少年のためのエルサレム物語」の訳本が、この町で私の持っているただ一冊の日本語の本だった。数日ぶりに見るエルサレムは、相変らずきびしい陽光と摑《つか》みどころのない気体のような騒音に包まれていて、褐色の城壁の外側では最新型の車が家畜の群れに遮《さえぎ》られ、城門のあたりからは物売りや乞食《こじき》の声が驢馬《ろば》の鳴き声にまじって聞えてくる。

過越《すぎこし》の祭のあとなので、どの飛行機も満員だったから、出発を二日延ばさねばならなかった。今度、泊ったホテルはこの前よりも更にひどい建物だったが、イエスが最後の夜を送ったオリーブ山が真正面に見える。戸田が勤め先の国連事務所に夕暮まで働いている間、私は昼近くまで眠り、眠りからさめるとこの熊本氏の訳本を持って町を目的もなく歩いた。歩きつかれると埃《ほこり》っぽいアラブ人の食堂に腰かけ、水煙草《みずたばこ》を喫《す》っている男たちや道ばたで粘土をこねている職人をぼんやり眺めた。そんな時、自分はもう遠い昔に日本を離れ、長い間この町に住んでいるような感じがした。

ほかに行く場所もないから、戸田がこの前、見せてくれなかった場所を一人で覗《のぞ》いてみた。イエスが足萎《あしな》えの男を歩かせたといわれるベテスダの池にも、盲人の眼を治したというギホンの泉にも足を運んだ。古い建築物の土台や柱の残骸《ざんがい》の転がった場所に汚い水溜《みずたま》りがあって、それが聖書に出てくるベテスダの池の跡だった。

「昔、ここは五つの建物にとりかこまれ、そこには、盲人や中風やびっこが池の水の動くのをじっと待っていました。それは、水が動いた時、最初に池に体をつけた者の病気が治るという伝説があったからです。イエスはここで八年間、病気で苦しんでいる男に出会われました」

この前と同じように、バスで送られてきた外人の観光客たちが、たのしげにその汚い水溜りを覗きこむ。虫歯のような色の残骸のかげに立たせた細君を夫が八ミリで撮っている。細君は魔法使のような顔をしている。私は熊本氏の本の頁《ページ》をめくりながら、彼の不機嫌な表情や、それから黒眼鏡をかけた林さんのことを思いだす。あの巡礼団にこの町のどこかでまた会えるかと思ったが、遂《つい》に出会うことはなかった。彼等はもう巡礼コースをすべて廻りおえて、日本に飛んでいるのかも知れない。

久しぶりで出会ったと言えば、あのピラトの官邸跡といわれている場所で私たちを辛抱づよく待っていたアラブの子供にも再会した。歎《なげ》きの壁の前でまた姿をあらわした彼は、

「金《ギブ・ミ・マネー》をくれ」

相変らず埃と垢《あか》とで汚れた手を差しだしたが、こっちの顔はすっかり忘れているようである。私が彼に小銭を与えて、歎きの壁に群がっているユダヤ教徒の姿を見たあと戻りかけると、彼はふたたびそばに寄ってきて金をせがんだ。

「今、やったぞ」私は首をふった。「憶《おぼ》えているだろう」

しかし彼は狡《ずる》そうに眼を動かして、すぐ言いかえした。

「あれは俺の弟だ《ヒー・イズ・マイ・ブラザー》」

夕方になると、仕事を終えた戸田がホテルに来て、二人で酒を飲んだ。私が今日た

ずねた場所を報告すると、彼の頰にいつものうす笑いが浮び、すぐ消える。

「あの寮の跡はどうなった」旅行中と同じように、酒に酔うと彼の火傷《やけど》の痕《あと》は赤黒く浮びあがった。「こわされたのは、もちろん、知っているが」

「新しい校舎が建ったよ。あの大学は随分、拡張したから」

四年ほど前に、私は妙な感傷にかられて、たった一度だけ、昔、寮のあった場所を探したことがある。室戸が喀血《かっけつ》した防空演習の夜、警防団の男たちが駆けずりまわっていた路《みち》はあとかたもなくなり、窓のやたらに多い文学部の建物が立っていた。掲示板には原潜の寄港反対や授業料の値上げ抗議のポスターがびっしりはられ、険しい顔をした学生たちが歩きまわっていた。ジャンパー姿のそんな学生のなかに、私は昔の自分たちの似姿を見つけようとしたが、それは無駄だった。

「そりゃそうさ」私の話を聞いて、戸田は憐《あわ》れむように笑った。「今どき、イエスなどに関心をもつ学生はどこにもいる筈《はず》はない」

「時代遅れの人間だよ、ぼくたちは。まもなく、イエスのことなど、もう世界の誰も語らない日がくるかもしれん……」

それから私は戸田の顔を一寸窺《ちょっとうかが》ってから、からかった。

「なのに、君はイエスのことをまだ忘れていない。もう信仰はないと言っているくせに、やはり気にしている」

「あんただって」戸田はからかうように反駁《はんばく》した。「ねずみのことを忘れられない」

出発の日も昨日や一昨日と同じように陽差しが強く、昨日や一昨日と同じように私は昼近くまで眠ったが、旅の疲れが溜《たま》ったのか、いくら眠っても体の節々がだるかった。寝床のなかで、私は間もなく帰る日本での生活をぼんやり考えた。羽田を発《た》つ前と違いのない生活がこれからも続き、「十三番目の弟子」はもう書き続けることはないだろう。

ベルが鳴って、戸田の声が受話器の奥から聞えた。飛行機は夜の九時にテル・アビブの空港から出るので、七時にはそちらに迎えに行くという電話だった。それから彼は思いだしたように、

「手紙が来ているよ」

「誰から」

「テル・デデッシュのキブツから。事務所の人が話していた医者」

夕方になって、私はシオンの丘にある戸田の勤め先まで歩いていった。せわしそうなタイプの音があちこちから聞えてくる事務室の前で待っていると、ネクタイをゆるめた恰好《かっこう》で彼が階段をおりてきて、

「これ」日本でいえば、税務署からくるような安っぽい紙の封筒を差しだし、笑いながら、「あんたの名が間違って書いてあるだろ。外人はこれだから困る」

空はまだ青ざめてはいなかったが、夕陽は城壁の一角をうすい紅色に染めていた。城内から市中のざわめきが埃のように立ちのぼり、神殿では間のびした夕《ゆうべ》の祈りがラウド・スピーカーを通して響いてきた。

その神殿の壁は市の城壁につながっていて、ケデロンの谷を威圧するように聳《そび》えている。谷を隔ててオリーブ山が神殿にむきあい、油搾り場《ゲッセマネ》の小さな樹木のかたまりが真正面に見える。

「この夜、最後の食事のあと、イエスたちはケデロンの谷をおり、オリーブ山に戻った。山というよりは丘に近いその麓には、ゲッセマネという油を搾る場所があって、そこで毎晩、彼等は野宿をしていた。夜はふけていた。四月のエルサレムは夜になると急に気温もさがる。弟子たちはイエスの苦しそうな表情から、なにか不安な気持を持ちはじめたが、しかし、何が今からはじまるのかは、まだわかっていなかった」

あの重々しい顔にかかわらず、熊本牧師はなかなかうまく訳していた。ほかに読む日本語の本がないので、エルサレムに戻ってから私はベッドで何度もこの頁を読んだ。

「イエスはこの日、サドカイ派の祭司たちが自分を捕えることに踏みきったのを知っていられたのだろう。事実、神殿を何よりも大事にし何よりも崇《あが》める彼等は、イエスがこのエルサレムで人々に何を言っているか、報告をすべて受けていた。イエスの主張は、彼等には祖先伝来の教えにたいする侮辱としか考えられなかった」

油搾り場《ゲッセマネ》の樹々《きぎ》のかたまりの蔭《かげ》に二台のバスが停っている。カメラをぶらさげた観光客たちがそのバスからおりて、灰色の塀《へい》のなかに一列になって吸いこまれていく。

私は丁寧にたたんだ手紙をよごれた封筒から取りだして、それがフランス語のタイプで書かれているのでほっとした。英語はからきし駄目だが、フランス語なら昔、大学で習ったままにまだどうやら読めるからだ。戸田が事務所の人にそう伝えてくれたのかもしれぬ。

ヤコブ・イーガルさんは医者で、我々がテル・デデッシュのキブツに泊った夜、カイザリヤ市に用があって出かけていたため会えなかったのが残念だったと鄭重《ていちょう》に書いていた。そのきちんとしたタイプの打ち方から、患者にも温厚で人あたりのよさそうな中年の医師を思いうかべた。

「コバルスキのことをお知りになりたいそうで……」

という字が眼に入ったあと、

「彼と私とは同じブロックのすぐ近くの寝台に寝ていて、一つの寝台を四人が共有しておりました。私は当時、十五歳だったため、四人のなかでは、一番、楽な雑役の仕事をさせられていましたが、コバルスキは周りの者に日本の大学で教師をしていたと自慢していました」

ねずみは我々の大学の寮で、ノサック神父の仕事を手伝っていただけだった。彼が教壇に立ったことは一度もないのに、そういう嘘《うそ》を仲間につくのがいかにもねずみらしかった。病室の室戸に腋臭《わきが》の臭《にお》いをさせながらサッカリンをかすめ取った時と、少しも変っていなかった。

「彼は皆から狡い男と思われていました。うまく立ちまわって医務室にもぐりこんだからです。しかし彼は、ブロックで一番、年下の私には、医務室からそっと盗んだ葡《ぶ》萄糖《どうとう》のかけらを一、二度くれたことがあります。私だけが彼を馬鹿《ばか》にしなかったからかもしれません」

小さな木立のかたまりから観光客の群れがふたたび姿をあらわし、二台のバスに乗りこんでいる。彼等はこれから、最後の晩餐《ばんさん》の家とか、イエスを裁いた大祭司カヤパの邸跡《やしきあと》に行くのだろう。戸田に言わせれば、本当かどうかわからぬそんな場所も私は昨日、訪れた。最後の晩餐の家は倉庫のような空屋で、大祭司カヤパの邸跡には褐色の土台石の残骸がわずかに残り、その周りにコカコーラの瓶《びん》やガムの紙が落ちていた。

「あそこでは生きることは馴《な》れることでした。たとえば、今でも収容所の高い煙突が私の夢に出てきます。そう、一カ月に一度か二度、家畜を運ぶような貨車に寿司《すし》づめにされて送られてくる客たち。我々がお客と呼んでいたその新来者から、列外に出された老人や病人や子供はやがてガス室に連れていかれ焼却炉で焼かれます。その時、収容所の高い煙突から黒いひとすじの煙がゆっくり吐きだされます。だが、あの頃、私たちにはそんな光景さえ当り前のような気がしていました。ほのかに漂ってくる臭気にも、もう何も感じませんでした。生き残るためには他の人間のことを愛してはならぬのでした。思いやりとか憐憫《れんびん》とか愛とかは、この収容所では自分を自殺させる有害な感情だったのです。

だから私は今でもコバルスキを含めて、生きるために他人に関心のなかった人たちを非難しようとは思いません。コバルスキが警備兵や囚人監督に阿《おもね》るために、患者用に赤十字から送られたアルコールをくすねて手渡したことも軽蔑《けいべつ》しようとは思いません。そうしなければコバルスキはとっくに死んでいたのです。

こんな出来事もありました。ある日、もう疲れきった囚人がコバルスキに、いつになく卑屈な笑いを浮べて近寄り、自分のたった一つのパンを差しだして、医務室の仕事をまわしてくれないかと頼みました。もうシャベルや鶴嘴《つるはし》をふるう力もなくなったから助けてくれと言うのです。その時、コバルスキは怯《おび》えたように相手を見つめていました。何も答えず、くるりと壁のほうを向き返事もしませんでした。その囚人は彼を罵《ののし》りつづけましたが、コバルスキは黙りこくっていました。

三、四日後、その囚人は朝の点呼の時、列外に出るように命じられ、それっきり我々はもうその姿を見ませんでした。夜、コバルスキは私にだけ、あれは自分のせいじゃない、自分のせいじゃない、と私に繰りかえしていました」

油搾り場《ゲッセマネ》の木立の間からは、威嚇《いかく》するような神殿と城壁の影が、間近に、くろぐろと浮びあがった。弟子たちとは石を投げて届くほど離れた場所で、イエスは手で顔を覆《おお》って苦しまれた。彼は血のような汗にまみれていたが、弟子たちは誰一人としてそれに気づかなかった。彼はその時、こう祈られていた。母親は子を産むために苦しみます。自分は愛を産むために今、苦しんでいる。人間がもう二度と孤独でないために自分の死が役に立つだろうか。

やがて城壁の門の一つから暗い炎の列が動きはじめた。弟子たちはまだそれに気づかず眠りこけていたが、イエスだけが身じろがずにこちらに近づいてくる炎の列に眼をやった。彼はその炎が神殿警備隊の松明《たいまつ》だと知っておられた。ようやく眼をさました弟子の一人に、彼は悲しそうな眼をして言われた。さあ、行こう。わたしを捕える者たちが近づいてきた。

イエスを捕えた神殿警備隊の列が洞穴のような城門に吸いこまれてから、ペトロとよぶ弟子の一人が林の斜面をおりて姿を消した。だが彼さえ大祭司カヤパの邸にもぐりこんだものの、女たちに見とがめられてイエスを拒まねばならなかった。拒みながらその時、柱のかげから彼は、手首を縛られ、ひとすじの血を頬に流しながら中庭を追いたてられていく師の姿を見た。その時、イエスはくぼんだ辛《つら》そうな眼でこちらを見つめて去っていったので、ペトロは両手で顔を覆って烈《はげ》しく泣いた。

「夜になると、同じバラックのユダヤ人たちは三人、四人と集まって祈りを唱えました。おそらく、あなたたちが我々のキブツでお聞きになったあの祈りです。それはこの生活でのたった一つの慰めであり、希望でもあったわけです。私はユダヤ教徒ではありませんでしたが、時折、彼等の祈りに加わりました。しかしコバルスキだけは、決してそうした真似《まね》はしなかった。

そんなことを何故《なぜ》、私は書くのか。それはマデイ神父が死んだ日を思いだすからです。あの日は前日に雨が降って、朝の点呼の時に地面には水溜《みずたま》りや小さな沼ができていて、その水溜りには労働監督《カポー》に追いたてられながら整列した囚人たちの影がうつっていました。彼等から離れた場所に小柄な男が立たされていて、我々にも彼が何のためにそこに立たされているのか、もうわかっていました。それは他のバラックから脱走した囚人で、これから見せしめのため飢餓室に連れていかれるのでした。男は泣いていましたが、我々にはどうすることもできなかった。戦争はいつ終るかわからず、終ることがわからぬ以上、自分たちと、今、殺される彼の運命とにどんな違いがあると言うのでしょう。

親衛隊の将校のそばで、背広を着た独逸人《ドイツ》が何かを怒鳴っていましたが、皆はただ空虚な疲れはてた眼で雨あがりの空の遠くを見ていました。ナチの職員や親衛隊の前では決して目だたぬことが、この収容所で生きのびるもう一つの方法だったのです。背広の独逸人が男の肩を押して歩くように命じ、労働中隊が作業場に向って歩きはじめた時、囚人の列から眼鏡をかけた誰かが離れて進んでいきました。私はまだはっきり憶えていますが、彼は拳《こぶし》を口にあてて咳《せき》をしながら、背広の独逸人と親衛隊の将校に脱走者を指さして何か話しかけていました。やがて彼は二人に連れられて、ゆっくりとその場から姿を消しました。労働監督《カポー》がいつものように号令をかけ、楽隊が音楽を鳴らし、雨はやんでいたものの、鉛色の空の下を家畜の群れのような列が動きはじめ、何事もなかったようでした。

しかしその日の夕暮、我々は今朝の目だたぬ出来事が何だったかを知りました。独逸人に話しかけた眼鏡の囚人はマデイという神父で、自分を身代りに飢餓室に入れ、代りに脱走者を助けてくれと申し出たというのです。

この話を次々に聞いた囚人たちの表情は別に変りませんでした。しかし、その夕暮、バラックの窓から鉛色の空が割れて、ようやく暗い燃えるような空がのぞき、そこから幾条かの光が有刺鉄線に囲まれた荒涼とした建物と監視塔にふり注いだ時、我々はそれぞれ心のなかで、今、飢餓室にいるマデイ神父のことを考えていました。囚人の一人が、その時、呟《つぶや》いた言葉を私は忘れません。世界はどうして、こう……美しいんだろう、と彼は言ったんです。

だれかが祈りだしました。祈りの低い声は小波《さざなみ》のように一つのベッドから次のベッドへと大きく拡《ひろ》がっていき、私はコバルスキに自分たちもそれに加わろうと声をかけましたが、彼だけは烈しく首をふり、指を耳の穴に入れました。まるで体全体でこう言っているようでした。放っておいてくれ。自分はマデイ神父じゃない、放っておいてくれ。マデイ神父は飢餓室に入れられて五日目に死にました。ナチの医者が石炭酸の注射をうったのだそうです。点呼の時、二人の囚人が独逸人に命じられ、担架をもって飢餓室に行きました。やがて彼等はその担架によごれた雑巾《ぞうきん》のような肉体の塊を運びだしました」

城門のそばの石だらけの小さな空地で、つながれた一頭の驢馬《ろば》が、井戸の釣瓶《つるべ》の軋《きし》むような、すり切れた声で鳴いている。城門をくぐった時、夕暮のエルサレムに灯がともった。

家畜の臭いの漂う狭い路《みち》に、まだ午後の熱気がこもっていたが、その熱気も夕暮の影に追われ肌ざむい冷たさに変りつつあった。路の隅で縄とびをしていた裸足《はだし》の子供たちが、遊びながら私に手を出して金をせがんだ。すぐそばの物置小屋のような家のなかから、母親らしい女の彼等を叱《しか》る声が聞えた。

水彩画のように西陽が残っている塀のかげで、アラブの行商人たちが一本のコカコーラをまわし飲みしている。骨董屋《こっとうや》の前に年寄りが二人、椅子《いす》に腰かけて、狡《ずる》そうな笑いを浮べ蛍光燈《けいこうとう》のともった店内を指さしてみせた。わびしい店のなかには壺《つぼ》や燭台《しょくだい》が乱雑にならべられ、隣のラジオ屋ではアラブの音楽が力なく鳴っている。するとなぜか、いつか通りすぎた伊豆の海べりのわびしい町を私は思いだした。

雑踏する市場の路に入ると、そこはどの店も蛍光燈をつけ、店先で日本と同じように前掛をした男たちが歌うような調子で客を誘っていた。頭に籠《かご》をのせたアラブの女やイスラエルの主婦たちが、野菜をとりあげ、果物の匂《にお》いを嗅《か》ぎ、豚の頭をぶらさげた肉屋で肉を切らせていた。鈴を首にぶらさげた羊の群れが路の出口のあたりで右往左往していて、誰かが声をあげて怒鳴っている。

それだけでこの町の内側はもう終りだった。イエスの頃もここは同じような小さく、同じような狭い汚水によごれた路があちこちにつながり、同じように埃《ほこり》くさく家畜の臭いがこもり、同じように人々が雑踏していただろう。もう私もおそらく二度とこのエルサレムに来ることはないだろうが、エルサレムのことをふと思いだすのは新宿のさむい夜のプラットホームか、黄昏《たそがれ》の陸橋を渡っている時なのかもしれぬ。

反対側の城門の一つを出て、私は夕靄《ゆうもや》に包まれた虐殺《ぎやくさつ》記念館に入った。肌ざむくなった空気のなかで五日前に見た菊に似た花がしょんぼり咲いている。閉館間近の館内には、入口で渡された布を頭にのせた青年が恋人らしい娘と壁にそって歩きまわっていたが、やがて怯えたような彼等の囁《ささや》き声が館内から消えると、うつろになった室内に私一人がとり残された。蠟燭《ろうそく》の煙でくろく汚れた壁には、この前と同じように写真が並んでいて、そこにはナチの兵士の前で両手をあげている鳥打帽のユダヤの少年や、こちらを見ている疲れきった老人の顔がうつっている。鉛色の空を背景に、葉の落ちた一本の樹の下で幼児をだきしめ銃殺を待つ女の写真もそこにある。

「マデイ神父が死んだからと言って、毎日は何も少しも変りませんでした。戦争はいつ終るかわからず、希望はもうありませんでした。はじめの頃はむなしい夢を大人たちは語りあっていましたが、そのどれもが蜃気楼《しんきろう》のように次々と消えると、もう誰もがそんな話を信じまいとしました。夢や希望を持つよりは、それが崩れた時の辛さのほうが耐えられなかったからです。黎明《しののめ》、まだ暗いうちに作業道具をもって整列し、一日一個のパンをもらい、点呼をうける。それから八時間の苦しい労働をやり、夕暮、足を曳《ひ》きずってバラックに戻ってくる。力を使いきった者、病気にかかった者は、一人一人姿を消していく。その人について誰も思いだそうともしなければ、語ろうともしない。マデイ神父に助けられた青年も間もなく見えなくなりました。神父の犠牲にもかかわらず、結局、彼はガス室に送られ、何もかもが変らなかったのです。

何もかもが変らなかったなかで、ある日いつもと一寸《ちよつと》ちがった出来事がありました。違ったと言っても平和な時代には当り前のことで、しかしあの収容所では決してなかったことでした。それは朝の点呼の時で、コバルスキのすぐそばの男が急に倒れかかったのです。その男は作業中の一寸した不注意を見とがめられて、昨日からパンを与えられなかったのです。あまりの空腹で貧血を起しかかった彼は、辛うじて身を支えていました。彼はコバルスキにパンを半分くれと言い、コバルスキは首をふりました。

その時うしろにいた別の囚人が、そっと自分の今日一日の食糧であるたった一つのコッペ・パンをこの男にくれてやったのです。いいさ、俺は今日、食べたくないのさ、と彼は恥ずかしそうに呟きました」

出口のほうから黒い服を着た受付の人が、閉館時間が気になるのか顔を覗《のぞ》かせて姿を消した。静まりかえった館内で、私は長い長い間、写真の少年や老人の顔と向きあっていた。この少年はもう死んでしまっただろうか。それともまだ生きているだろうか。その顔のうしろに泣きはらしたような眼をしたねずみが、こちらを見ているような気がする。泣きはらしたような眼で、ねずみは私に訴えている。あれは自分のせいじゃない。たった一つのパンをやればこっちが死んでしまう世界だったんだから。私はうなずいた。そうさ、それはあんたのせいじゃない。誰だって収容所にいれば、あんたと同じことをしただろう……。

神がいつイエスを救うだろうかと、町の近くに身をかくした弟子たちは悲しみのなかで考えていた。きっと神は間もなく奇蹟《きせき》を起しイエスを救われるだろう。昼すこし前には騒がしい市中からは次々と、イエスがピラトの官邸に連れていかれたこと、祭司たちが群衆を煽動《せんどう》して死刑を要求したこと、その要求をためらっていた知事ピラトが遂《つい》に認めたことが伝わってきた。この日は四月にしてはかなり暑い日で、弟子たちは胸をしめつけられる思いでエルサレムの上に拡がる太陽の白くかがやく空を見あげ、神が何かをなされる瞬間を待っていた。十二時頃になると、イエスが重い十字架を背負わされて市中を引きまわされているという情報も入ってきた。だが相変らず円盤のように太陽は白くかがやき、神はイエスにまだ手を差しのべなかった……。

「数日後、コバルスキは医務室をやめさせられ、死人のような表情でバラックに戻ってきました。労働監督《カポー》に自分の非力を訴え、労働以外の仕事を廻してくれるよう頼んでいましたが、誰からも相手にされませんでした。寝台の端に腰かけ頭をかかえていた彼の姿をまだ憶《おぼ》えています。しかし彼のことを憐《あわ》れに思う者なんか一人もいなかった。思う余裕なんか我々にはなかった。翌日からコバルスキが鶴嘴を持たされ、兵隊に蹴《け》られながら作業に駆りたてられていた時、皆は彼がもうすぐバラックから消えるだろうと考えていたんです。だからといって彼を助けてやる気は誰にもなかった。彼はその狡さのため皆から軽蔑されていましたし、誰にもパンをやらなかったし、その上、助けようにも我々には何もできなかったのです」

十字架を背負ったイエスが血と汗にまみれ、もがくように刑場に進んでいった時、両側の家のなかや路《みち》の片側で見まもる群衆から、嘲《あざけ》りの声や笑い声が飛んだ。なかにはこの憐れな犠牲者に唾《つば》をはきかける男たちもいた。暑さは更に強くなり、力尽きたイエスは幾度も十字架と共に倒れ、ローマ兵たちは容赦なく鞭《むち》で十字架を叩《たた》き、気を失いかけた彼を無理矢理に立ちあがらせた。群衆の中にはイエスの話を聞いていた女たちもいたが、女たちも今はもう何もできなかった。

蠟燭の炎が生きもののように揺らぎ、その火影が石鹼《せっけん》を積んだ小さな硝子《ガラス》ケースに反射していた。芯《しん》の焼ける臭《にお》いがあたりに漂っている。芯の焼けるかすかな音は、人影のない館内の静けさをさらにふかめ、ひとつひとつの石鹼のまわりを沈黙が包んでいて、見る者の安っぽい憐憫《れんびん》をきびしく拒絶しているようだ。石鹼の山は一番下に四個、その上に三つを重ね、更に二つを頂上においている。一人の人間の体の脂《あぶら》から一個の石鹼ができるとすると、この九つの石鹼には九人の人間の死体が使われているのだろうか。石鹼は女の下着を思わせるような桃色の紙に包まれていて、折れ釘《くぎ》に似た独逸語で化粧石鹼と印刷されている。ずっと昔、ある温泉マークの旅館にこんな小さな形の、同じように桃色の紙に包んだ石鹼がよごれた洗面所に置いてあったのを憶えている。そして私と寝た女は事がすんだあと、クリーム色の光沢をもったその石鹼で体を洗った。

「皆はコバルスキが間もなく消えるだろうと考えていましたが、ふしぎにその頃は気持がわるいぐらい、あの高い煙突から煙はたちのぼらなかったのです。当時、我々は夢を見てももう何も思いだす力もなくなり、時間の感覚さえ消えて今日が何曜日かも関心がなかったくらいでした。しかしガス室に送られる者がなくなり、点呼の時、親衛隊の将校たちがもう朝の仕事に飽きたのか、義務的に列と列の間を歩いているのがわかると、今まで失っていた希望がかすかに起ってきました。人間なんてふしぎなものです。ドイツは各戦線で敗走しているという噂《うわさ》さえする者もいました。自分たちは今日まで生きのびたのだから、あるいは戦争が終るまで生きられるかもしれぬと、私でさえあの時、考えたくらいです。

あの朝はそんな日の朝のひとつで、灰色の空の下で空気はつめたく乾いていて、収容所の職員たちの使う建物から生活の匂いのする白い煙が出ていました。ガス室の高い煙突の煙とはちがってその白い煙を見ると、あたたかい部屋や熱いスープがこの世にあることが思いだされます。でも我々は何の羨望《せんぼう》も感じなかった。家に入るのを禁じられた犬のように、それは自分たちの触れることさえできぬ世界だと信じこまされていたからです。

労働監督《カポー》がいつものように人員報告をして、親衛隊の将校と背広姿の眼鏡をかけた独逸人が列のなかを歩きはじめ、沈黙のなかで二人の革靴の軋む音が聞えました。右手にシャベルや鶴嘴《つるはし》をもち、左手にパンを握った囚人たちは胸を張り、まだ自分に体力があることを示そうとする姿勢をとっていましたが、将校と背広の職員が自分の前を過ぎ去ると思わず吐息を洩《も》らしました。私とコバルスキとの前も、彼等は面倒くさそうに通りすぎたのです。

通りすぎてから、うすみどり色の制服を着た将校が急に立ちどまりました。そして背広の独逸人に何かを囁きました。背広の独逸人はうなずき、うしろを向いてコバルスキを指さしました。労働監督《カポー》はコバルスキの肩に手をおいてこう言いました。許してくれよな、俺たちのせいじゃないんだから。しかしコバルスキは列外に出まいとして身をもがき、中隊は彼をそこに置き去りにしていつものようにのろのろと動きだしました。

雑役の仕事に向う私を背広の独逸人が呼びとめて、コバルスキを連れてくるように命じました。私が彼の腕をとると、その膝《ひざ》がしらが痙攣《けいれん》したように震え、今にもしゃがみこみそうなのがわかりました。足もとに水が流れはじめていました。恐怖のあまり彼も他の飢餓室に行く囚人のように尿を洩らしていたのです。

行こうと言うと、彼は泣いて首をふりました。そして——私に——この私に彼の最後の日の食糧になる筈《はず》だったコッペ・パンをくれたんです。

背広を着た独逸人が彼の左側に立って歩きだしました。うしろで私はじっとそれを見送っていました。コバルスキはよろめきながら温和《おとな》しくついていきました。その時、私は一瞬——一瞬ですが、彼の右側にもう一人の誰かが、彼と同じようによろめき、足を曳きずっているのをこの眼で見たのです。その人はコバルスキと同じようにみじめな囚人の服装をして、コバルスキと同じように尿を地面にたれながら歩いていました……」

正午、三本の十字架が刑場に立てられ、イエスの左右には二人の囚人が同じように両手と足首とを釘づけにされてうなだれていた。刑場まで従《つ》いてきた祭司たちも、三人が十字架にかかったのを見とどけると市中に戻っていった。残ったのは百卒長と、彼の部下の三人のローマ兵と、そして一握りの見物人たちだった。刑場はひどくむし暑く、囚人たちはいつまでも生き続けていた。左の囚人が急に顔をあげて、とぎれとぎれにイエスに声をかけた。俺のことも天国で……忘れないでくれ。イエスも汗と血にまみれた顔に、それでも苦しい微笑を浮べて答えた。いつも……お前のそばに、わたしが……いる、と。

いつも、お前のそばに、わたしがいる。二十数年前、私はねずみの人生のほんの一部しか知らなかった。放課後の校舎のよごれた廊下で、私を撲《なぐ》った配属将校に胸ぐらをつかまれたねずみ。その時のねずみの怯《おび》えきった顔。泣きはらしたような眼をしているくせに、寮生にイエスの話をしては葡萄糖《ぶどうとう》をかすめとったねずみ。病気の時、死をこわがっていたねずみ。学生たちの噂では、豆のように小さい性器をもっていたというねずみ。そんなねずみが、もしあの収容所で他の死体と同じように石鹸を作る材料になっていたのなら、彼の貧弱な肉体からできた石鹸はどんな人間の手にわたったのだろう。

工場から夕暮、戻ってきた労働者がよごれた爪《つめ》をそれで洗ったかもしれぬ。母親が赤ん坊の股《また》をそれで綺麗《きれい》にしたかもしれぬ。情事のあと、一人の女が浴室でこの桃色の紙をひらき、タイルに滑り落したかもしれぬ。女は濡《ぬ》れた裸の体にねずみという石鹸をこすりつける。濡れた裸の体にそれをこすりつけながら彼女は、ズボンに尿をたれ流しながら何処《どこ》かに連れ去られていった修道士のことなど、決して考えはしないのだ。

そのことを考えた時、私は泣きだしたかった。そんな気になったのは、私のねずみがこんな惨《みじ》めな石鹸に変ってしまったのに、イエスだけが栄光ある死をとげたと思えなかったからだ。

（そうです）もしイエスがそばにいたら、私はこう言いたかった。（あなたも石鹸に

なった。それは知っています。だからあなたは、私のねずみも石鹸にされたのか）
あなたは無力で、無力だったからナザレで追われ、ガリラヤの村々からも追われ、無力だったから、エルサレムで人々に罵《ののし》られながら捕えられ、無力なくせに自分の体から絞りだした苦痛の脂で、たくさんの人間の悲しみを洗おうと考えられた。そして、死のまぎわ、いつもお前のそばにわたしがいると呟《つぶや》かれた。だからあなたは、ねずみにも、誰かのよごれた爪の垢《あか》を落し、幼い児の股《と》を綺麗にし、情事のあとの女の体を洗うように仕向けられたのか。そしてあなたは、尿をたれて引きずられていくねずみのそばで、御自分も尿をたれながら従いていかれ、最後には自分の運命に似たものを私のねずみにもお与えになったのか。それを認めるのは辛《つら》いが、それは、私があなたの復活の意味をほんの少しだけでも考えだしたからなのでしょうか。
足音がして、受付の黒い服の男がもう閉館だと気の毒そうに告げた。そして蠟燭に顔を寄せ、生きもののように動いている火を一つ一つと吹き消しはじめた。建物を出ると、ひえびえとした夜空にポプラの高い影がゆれて、その下に一人のアラブ人が老いた駱駝《らくだ》のようにうずくまっていた。
空港の待合室で、戸田と私とは他の客たちから少し離れた長椅子《ながいす》に腰かけて、ぼんやりとアナウンスを待っていた。テヘランから来たという一群の巡礼団の男女が鳴きたてる鳥のようにしゃべっている。彼等のうす汚れた荷物をポーターが運搬車に載せて運んでいく。草色の軍服を着て銃を肩にかけたイスラエルの兵士が、ガムを噛《か》みながら柱に靠《もた》れていた。

テヘランまで向う機内で、これらたくさんの外人にまじって腰かけている自分の姿を、私は思い浮べた。数日前ローマからこの国に来た時は飛行機の窓から褐色の大地が斜めにかしいで、テル・アビブの街の白い拡《ひろ》がりが陽のあたっている午後の物憂《ものう》い地中海と一緒に見えたが、その代り、今夜は真暗な闇《やみ》と飛行機の翼にともる赤い灯しか眺めることができないだろう。スチュワーデスが白い枕《まくら》や毛布をくばり、機内を暗くする時、私はウイスキーを飲みながら、新宿の雑踏や終電ちかいホームの臭いにふたたび戻る自分のことを考えるだろう。

「本当に日本に帰らないのか」

いつか訊《たず》ねた質問を、私は戸田に繰りかえした。

「なぜ」

「当分は駄目だね」

「なぜって」彼はくたびれた声で呟いた。「この年でこうなれば……仕方がないだろう。第一、日本じゃ聖書学などで食えないよ。それにこっちはこっちで、人生のけりをつけねばならんし」

と、私の心にふたたび、寮生がまだ布団《ふとん》にもぐりこんでいた冬のあの真暗な朝、ノサック神父につづいて聖堂に出かけた戸田のことや、あの時、神父や、彼や、そしてねずみが押す寮のこわれた扉のギイという音が耳に甦《よみがえ》ってきた。あれから、すべてが目だたぬように始まったのだ。あれから長い長い歳月が経《た》ったのに、私も戸田もまだイエスにこだわっている。いつも、お前のそばに、わたしがいる。

「付きまとうね、イエスは」

私の言葉に戸田は黙っていた。彼の首の赤黒い火傷《やけど》の痕《あと》がくたびれ浮きあがってみえる。アナウンスがゲートの前に集まるように告げ、待合室の客たちが長椅子から立ちあがった。この旅で私に付きまとってきたのは、イエスだったか、ねずみだったのか。もうよくわからない。だが、そのねずみの蔭《かげ》にあなたは隠れていたのは確かだし、ひょっとすると、あなたは私の人生にもねずみやそのほかの人間と一緒に従いてこられたかもしれぬ。ひょっとすると、あなたは私が引出しに放りこんでおいた古い原稿のなかにも身をひそめておられたのかもしれぬ。歯の欠けたあの嘘《うそ》つきの十三番目の弟子。私の書いたほかの弱虫たち。私が創《つく》りだした人間たちのそのなかに、あなたはおられ、私の人生を摑《つか》まえよう摑まえようとされている。私があなたを棄《す》てようとした時でさえ、あなたは私を生涯、棄てようとされぬ。

「さあ」と私は立ちあがって、「行かなくっちゃ。またいつか会えるかしらん」

「どうかな」彼は寂しそうに首をふった。「年だものな、俺たちも」

彼の言う通りだった。私はふたたびこの国に来ることはないだろうし、戸田が日本に戻らぬのなら、我々はもう死ぬまで二度と会うことはないだろう。

「あとがき」にかえて

㈠　この小説は「巡礼」と「群像の一人」という二つの物語の構成からなっているが、後者の「群像の一人」は既に雑誌に発表し、そのうち「知事」と「蓬売《よもぎう》りの男」は新潮社発行『母なるもの』に収録されている。しかしこの二つの物語は、この長編の構成のために相互に欠くべからざるものなので、本作品に織りこむことにさせて頂いた。

㈡　ゲルゼン収容所の記述にあたっては、さまざまな文献を参照したが、本文四〇一頁《ページ》の囚人の「世界はどうして、こう……美しいんだろう」という言葉は、フランクルの『夜と霧』に報告されているものである。

㈢　なお、今秋刊行される『イエスの生涯』は本小説と表裏をなすものであることを附記しておく。

以上について、読者の方々の御了解を頂ければ著者として幸甚《こうじん》である。

（昭和四十八年四月）

解　説

井上洋治

昭和四十八年六月に出版された、小説『死海のほとり』は、それより七年前に発表された『沈黙』とならんで、遠藤氏の作品のうちでももっとも重要な位置を占めるものであると思う。『沈黙』が、いわば氏にとっての「母なる宗教」としてのキリスト教の発見であったとしたならば、『死海のほとり』は、まさにそれを深めていった地点においてとらえられた「永遠の同伴者」としてのイエス像の呈示に他《ほか》ならないからである。

「父性原理」とは、自分のいうことをきく者には十分ないたわりと報いをあたえ、いうことをきかない者には厳しい裁きと罰をくわえる、という原理であり、その意味で、父性の原理とは、善人と悪人、優秀な人間と駄目人間とを厳しく分断する原理であるということができよう。それに対して、「母性原理」とは、いうことをきく者もきかない者も、ひとしくその膝《ひざ》の上にだきあげる原理であり、その意味では、母性の原理とは、罪人をも駄目人間をも包みこみ、受け入れる原理であるといえよう。この区別のうえにたてば、すでに多くの批評家の人たちが指摘したように、『沈黙』のクライマックスの場面で、ロドリゴ神父が踏絵に足をかけようとするときに、神父に語りかける「踏むがいい。お前の足の痛さをこの私が一番よく知っている。踏むがいい。私はお前たちに踏まれるため、この世に生れ、お前たちの痛さを分つため十字架を背負ったのだ」というキリストの言葉は、人間の苦悩と痛みと弱さとを、そのままゆるし包みこんでくれる、すぐれて「母なるもの」のやさしさを示しているものといえよう。

しかし遠藤氏が、このロドリゴ神父の行為を、あく迄《まで》も「裏切り」としてとらえていることは、神父が踏絵をふんだときの描写にあきらかである。

「こうして司祭が踏絵に足をかけた時、朝が来た。鶏が遠くで鳴いた」

この文章をかきながら、遠藤氏の頭の中にあったものが、「新約聖書」にえがかれている「ペトロの裏切り」の場面であったことは疑いをいれない。

イエスの直弟子であったペトロは、イエスが逮捕されてから、見つからないようにこわごわイエスのあとをついていって、大祭司カヤパの官邸にもぐりこむ。ところが焚火《たきび》にあたっていたところを女中に見つけられ、すっかり慌《あわ》てたペトロは「あんな男は知らない」といって、三度にわたってイエスを裏切るのである。「ルカ福音書」には、そのとき鶏が鳴き、イエスは振り返ってじっとペトロを見つめたと記されている。

とすれば、ここにいたって遠藤氏の問いかけは明白である。

──イエスは裏切ったペトロをゆるさなかっただろうか。いや、イエスは確かにペトロをゆるしている。それはペトロの弱さによる裏切りを明白に予測していながら、ペトロと一緒に最後の晩餐《ばんさん》をイエスがとったことからも明白である。しかも裏切りを予測しながら、これを力ずくで止めようとはイエスはしていない。ペトロ、裏切るがよい。お前の裏切りの哀《かな》しみと痛みとを、私はお前のために背負ってあげる。あたかもイエスはペトロにそういっているかの如《ごと》くである。それならば、ロドリゴに対しても、イエスはこれをゆるしておられることは明らかであろう。それならば一体ユダはどうなのだろうか。ゆるされているのだろうか。──

『沈黙』から『死海のほとり』へと、この問いかけを深めていくことによって、善人と悪人、義人と罪人とを余りにも厳しく裁断する「父なる神」の西欧・キリスト教に対して、遠藤氏は「母なるもの」の復権を主張していく。『沈黙』を発表した翌年の昭和四十二年に、「父の宗教・母の宗教」というエッセイを雑誌「文芸」に発表しているが、氏はこのエッセイを次のような文章で結んでいる。

「断っておくが基督《キリスト》教は白鳥が誤解したように父の宗教だけではない。基督教のなかにはまた母の宗教もふくまれているのである。それはたとえばマリアにたいする崇敬というようなかくれ切支丹《キリシタン》的な単純なことではなく、新約聖書の性格そのものによって、そうなのである。新約聖書は、むしろ「父の宗教」的であった旧約の世界に母性的なものを導入することによってこれを父母的なものとしたのである。新約聖書のなかに登場する作中人物の多くはそのほとんどが転び者、もしくは転び者的な系列の人間であることに我々は注意したい。そしてペトロでさえカヤパの司祭館で基督を棄《す》てたのである。鶏がなく時刻、彼も亦《また》踏絵に足をかけたのだった。その時、夜のたき火の向うで基督のくるしい眼とそのペトロのおずおずとした眼とがあったのだった」

駄目人間、弱い人間、罪深い人間を所詮《しょせん》キリスト教の神は救ってはくれないのだろうか——執拗《しつよう》に自らに問い続けたこの疑問に対して、『沈黙』によって一応の解答を明らかにした氏は、この『死海のほとり』の「同伴者イエス」像の呈示によって、「母なるもの」の復権を完成させたといえよう。氏は江藤淳氏との対談で次のように語っている。

「同伴者イエスっていうのは、わたくしは『沈黙』以来、最終的な決め手になるもんだっていう感じがしたんです。つまりあなたがさっき母親とおっしゃったけど、母親ってのは同伴者ですからね」

ただしかし、「母なるもの」から「同伴者イエス」にいたるためには、氏にとってはイエスの生涯をつらぬく〈愛《アガペー》〉の発見がなお必要であった。そしてこの〈愛〉の発見の過程こそが、まさに遠藤氏自身の分身ともいえる『死海のほとり』の主人公〈私〉のイスラエル巡礼の旅に他ならないのである。

『死海のほとり』では、主人公〈私〉が学生時代の友人戸田と、イエスの足跡をたずねてイスラエルを「巡礼」する現代の話と、かつてイエスの時代にイスラエルに住んでいた様々な人たちとイエスとの出会いを述べている「群像の一人」と題する物語とが、ちょうどフーガのように対位的に展開され、それが最後に「同伴者イエス」において鮮かに一つにとけあっていくという技法がとられている。主人公の〈私〉は、長い歳月の間にすっかり自分のなかで色あせてしまったイエスの姿を、今一度生き生きとしたものにしようとイスラエルにわたるのであるが、そこでかつての学友戸田に巡礼の案内をたのむことになる。学生時代は強い信仰の持ち主だったのであるが、今は「聖書だってエルサレムと同じさ。この町で本当のイエスの足跡が瓦礫《がれき》のなかに埋《うず》もれて何処《どこ》にも見あたらぬように、聖書のなかでも原始基督教団の信仰が創《つく》りだした物語や装飾が、本当のイエスの生涯をすっかり覆《おお》いかくしているのさ。俺のやった勉強は、聖書考古学者の発掘みたいなものでね」という戸田に案内され、イエスの足跡は主人公〈私〉にも、最初の意図とは逆に次第にうすれたものとなっていってしまう。そして次第にうすれていってしまうイエスの足跡とはまさに対照的に、学生時代に寮の舎監の手伝いをしていた、ねずみという綽名《あだな》の修道士コバルスキの面影がだんだんと深く〈私〉の心の中に刻みこまれていく。

コバルスキは、首や手足が子供のように小さく、寮生が怪我《けが》しているのを見ると貧血をおこし、寮生のカンニングを知らないふりをしていながらあとで教務課にいいつけるような、みじめったらしくて、卑怯《ひきよう》で、弱虫な人間である。のちに大学の掃除婦と関係したという噂《うわさ》もあって、修道士もやめさせられてしまい、最後にはゲルゼンの収容所で殺されていくユダヤ系ポーランド人である。そして、このねずみの泣きはらしたような顔が、〈私〉のなかで、荒野のイエスの顔と重なりあっていくのである。

一般には、強く崇高で清らかだと考えられているイエスの姿が、遠藤氏にあっては、何故《なぜ》このみじめな弱い修道士の泣き顔と重なっていくのであろうか。その理由は「群像の一人」を読み進めていくにつれて、次第に読者の目にあきらかになっていく。愛《アガペー》とは、共に喜び共に泣くことだと「新約聖書」の中のパウロの書簡にかかれている。また、隣人を愛するということは、自分を必要としている人の隣人となるということであり、その人の哀しみや痛みを自分の心に感じとり、共に荷なっていくことであると、イエスは「ルカ福音書」のなかで語っている。そうだとすれば、愛の深く大きな人ほど、もっともみじめで悲惨で無力な人々の痛みと哀しみとを、そのまま自分のうえに背負うということになるはずである。「群像の一人」アルパヨは、みじめで無力な十字架上のイエスに、愛だけを語り生きぬいた姿をはっきりとみつけている。

「アルパヨはほてった花崗岩《かこうがん》に指をかけて、もう一度、崖《がけ》の上から真下を見おろした。十字架の横木に両手を拡《ひろ》げたまま、あの人は死んでいく小禽《ことり》のように首を横にかしげていた。……むかしアルパヨを看病してくれた夜、疲れ果てたあの人は、同じような恰好《かっこう》で泥壁に靠《もた》れたまま眠っていたのだ。あれは愛を尽した者の姿だ。……

あの人はたった一つのことしか語らなかった。たった一つのことしか、しなかった。それは今、あの十字架に釘《くぎ》づけにされた貧弱な体が示していることだった」

かつてパレスチナの土地で、出会った人々の同伴者であったイエスは、その死と復活によって、コバルスキの、〈私〉の、そして重荷を負って人生をとぼとぼと歩んでいるすべての人の「永遠の同伴者」となったのである。遠藤氏にとって、イエスの復活とは、イエスが永遠の同伴者となることに他ならない。

巡礼を終えて日本に帰国する直前、ホテルで〈私〉は、かつてねずみと同じ収容所にいたことのある一人の医師からの手紙を受け取る。その手紙には、飢餓室に連れていかれるねずみの最後が次のように記されていた。

「その時、私は一瞬――一瞬ですが、彼の右側にもう一人の誰かが、彼と同じようによろめき、足を曳《ひ》きずっているのをこの眼で見たのです。その人はコバルスキと同じようにみじめな囚人の服装をして、コバルスキと同じように尿を地面にたれながら歩いていました……」

イエスの福音は普遍的なものであっても、そのイエスの福音を信じ生きている人たちは、必らずある時代のある文化のなかに生きている人たちである。従って、父性文化のなかにイエスの福音が受け入れられれば、当然そこには父性的・キリスト教が出現するはずであろうし、また母性文化に受け入れられれば、そこでは母性的・キリスト教がうまれてくるはずである。その意味で『死海のほとり』は、まさに画期的な作品であり、『イエスの生涯』とならんで、遠藤氏の名をたんに日本文学史上のみならず、日本キリスト教史上にも残す作品といえるであろう。この書においてはじめて、明白に遠藤氏は、「永遠の同伴者」としてのイエス像を世に示したからである。

（昭和五十八年五月、カトリック司祭）

この作品は昭和四十八年六月新潮社より刊行された。

遠藤周作著
砂の城
過激派集団に入った西も、詐欺漢に身を捧げたトシも真実を求めて生きようとしたのだ。ひたむきに生きた若者たちの青春群像を描く。

遠藤周作著
悲しみの歌
戦犯の過去を持つ開業医、無類のお人好しの外人……大都会新宿で輪舞のようにからみ合う人々を通し人間の弱さと悲しみを見つめる。

遠藤周作著
沈黙
谷崎潤一郎賞受賞
殉教を遂げるキリシタン信徒と棄教を迫られるポルトガル司祭。神の存在、背教の心理、東洋と西洋の思想的断絶等を追求した問題作。

遠藤周作著
イエスの生涯
国際ダグ・ハマーショルド賞受賞
青年大工イエスはなぜ十字架上で殺されなければならなかったのか——。あらゆる「イエス伝」をふまえて、その〈生〉の真実を刻む。

遠藤周作著
キリストの誕生
読売文学賞受賞
十字架上で無力に死んだイエスは死後〝救い主〟と呼ばれ始める……。残された人々の心の痕跡を探り、人間の魂の深奥のドラマを描く。

遠藤周作著
王国への道
—山田長政—
シャム(タイ)の古都で暗躍した山田長政と、切支丹の冒険家・ペドロ岐部——二人の生き方を通して、日本人とは何かを探る長編。

遠藤周作著

王妃 マリー・アントワネット（上・下）

苛酷な運命の中で、愛と優雅さを失うまいとする悲劇の王妃。激動のフランス革命を背景に、多彩な人物が織りなす華麗な歴史ロマン。

遠藤周作著

女の一生
一部・キクの場合

幕末から明治の長崎を舞台に、切支丹大弾圧にも屈しない信者たちと、流刑の若者に想いを寄せるキクの短くも清らかな一生を描く。

遠藤周作著

女の一生
二部・サチ子の場合

第二次大戦下の長崎、戦争の嵐は教会の幼友達サチ子と修平の愛を引き裂いていく。修平は特攻出撃。長崎は原爆にみまわれる……。

遠藤周作著

侍
野間文芸賞受賞

藩主の命を受け、海を渡った遣欧使節「侍」。政治の渦に巻きこまれ、歴史の闇に消えていった男の生を通して人生と信仰の意味を問う。

遠藤周作著

夫婦の一日

たびかさなる不幸で不安に陥った妻の心を癒すために、夫はどう行動したか。生身の人間だけが持ちうる愛の感情をあざやかに描く。

遠藤周作著

満潮の時刻

人はなぜ理不尽に傷つけられ苦しみを負わされるのか――。自身の悲痛な病床体験をもとに、『沈黙』と並行して執筆された感動の長編。

死海《しかい》のほとり

新潮文庫　え－1－18

昭和五十八年　八月二十五日　発行
平成二十二年　九月二十五日　二十五刷改版

著者　遠藤《えんどう》周作《しゅうさく》

発行者　佐藤隆信

発行所　株式会社　新潮社

郵便番号　一六二－八七一一
東京都新宿区矢来町七一
電話　編集部(〇三)三二六六－五四四〇
　　　読者係(〇三)三二六六－五一一一
http://www.shinchosha.co.jp

価格はカバーに表示してあります。

乱丁・落丁本は、ご面倒ですが小社読者係宛ご送付ください。送料小社負担にてお取替えいたします。

印刷・大日本印刷株式会社　製本・憲専堂製本株式会社

ISBN978-4-10-112318-9　C0193